서정시학 비평선 18

시와 말과 사회사

유종호

유종호

1935년 충북 충주에서 출생하여 서울대 문리대 영문과와 뉴욕 주립대 대학원(버팔로)에서 수학했다. 공주사대, 이화여대, 연세대 교수를 역임했고 현재 예술원 회원이다.

1957년부터 비평활동을 해왔으며 저서에 『유종호 전집』(전5권) 외에 『시란 무엇인가』 『서정적 진실을 찾아서』 『다시 읽는 한국시인』 『나의 해방 전후』 『그 겨울 그리고 가을』 등이 있다.

대산문학상, 인촌상, 만해학술대상 등을 수상했다.

서정시학 비평선 18

시와 말과 사회사

2009년 12월 15일 초판 1쇄 발행

지 은 이 · 유종호
펴 낸 이 · 김구슬
펴 낸 곳 · 서정시학
편   집 · 최진자
인   쇄 · 황금연필

주   소 · 서울시 성북구 동선동 1가 48 백옥빌딩 6층
전   화 · 02-928-7016
팩   스 · 02-922-7017
이메일 · poemq@dreamwiz.com
출판등록 · 209-07-99337

ISBN 978-89-92362--74-0 93810

은행계좌 · 국민은행 070101-04-038256(김구슬)

값 · 21,000원

잘못된 책은 바꾸어 드립니다.

서정시학 비평선 18

시와 말과 사회사

유종호 문학평론집

서정시학

이제는 쓰인 시기도 출처도 다 잊어버렸지만 학생시절에 접한 대목을 지금껏 금언으로 여기고 있다. '왜 시를 쓰려고 하느냐' 는 질문에 표현할 내용이 많이 있기 때문이라고 대답하는 시인 지망자는 싹수가 없다. '말을 사랑하고 말에 반해서 시를 쓰려 한다고 대답한다면 그에겐 희망이 있다' 는 취지의 말이다. 아마 시인 오든의 것이라고 기억하는데 실제 경험에서 우러나온 절실성을 담고 있다. 시인 지망자뿐 아니라 문학 독자들이 깊이 음미해볼 국면이라고 생각한다. 말을 사랑하고 말에 반한다면 일차적으로 그것은 모국어를 사랑하고 모국어에 반하는 것이 된다. 그리고 그것은 많은 어휘를 알고 올바른 해독력과 구사력을 갖는 것으로 귀결된다. 그런데 우리 사이에서 사정은 전혀 그렇지 못하다.

가령 『청록집』은 우리에게 현대의 고전이다. 이 말에는 필독서라는 적극적 함의와 함께 우리의 오늘과 동떨어져 있다는 부정적 함의도 없지 않다. 어쨌거나 문학도라면 한 번쯤 읽어 두어야 할 책이다. 이 시집의 첫머리에는 박목월의 「임」이란 시편이 실려 있고 거기 다음과 같은 대목이 보인다.

기인 한 밤을
눈물로 가는 바위가 있기로

어느날에사

어둡고 아득한 바위에

절로 임과 하늘이 비치리요

이 시편에서 ‘가는’ 의 원형은 ‘갈다’ 이다. 돌이나 옥을 갈아 윤나게 하는 磨의 뜻이다. 그래야 “어느날에사 임과 하늘이 비치리요”라는 끝자락의 의미가 분명해진다. 어느 외국청년이 위의 ‘가는’ 을 ‘걷는다’, ‘길을 간다’ 는 뜻의 行으로 번역해 놓은 것을 보고 아연한 적이 있다. 그는 우리말 회화에 능통하고 국내 대학에서 우리문학으로 최종학위과정을 마친 문학도로서 『청록집』 전편을 번역해서 후원금 신청을 한 터였다. 번역하기 이전 주위의 국문학도에게서 많은 조언을 받았을 터이다. 소소한 실수라고 치부하면 고만이지만 그래가지고는 전혀 의미가 통하지 않는다. 『청록집』의 첫 장에 있는 간판 시편인데도 말이다.

근자에 시의 해설서가 많이 나오고 있다. 해석이 필요한 대목은 슬쩍 넘어가고 불필요한 부분에 대해서는 요설이 많은 경우가 허다하다. 문학을 가르치는 것을 업으로 하는 이들 사이에서도 우리말의 이해와 적정한 독해가 허술한 경우가 너무나 많다. 특히 현대의 고전이라 할 만한 시편이나 시인에 대해서도 온전한 이해는 참으로 희귀하다. 기초 독해가 허술한 터전에서 상징이니 비유니 하고 고담준론을 해보았자 득 되는 것은 없다.

이 책의 제1부 “시와 말과 사회사”는 우리말에 대한 문학 독자의 섬

세한 관심을 환기시키기 위해서 쓴 글들이다. 낱말이 가지고 있는 명
시적 의미와 사회사적 함의를 구체적 시편 속에서 검토해 본 것이다.
몇몇 안 되는 사례에서나마 언어에 대한 세세한 분석과 검토를 통해
독해적讀解的 상상력의 세련을 도모하자는 것이 기본 취지이다. 언어
예술인 문학에서 말의 다양한 의미와 함의에 통달하는 것은 글쓰기나
읽기에서 필수적이다. 그것을 재확인하는 조그만 계기가 되어준다면
다행이라 생각한다.

　　제2부 "시론과 시인론"은 여러 계기에 주문에 응답해서 작성한 글
이다. 가령 김춘수론은 시인 작고에 즈음해서 쓴 것이고 미당론이나
김영랑론도 해당 시인의 기념행사와 관련해서 쓰게 된 것이다. 『청록
집』과 시조에 관한 것은 각각 한국시인협회가 주관한 세미나에서 발
표한 내용이다. 이렇게 모아놓고 보니 시 위주여서 시론집이라고 했
다. 말미에 붙인 발표 연대를 보니 모두 21세기에 와서 쓴 글들이다.
21세기로 건너온 것이 바로 엊그제 같은데 벌써 그 첫 10년이 끝나려
하고 있다. 날은 저물고 길은 어두운데 외진 구석에서 헤매고 있다는
느낌이다. 준비하고 있는 『한국근대시사』를 끝내면 초롱불이라도 켜
들고 보다 넓은 들판으로 나가고 싶다.

2009년 11월

柳宗鎬

‖ 차 례 ‖

제2부. 시론과 시인론

제1부. 시와 말과 사회사

시와 열쇠 말

―홍역과 꽃

꼼꼼히 읽기 혹은 정독

꼼꼼히 읽기는 모든 읽기에서 분명 하나의 덕목이자 이점이다. 책 읽기에서 세상 읽기에 이르기까지 꼼꼼히 읽을수록 텍스트 이해는 깊어지고 그만큼 우리의 사고 지평도 넓어지게 된다. 언어 자원의 이모저모를 최대한 효과적으로 활용하려는 문학작품의 경우 꼼꼼히 읽기의 필요성과 그 이점은 커지게 마련이다. 언어 활용의 가능성과 유연성은 대체로 산문에서보다 시에서 커진다고 볼 수 있다. 그만큼 꼼꼼히 읽기는 온전한 시 이해에 불가결한 요소가 된다.

꼼꼼한 시 읽기 하면 영미 특히 20세기 미국의 신비평을 연상하게 되는 것이 보통인 것 같다. 꼼꼼한 시 읽기를 교실에 도입하고 실천함으로써 신비평은 1930년대에서 50년대에 이르는 한 세대 동안 새로운 시 읽기의 방법을 전수하여 문학 감수성과 시에 대한 섬세한 반응을 계발하고 세련시키는 데 크게 기여하였다. 그것은 텍스트 언어에 대한 자상한 주의를 촉구하면서 시 이해의 방법을 발전시킨 하나의 읽기

실천이었으며 습득해야 할 시 읽기의 원리 설정과 그 적용이었다. 신비평가들은 최상의 문학이 인간 경험에 대한 전면적 지식을 제공한다고 믿었고 시가 지적인 것과 정서적인 것을 튼튼하게 결합하고 있다고 믿었다. 또 지식과 경험에 대한 환원주의적 과학적 접근법이 포착하지 못하는 것을 포용한다고 믿었다. 매슈 아놀드나 리처즈에게서 조금씩 다르게 발견되는 종교의 대용품으로서의 문학관 비슷한 시와 문학의 지위 격상을 우리는 신비평가들에게서도 보게 되는 것이다. 단단한 체계적 이론을 구성한 것도 아니고 이목을 끄는 선언문을 들고 나온 것도 아닌 작품 읽기 방법으로서의 신비평은 이른바 '전언 사냥'이나 시 텍스트의 '산문적 부연의 이단'을 비롯해서 '관계의 유기적 조직,' '의도주의의 오류' 등의 비평적 관용구를 앞세워 그 나름의 방법적 견고성을 추구하려 했던 것은 사실이다. 그리하여 문학연구의 전문직화와 대학 영문학과의 제도적 확립에 크게 공헌했다. 그러나 텍스트의 비역사화란 관행에 내재하는 반역사주의가 도전을 받으면서 신비평은 철 지난 구닥다리 방법으로 격하되고 뒤이어 폭발한 이론 혁명에 의해서 뒷전으로 밀려나기에 이른다.

그런데 우리 사이에서는 꼼꼼히 읽기가 신비평의 관행과 동일시되면서 정당한 이유 없이 폄하되는 경우가 없지 않다. 신비평이 꼼꼼히 읽기를 장려한 것은 사실이나 모든 꼼꼼히 읽기가 곧 신비평은 아니며 작품을 역사적 진공 속에 가두어두려는 신비평의 몰沒사회적 성향을 공유하고 있는 것도 아니다. 동양 전통에서 중요한 훈고주석訓詁註釋은 그대로 어법과 문헌에 충직한 꼼꼼히 읽기의 실천이요, 유럽의 explication de texte 또한 그 나름의 꼼꼼히 읽기의 실천이다. 이른바 리얼리즘의 승리란 개념과 평가도 마르크스주의적 깊이 읽기와 정독의 소산이다. 신비평 자체도 시의 산문적 환원이나 '영향론적 오류'에서 나온 인상주의적 잡담에 대한 거부에서 비롯된 것이지만 텍스트의 언어 자원에 대한 면밀한 검토 없는 속류 환원론이 꼼꼼히 읽기를 비하하는 것은 자가 당착이요 신 포도와 같은 합리화 발상에 지나지 않는다. 어떠한 유파의 것이든 작품 해명에 도움이 되는 방법적 유산을 지혜롭게 활용하는 것이 어질고 유익한 이기적 덕목이요 인문적 금도襟度이다. 언뜻 의미가 자명해 보이는 텍스트도 그 나름의 정독을 요구하고 있으며 독자편의 깐깐한 검토 없이 온전한 이해가 쉽게 이루어지는 법은 없다.

3월인가 3개월인가

꼼꼼히 읽기 혹은 정독은 반드시 텍스트의 온전한 이해를 위해서만 득이 되는 것은 아니다. 그것은 삶의 관리와 자기 관리를 위해서도 필요하고 득이 되는 기율의 일환이기도 하다. 문학 작품의 텍스트를 정독하는 습관은 사람과 세상이란 텍스트를 정독하는 습관으로 이어진다. 그것은 모든 자명해 보이는 것에 대해서도 방법적 회의를 실천하게 한다. 자명성이란 거죽을 뒤집어 보고 찬찬하게 살피기를 마다하지 않는다. 그러므로 그것은 지적 모험의 계기나 단초가 되어 준다. 정독은 언어의 엄밀한 운영을 동경하게 하고 그렇게 함으로써 지적 엄격성을 기르게 한다. 정독은 그러므로 문학교육에 한하지 않고 인문적 훈련의 가장 중요한 기초가 된다. 지적 엄격성의 결여는 도덕적 염결성의 결여와 해이로 이어진다. 정독 관습의 결여, 오자 많은 출판물의 범람, 무책임한 정치구호의 난무, 생명과학 분야의 세계적 스캔들 사이에는 긴밀한 상호관련이 있다. 같은 뿌리에서 자란 싹수없는 가지요 볼품 없는 열매다. 텍스트에 자명한 것은 아무 것도 없고 그렇기 때문에 회의하고 꼼꼼히 검토해야 한다. 그러한 사례를 널리 알려진 고전 시편을 통해서 살펴보기로 하자. 두보의 유명한 「춘망春望」은 웬만한 사화집에 으레 나와 있다.

나라가 깨어져도 산하는 그냥 있어
성(城)에 봄이 오니 초목이 우거졌다
시절을 슬퍼하며 꽃에 눈물 뿌리고
이별이 한스러워 새소리에 놀라느니,

봉화가 석달이나 계속되니
집의 편지는 만금(萬金)에 해당한다
흰머리 긁을수록 더욱 짧아져
비녀조차 꽂지를 못하겠구나

國破山河在
城春草木深
感時花濺淚
恨別鳥驚心
烽火連三月
家書抵萬金
白頭搔更短
渾慾不勝簪

이 오언율시五言律詩의 두 번째 대귀對句에서 꽃에 눈물 뿌리고 새

소리에 놀라는 것은 누구인가? 위에 제시한 번역에서는 시의 화자 그러니까 두보가 눈물 뿌리고 새소리에 놀라는 것으로 되어 있다. 조선조의 고전 『두시언해』에도 그렇게 되어 있고 임창순 저 『당시정해』에도 그렇게 되어 있다. 그것이 이를테면 우리쪽의 전통적 해석인 셈이다. 그런데 일본의 중국문학자 요시카와吉川幸次郎는 "꽃이 눈물을 뿌리고 새가 놀란다"로 풀이하고 있다. 주어가 화자가 아니라 꽃과 새라는 것이다. 해설 부분에서는 시절이 시절이니 만큼 꽃도 상심한 까닭인지 눈물을 뿌리듯 떨어지고 있다고 부연하고 있다. 이것을 단순히 새 해석을 통한 학자의 튀기 선호 현상이라고 보기는 어려울 것이다. 그는 중국문학의 대가로 알려진 이요 '경심조담驚心弔膽'이란 중국어를 들어서 자가 해설을 보강하고 있다.

그러나 가장 문제적인 대목은 세 번째 대귀인 봉화연삼월烽火連三月이다. 『두시언해』나 임창순 저 『당시정해』가 모두 "봉화가 석달 계속된다"고 읽고 있다. 그런데 요시카와는 "봉화가 삼월로 이어지다"로 읽는다. 즉 삼월은 음력 삼월의 그 삼월이란 것이다. 그는 앞의 경우와는 달리 "봉화가 석달이나 계속된다"는 것으로 읽으며 '삼월'을 '삼개월간'으로 이해하는 것은 잘못일 것이라고 말해서 자기 해석에 적극성을 보인다. 비슷한 어법으로 초당初唐의 시인 왕발王勃의 시에서 물색연삼월物色連三月을 인용하고 있다. 일본 이와나미 문고판 『두보시선杜甫詩選』의 저자도 음력 삼월로 번역하고 있는데 그는 요시카와의 연구서에서 많은 것을 배웠다고 적고 있으니 이 경우 그의 해석을 따르고 있는 셈이다. 그러나 그는 「춘망」이 757년 3월의 소작이라고 밝힘으로써 전기적 사항과 연결시켜 음력 3월설의 근거를 사실상 보강하고 있는 셈이다. 두보시에 관한 주석서는 중요한 것만 쳐도 중국에서 열 손가락을 헤아린다고 한다. 대체로 중국 쪽의 전통적 해석은 음력

3월설을 따르고 있는 것으로 보인다.

　위에서 보듯 꼼꼼히 읽기는 어느 지적 전통에서나 하나의 기본이요 당연지사이다. 또 「춘망」과 같이 널리 알려진 시편에서조차 단일한 해석이 지배하고 있는 것도 아니다. 번역을 통해서 읽는 현대 독자는 모르지만 원문 독자는 정독을 통해서 비로소 그 뜻을 가늠할 수밖에 없다. 더욱이 『두시언해』의 번역자 같은 외국인 독자들은 중국 독자보다 한결 지적인 노력을 경주했을 것이다. 고립어인 중국어의 시문은 각별한 정독을 요구하며 그 해석 자체가 엄격한 지적 훈련의 기회가 되었을 것이다. 그러면 독자들은 3월과 3개월 중 어떤 해석을 따라야 할 것인가? 그것을 결정하는 것은 주체적 선택을 행사할 독자의 몫이다. 조선조에서는 『두시언해』의 해석이 제도적 유권해석의 기능을 수행했을 것이다. 그러나 전문가 아닌 일반 독자는 우선 두 갈래의 해석이 있다는 것으로 만족하는 수밖에 없다. 한 갈래만 아는 것으로는 넉넉하지 못하다.

　해석학의 전문가들은 이 문제에 어떤 태도를 취할 것인가? 잠시 상상놀이를 시도해 보는 것도 괜찮을 것이다. 시의 의미meaning는 시인이 그 작품을 쓸 때 의도하였던 것과 동일하다고 주장하는 허쉬 같은 해석학자는 전기적 사실과 발생학적 검토를 거쳐 음력 3월을 택하고 3개월 간은 단지 작품의 의의significance라고 처리할 공산이 크다. 그렇게 함으로써 단답형 정답의 딜레마에서 자신을 해방시킬 것이다. 해석자의 역사적 현재라는 지평과 역사적 과거 속에 있는 텍스트의 지평, 그 양자간의 '지평의 융합'을 주창하는 가다마는 해석자의 당대성을 초극할 필요가 없다며 질문 자체가 잘못 설정된 것이라고 말할지도 모른다.

쉬운 시가 따로 있나?

두보의 오언율시를 거론한 것은 우리에게 익숙하여 누구나 잘 알고 있다고 생각하는 작품에도 모호성과 복합적 의미가 잠복해 있다는 것을 말하기 위해서이다. 독자들 특히 초보 독자들은 쉬운 시와 어려운 시라는 이분법으로 시편을 대하는 것이 보통이다. 그리하여 어법이나 모티프가 생소하고 산문적 부연이 어려운 시를 대충 난해시라 여기며 심층적 경의나 적의를 숨기지 않는다. 한편 어법이나 모티프가 친근하며 대충 산문적 부연이 용이한 시편에 대해선 경멸 섞인 안도감을 표시하는 것이 보통이다. 그러나 이것이 과연 온당하고 적정한 태도인가? 그렇지 않을 것이다. 대학의 제도적 요식 행위의 일환으로서 또 출판의 상대적 용이성과 발표기관의 확장으로 우리 사이에서는 많은 시론과 시인론이 나오고 있다. 특정 시인에 대한 심도 있는 연구도 많이 나오고 있다. 그러나 대개의 논의가 구체적인 작품에 기초해서 전개되는 것이 아니라 추상적인 명제로 일관하여 실제 작품과는 별 관련이 없는 유사 체계놀음으로 변질되는 수가 많다. 부분의 이해를 위해서는 전체의 이해가 필요하고 전체의 이해를 위해서는 부분의 이해가 필요하다는 해석학적 순환 과정의 흔적이 전혀 찾아지지 않는다. 또 작품 해설 흐름의 글과 책이 쏟아져 나오고 있지만 개개 작품의 견실한 이해를 보여주는 대목은 보이지 않고 별 쓸모 없는 주변적인 요설이나 작품 분석과는 거리가 먼 감상주의적 사설을 보여줄 뿐인 사례가 허다하다. 이른바 쉬운 시도 제대로 이해하지 못하는 경우가 얼마나 많은가 하는 사례로 정지용의 초기 작품을 읽어보기로 하겠다. 1935년 3월 『카톨릭청년』에 처음 발표된 「홍역」은 『정지용시집』 제1부에 다섯 번째로 수록되어 있는데 이 작품에 대한 반응과 해설도 몇몇 읽어보기로 하자.

석탄(石炭) 속에서 피여 나오는
태고연(太古然)히 아름다운 불을 둘러
십이월(十二月) 밤이 고요히 물러 앉다

유리(琉璃)도 빛나지 않고
창장(窓帳)도 깊이 나리운 대로…
문에 열쇠가 끼인 대로…

눈보라는 꿀벌떼 처럼
닝닝거리고 설레는데,
어느 마을에서는 홍역이 척촉(躑躅)처럼 난만하다.

「홍역(紅疫)」 전문

1. 시라는 것은 (그 시인에게도 따르지만) 현실보다 아름다운 수가 많다. 그러기 때문에 아름다운 것을 형용하여 흔히 시적이라고 하는 것이다. 지용시집 가운데 '홍역' 이라는 일편이 있다. 이 시에서 오는 느낌이란 어딘가 고요하고 아름다운 그런 것이다. 이것은 그 일례에 지나지 않지만 '홍역' 또한 현실의 그것보다 지나치게 아름다웁고 고요한 시다.

나는 여기서 무슨 시론을 말하려고 하는 것도 아니요, 지용론을 쓰려는 것도 무론 아니다. 천연두나 콜레라와 같은 전염병과 마찬가지로 무서운 병인 홍역이 마을에 들었다는데 어떻게 이렇게 그런 고요한 심경을 지닐 수가 있을까, 그것이 자못 의심스럽다고 말하고 싶었을 따름이다.

홍역은 참으로 무서운 병임에 틀림없다. 그것이 천사와 같이 귀여운 어린것을 침해하는데는 더욱 그런 감을 깊이 하게 된다. 이번 이 고장을 습래하였던 그것은 드문 악질의 것이었다. 독일군의 철제(鐵蹄)에 짓밟히는 구주인의 마음이란 이런 것일까. 모두가 끝없는 불안과 공포에 떨었었다.

"자네 아인 좀 어떤가"

"이제야 겨우 발반했네. 자넨?"

"발반은 잘 됐지만 도무지 시원치가 않어"

만나는 이마다 인사가 이러하다. 그들의 얼굴에서 어느 때나 검은 빛이 사라지려는지, 막연한 것 같았다.

"어젯밤에 아무개 아들이 갔다는구려"

"새벽에 아무개 둘째 년도 갔다는뎁쇼

"건너 말선 열 몇이 갔다는걸."

"아, 읍에서만 서른도 더 된다는데요"

"거 야단이군"

장만영, 「홍역」, 『문장』 제2권 6호

2. 척촉처럼 난만하다––철쭉처럼 화려하게 피어난다. 비극적 정황을 아름다운 장면으로 바꾸어 표현하는 방법.

이숭원 주해, 『원본 정지용 시집』

3. 이 시는 눈보라치는 겨울밤의 정경을 그려낸다…이 시의 마지막 구절인 '어느 마을에서는 홍역이 척촉처럼 난만하다' 는 매우 특이한 시상의 종결법에 해당한다. 앞서 그려낸 겨울밤의 시적 정황을 돌림병인 홍역이 유행하는 때의 특징적인 상황과 연관시켜 놓고 있기 때문이다. 이 시의 제목을 '홍역' 으로 달아놓은 이유는 무엇일까?… 이 시의 제목

'홍역'은 돌림병인 홍역 자체를 뜻하는 것은 아니다. 오히려 눈보라치는 겨울밤의 풍경을 돌림병인 홍역이 돌 때의 모습에 비유하고 있는 것으로 볼 수 있다. 다시 말하자면 '홍역'을 주된 대상으로 묘사하고 있는 것이라기보다는 시적 분위기를 구체화하기 위해 홍역을 비유적으로 끌어들이고 있는 것으로 볼 수 있다.

권영민, 『정지용 詩 126편 다시 읽기』

위에서 첫 번째로 인용한 시인 장만영張萬榮의 글은 그 자신이 밝힌 것처럼 시나 시인을 논하자는 것이 아니다. 홍역이 얼마나 무서운 전염병인가를 말하면서 그런 어린이 돌림병이 마을에 들었는데 어떻게 그리 고요한 심경이 될 수 있는지가 의심스럽다고 말한 뒤, 얼마 전에 돌았던 홍역이 야기했던 공포감을 실감나게 전하고 있다. 그러나 시인 장만영이 이 시의 핵심을 이해한 것 같지는 않다. 전염병이 돌고 있는 데 대해 시의 화자 즉 시인이 전혀 무심했던 것은 아닐 것이다. 시인은 집안의 언뜻 평화로워 보이는 실내 상황을 간결히 전하고 홍역이 불러일으키는 불안이나 공포감에 대해서는 말을 아끼고 있을 뿐이다. 「홍역」바로 뒤에 실린 시편 「비극」에서 정지용은 "일즉이 나의 딸 하나와 아들 하나를 드린 일이 있기에"라고 적어 놓고 있다. 두말할 것 없이 두 번의 참척을 겪은 것이다. 그 중 한 자녀를 폐렴으로 잃은 것은 「유리창」 시편 때문에 널리 알려져 있다. 홍역이 무서운 것은 자칫 폐렴으로 발전하기 때문이며 항생제가 발명되기 이전 폐렴은 치명적인 병이었다. '유리창'에서 산새처럼 날라 간 시인의 어린것은 홍역 끝에 그리 된 것인지도 모른다. 감정의 절제가 정지용 시편의 주요 특색의 하나이고 그것은 「홍역」에서도 드러난다. 아무 말을 안 함으로써 도리어 여백을 통해 많은 것을 암시하고 있으며 그 중에는 장만영이 말하는 불안이나 공포감도 섞여 있을 것이다. 장만영은 「귀거래」 「유년」 등 몇 편의 읽을 만한 시를 남긴 괜찮은 시인이다. 그러나 「홍역」을 제대로 이해하지 못한 수용 한계는 기억할 만한 언어 자원 활용을 보여주지 못한 시인의 한계와 관련된다고 생각한다.

이 작품에서는 마지막 시행이 가장 핵심적인 대목이다. 홍역은 처음 감기 비슷한 증세를 보이다가 고열이 나고 기침이 나며 눈도 충혈된다. 며칠 후에 살갗에 좁쌀처럼 내돋는 것이 있는데 이것을 꽃이라 한다. 처음 귀 뒤나 이마에 나다가 볼로 퍼지고 나중에는 몸 아래로 퍼진다. 고열 때문에 꽃이 솟는 것을 한자어로는 발반發斑이라 한다. 이삼일 후에 꽃이 스러지는데 그리되면 위기는 일단 넘기는 셈이다. 발반이 안 되면 폐렴이 되기 쉽기 때문에 꽃이 내돋다가 사라지기를 환자 가족들은 바라게 된다. 장만영의 수필에 나오는 "이제야 겨우 발반했네"란 말에서도 우리는 그 사정을 엿볼 수 있다.

홍역 앓이 때 살갗에 솟는 꽃은 핑크색이다. 그래서 마을에 홍역이 들어 어린이들 몸에 온통 꽃이 솟아나니까 "홍역이 척촉처럼 난만하다"고 한 것이다. 홍역과 꽃과 철쭉이 작품 이해의 열쇠 말이다. 꽃이 홍역과 철쭉을 이어주는 매개체이다. (참꽃이라고 일부 지방에서 말하는 진달래가 아니고 철쭉인 것도 맥락에 어울린다. 철쭉꽃을 따먹으면 위험하다는 속설이 있기 때문이다. 시인이 그런 것을 일일이 의식하고 썼다는 뜻은 물론 아니다) 단순하나 창의적인 비유법의 의미를 파악하지 못한 어떠한 논평이나 해설도 모두 황당한 장광설에 지나지 않는다. 그것은 미당의 시편 「동천」이 '반달 같은 눈썹' 이란 유서 깊은 직유에서 나왔다는 것을 인지하지 못하는 독자가 시편을 온전하게 이해하지 못하는 것과 같다.

오늘날 홍역은 예방 접종에 의해서 거의 사라지다시피 하였다. 그러나 홍역 예방 접종이 시작된 것은 미국에서도 1963년 이후의 일이다. 그러니까 한 세대 전만 하더라도 홍역은 우리 사회에서 생소한 병이 아니었다. 1940년에 발표된 장만영의 글은 홍역이 얼마마한 공포의 대상이었나 하는 것을 실감시켜 준다는 점에서 사화사적 자료로서도 가치가 있다. 글에 보이듯 치사율이 높았던 것은 당시의 빈약한 의료시설이나 불량한 영양상태와 연관된 것이라 생각한다. 홍역이 사라진 오늘날 발반 때의 '꽃'이란 단어도 미구에 죽은 옛말이 될 것이다. 50대 이하의 젊은 세대들은 아마 들어 보지도 못했을 것이다. 그렇다 하더라도 조금은 이색적인 "홍역이 척촉처럼 난만하다"란 대목을 접하고, 왜 한겨울에 철쭉일까 하는 의문에 해답을 찾는 것이 독자의 당연한 태도이다. 더구나 전문적인 독자라면 그것은 하나의 의무가 된다. 발반 때 솟는 것을 가리키는 '꽃'은 특정 지역의 사투리가 아니라 전국 어디에서나 쓰는 모국어의 기본 단어의 하나이다. 시 읽기는 단순한 정서적 반응으로 성립되는 것이 아니다. 시 읽기가 지적 훈련이기도 하다는 것은 위에 적은 사실에서도 엿볼 수 있다. 그리고 흔히 생각하듯이 평이한 시와 난해한 시가 따로 있는 것도 아니다. 온전한 이해와 그렇지 못한 몰이해가 있고 글눈 밝은 독자와 글눈 어두운 독자가 있을 따름이다. 예외적인 사례를 들어 일반화한다고 반박할 사람들이 있을지도 모른다. 그러나 전문적인 독자나 연구자 사이에서도 몰이해와 황당한 해설이 널리 퍼져 있다. 꼼꼼히 읽기의 보급, 문학 교육의 정상화, 작품 이해의 확산을 위해서 앞으로 그러한 사례를 구체적으로 검토하여 상호 반성을 도모하고자 한다. 수용 감수성과 비평적 총기를 기르지 못하는 문학교육이나 비평 담론은 백해 무익하다. 또 모국어로 된 '평이한' 시편 하나 제대로 이해하지 못하는 추상적 '이론'이 무슨 소용이 있을 것인가?

2. 창의적인 조어
– 초밤불과 초밤별과 첫날밤

변화하는 언어

논둑에 사는

미루나무

이십 년 모은 재산

까치둥지 하나.

반짝이던 잎새

다 어디 가고

긴긴 겨울에

빈 하늘뿐.

작고한 이문구의 결작 동시 「미루나무」 전문이다. 이 작품이 발표
당시엔 '미류나무'로 되어 있지 않았나 싶다. 1988년에 나온 이문구 동
시집 『개구장이 산복이』엔 '미류나무'로 되어 있으나 1977년에 나온

동시집 『이상한 아빠』에는 '미루나무'로 되어 있다. 내 자신 어린 시절부터 '미루나무'로 알고 있었고 실제 지금도 고향 쪽에선 그리 발음하는 것이 보통이다. 미루나무가 '미류美柳'에서 나왔으며 미국에서 건너온 버드나무라 하여 붙인 이름이란 것을 알게 된 것은 훨씬 뒤의 일이다. 그런데 이 미루나무를 작가 김동인은 '아라사 버들'이라 적고 있다.

그리고 손들을 돌아보며 "이 사람이 마음이 아라삿버들 같이 직하니까 그 버드나무를 좋아하거든." 하고 웃었다. 최서방은 물러 나왔다. 그러나 마음은 춤출 듯이 기뻤다. 자기는 마음이 곧아서 오직 한 줄기로 벋는 아라삿버들을 좋아했거니 하고는 혼자 벙글벙글하였다.

1976년에 나온 『김동인 전집』 제5권에 들어 있는 이 단편의 표제는 '포플라'로 되어 있고 끝자락에 "1930년 1월 '신소설' 소재 '아라사 버들' 개제改題"라 적혀 있다. 그러나 위의 대목은 달리 고칠 수 없어서 그대로 아라삿버들로 해놓았지만 군데군데 포플라니 버들이니 하고 고쳐놓은 흔적이 보인다. 해방 직후에 나온 단편 선집에서 '아라삿버들'이라고 읽은 기억이 있다.

그런데 똑같은 포플라를 두고 왜 미루나무와 아라삿버들이란 두 가지 이름이 생긴 것일까? 귀화식물이 많이 들어온 것은 19세기 말에서 20세기 초의 일이라 생각되는데 이때 미국에서 들여왔다 해서 미류나무라 했을 것이다. 다만 함경도나 평안도는 상대적으로 러시아와 가까웠고 따라서 새로 들어온 나무가 러시아에서 왔다고 생각해서 그 쪽에선 아라삿버들이라 한 것이 아닌가 추측된다. 해방 전에 경성의전의 교수를 지냈으며 『발광동물發光動物』이란 과학 저서가 있는 하사마挾間文—는 아카시아는 러시아가 만주로 팽창해 왔을 당시 러시아에서

묘목을 가져와 보급시켰으며 만주에서 한국으로도 이식되었다는 설을 전하고 있다. 아무데나 재배가 가능한 강인한 수종이어서 지금은 한국과 만주 일대에서 아주 번창하고 있다고도 부연하고 있다. 아카시아가 러시아에서 왔다고 생각한 관북과 서도 사람들이 포플라도 러시아에서 왔다고 생각했을 개연성은 크다고 생각할 수 있다. 그러나 이것은 어디까지나 추측일 뿐이니 보다 엄밀한 천착이 필요한 사안일 것이다. 그런 맥락에서 황해도 출신의 여성시인 노천명이 고향의 생가를 노래한 시에도 아라사버들이 나오는 것은 유념해둘 만하다.

뒤 울안 보루쇠 열매가 붉어오면
앞산에서 뻐꾸기가 울었다
해마다 다른 까치가 와 집을 짓는다는
앞마당 아라사 버들은 키가 커서 늘 쳐다봤다.

「생가」에서

한글학회 지음 『우리말 큰사전』에는 '아라삿버들'을 '러시아에서 나는 버들과 같이, '아주 곱고 뻣뻣함'을 비유하는 말'이라 풀이하면서 "그 사람의 마음이 아라삿버들같이 곧으니까"를 예문으로 들고 있다. 그러나 정작 '러시아에서 나는 버들'이 무엇을 가리키는지는 적혀 있지 않다. 우리나라 사람들이 러시아에 가보지 않고 어떻게 그곳에서 나는 버들이 곱고 뻣뻣하다는 것을 알 수 있을 것인가? 『우리말 큰사전』의 예문은 아무래도 위에 적은 김동인 작품에서의 인용문을 변형시킨 것이라 생각한다. 그로 보면 김동인의 '아라삿버들'이 포플러임은 더욱 분명해 보인다. 다만 버들과에 속하는 포플러에도 가령 이탈리아 포플러와 같이 세분하면 여러 종류가 있으니까 미루나무와 아라삿버들이 얼마쯤 다른 것일 개연성을 배제할 수는 없을 것이다.

언어의 중요한 특징의 하나는 그것이 늘 변화한다는 것이다. 이 변화 중에는 옛말의 쓰임새가 줄어들고 새말이 끊임없이 주조되고 유통되는 것도 포함된다. 위에서 살펴본 바와 마찬가지로 귀화식물이란 새로운 지칭대상이 들어옴에 따라 새로운 단어가 생겨나게 된다. 그 경우 외국말을 그대로 차용하거나 우리 식으로 만들어 쓰는 경우가 있다. 사회변화에 따라서 새로운 낱말은 끊임없이 생겨나게 마련이다. 제2차 대전 종식 이후 미소 대립이란 새로운 현상이 생겨남에 따라 시사 논평가 월터 리프맨은 '냉전' 이란 새말을 만들어 냈고 그것은 곧 전 세계로 퍼져나가 널리 통용되기에 이르렀다. 원자폭탄이 실전에 쓰이기 30년 전에 영국의 작가 H.G. 웰즈는 실제로 원자폭탄이란 말을 쓰고 있다. 그러니까 상상 속에서 만들어낸 말이 지칭대상을 선취하는 경우도 있는 것이다. 해방 이후 새로운 현상을 따라서 '라이타돌' '지프차' '통조림' '양공주' '월남동포' '휴전선' '주택단지' '고엽제' '비전향 장기수' '운동권' '탈북자' '먹거리' '왕따' '주제파악' '몰래 카메라' 등 수많은 새말이 우리말로 편입해 들어왔다는 것은 누구에게나 익숙하다.

언어 변화의 국면은 비단 어휘 면으로 국한되지 않는다. 발음에서부터 구문이나 통어법에 이르기까지 다양하게 이루어진다. 다만 그 변화는 오랜 시간에 걸쳐 서서히 진행되는 경우가 많아 보통 사람들에게는 쉽게 인지되지 않는 것이 보통이다. '곶' 의 사례에서 보듯 조선조에서부터 시작된 된소리 발음의 점진적 증가는 지금도 진행중인 것으로 생각된다. 20세기 들어와서 서구어 학습과 번역서의 보급은 알게 모르게 우리말의 구문과 통어법에도 적지 않은 변화를 야기 시켰다. 서구어 구문의 의식적 무의식적 차용은 일부의 부정적 비판적 반응을 자아냈으나 변화가 언어의 속성이란 것을 생각할 때 부정적으로만 대할 것은 아니다. 서구어 구문의 차용이 정치한 사고 및 논리 전개에 크게 기여한 점을 우리가 소홀히 할 수 없겠기 때문이다. 그러나 이러한 언어 변화의 측면을 인지하고 검토하는 기도는 별로 보이지 않는다. 그것은 당대의 지배적인 언어학이 공시적인 체계를 모형으로 해서 언어연구에 임하고 있다는 것과 연관된다고 생각한다.

서마서마

오빠가 가시고 난 방안에
숯불이 박꽃처럼 새워간다.

산모루 돌아가는 차, 목이 쉬여
이밤사 말고 비가 오시랴나?

망토 자락을 여미며 여미며
검은 유리만 내여다 보시겠지!

오빠가 가시고 나신 방안에
시계소리 서마서마 무서워

정지용이 30년대에 발표한 동시 흐름의 「무서운 시계」 전문이다. 1995년에 낸 졸저 『시란 무엇인가』에서 필자는 여기 나오는 '서마서마' 가 정지용 자신이 만들어낸 조어가 아닌가, 서먹사먹히다란 말을 유추적으로 변형시킨 것이 아닌가, 하는 생각을 토로한 바 있다. 단정 적으로 얘기한 것은 아니고 추정임을 분명히 밝혔다. 정확을 기하기 위해서 해당 부분을 인용해 본다.

> 마지막 줄 "시계소리 서마서마 무서워"의 "서마서마"는 아마도 정지 용 자신이 만들어낸 조어가 아닌가 생각된다. '종달새' 라는 역시 동시 흐름의 작품에서 그는 종달새 소리를 "지리 지리 지리리"란 의성어로 표현한 적이 있다……이러한 의성음은 그의 발명이자 창작이다. '서마 서마' 가 설마 시계소리의 의성음은 아닐 것이다. 어린 소녀의 얼마쯤 두렵고 외로운 심정을 나타내는 말일 것이다. 낯설거나 어색한 것과 연 관된 '서먹서먹하다' 란 말을 유추적으로 변형시킨 것일 거라는 추측도 가능하다. 신상이나 집안에 변화가 일어났을 때 일상의 낯익은 것이 갑 자기 낯설어지면서 불안이나 고독감을 더해준다는 것은 우리들 공통의 유년 기억의 하나일 것이다. 평소 심상하게 들리던 시계 소리 같은 것도 갑자기 낯설게 들리는 것이다. 심상하던 것이 생소해지면서 어떤 두려 움을 느끼게 되는 것이다.

이 부분에 대해서 『정지용 시 126편 다시 읽기』에서 권영민 교수가 다음과 같이 말하고 있다. 걸맞지 않게 교시敎示적이고 단정적인 어조 에 주목해 두는 것도 독자들의 꼼꼼한 글읽기 습관형성에 도움이 될 것이다.

> '서마서마' 라는 말이 정지용의 새로운 조어일 가능성이 있다는 설명 은 잘못된 것이다. 정지용과 같은 시인이기 때문에 이렇게 새로운 시어

를 만들어낼 수도 있다는 가정부터 바르지 못하다. 시인이 전혀 새로운 말을 만들어내는 경우는 많지 않다. 오히려 일상 생활 속에 쓰는 말 가운데 그 특이한 묘미를 발견하고 자신의 시속에 그것을 담아놓음으로써 그 말에 새로운 의미를 불어넣는 경우가 더 많다. 우선 "서마서마"라는 말에 대해 생각해 보자. 이 말은 시계 소리의 의성어도 아니고 "서먹서먹하다"에서 유추적인 변형을 일으킨 말도 아니다. 정지용이 새롭게 만들어낸 조어는 더구나 아니다.

이렇게 말하고 나서 이 말이 충청도 지방에서 흔히 쓰이는 형용사 '서마서마하다'에서 파생한 부사이며 한글학회 편 『우리말 큰사전』이나 이희승 편 『국어대사전』에는 이 단어가 올라 있지 않다고 부연하고 있다. 충청도에 그런 말이 있다면 나의 추측은 무효가 되고 우리 시어의 수수께끼 하나가 풀린 셈이다. 필자는 자기의 추측을 고집하고 싶은 생각이 추호도 없으며 엄연한 사실 앞에서는 겸허해지고 사실은 존중하고 싶을 따름이다. 다만 충청도 어느 지방에서 쓰이는 말이며 왜 이 말이 주요 사전에 등재되지 않았나 하는 점에 대해서는 발설자가 어느 정도 설명을 가할 필요는 있다고 생각한다. 충청도라 하더라도 소백산맥 언저리의 충북 단양에서 서해 갯가인 충남 보령에 이르기까지 광범위하다. 필자는 어려서부터 생소한 말이나 생소한 어법에 대해 관심이 많아서 고향 사투리에 대해서 평균 이상의 지식을 가지고 있다고 은근히 자부해 왔다. 그러나 솔직히 '서마서마하다'라는 말은 들어본 적이 없다. 필자의 관심이란 상당히 구체적인 것이어서 박목월의 시에 나오는 나그네가 실제로 일상생활에서 쓰이고 있는가의 여부와 같은 것이었다. 필자가 실제 생활의 문맥에서 들어본 유일한 경우는 "관청 다니는 나그네들이 우리 사정을 어떻게 알아?"하고 내뱉는 어느 촌로의 불평에서였다. 여기서 나그네는 자기 부류와는 달리 호기 있게 왔다 갔다 하는 양복쟁이 공무원을 가리켰는데 이러한 타자他者화가 과연 일반적인 관용인지 무학無學 노인의 창의적인 개인언어인지는 확인할 길이 없었고 지금도 확인할 길이 없다. 벌써 60년 전의 일이기 때문이다.

　필자가 들어보지 못했다고 해서 있는 말을 부정할 수는 없는 것이다. 다만 '서마서마'의 경우 충청도 어느 지방이란 것은 분명히 밝히는 것이 연구자의 당연한 의무일 것이다. 관청 다니는 나그네란 어법에서 볼 수 있듯이 유사 개인언어ideolect는 폐쇄된 사회적 시공간에서 드문 일이 아니기 때문이다. 설사 '서마서마'에 관한 나의 조심스러운 추측이 무효라 하더라도 그 맥락에서 토로한 시행의 해석에 틀린 바는 없다고 생각한다. 기본 사항이 잘못되지 않은 한 시편이나 시행의 해석에서 독자의 해석은 그의 자유에 속한다. 그러나 앞뒤가 맞아야 하고 불필요한 읽어 넣기가 없어야 적정성을 얻게 된다. "밤기차를 타고 집을 떠난 오빠가 목적지에 무사히 도착하기를 바라며 마음 졸이는 소녀의 심정이 바로 '서마서마'라는 말속에 담겨 있다"는 해석은 사족이라 생각한다. 망토를 입고 아마도 공부를 위해 도시로 떠나간 오빠를 걱정할 수는 있지만 '구둣발'과 함께 떠난 것도 아닌 이상 그렇게까지 확대 해석할 필요는 없을 것이다. 시골 소녀에게 도회는 동경의 대상이지 우려의 기호가 아니다. 표제 자체가 '무서운 시계'이다.

초밤불과 초밤별

　위에서 변화가 언어의 중요한 속성이라고 말한 바 있다. 그러면 이 변화를 일으키는 주체는 누구인가? 말할 것도 없이 특정 언어공동체에 속해 있는 개인이나 집단이 변화의 주체이다. 가령 어휘의 경우 냉전冷戰이란 말처럼 말을 만들어낸 특정 개인의 추적 확인이 가능한 사례가 없는 것은 아니나 그것은 예외적인 경우이다. 처음엔 특정 개인의 창의가 만들어냈다 하더라도 말은 언어공동체의 대체적인 시인 없이는 통용되지 않는다. 그런데 말을 만들어 내는 데 있어 특별한 재능이 필요한 것은 아니다. 필요는 발명의 어머니란 말이 있지만 필요와 약간의 유추능력이 말을 만들어 내는 것이다. 필자는 유아원에 다니는 꼬마와 피자집에 간 적이 있다. 무얼 먹고 싶으냐는 질문에 꼬마는 고개를 갸우뚱하더니 "그거 있잖아?"하는 것이었다. 생각이 안 나는지 조금 있다가 다시 "그거 있잖아?"하고 나서 곧 말하는 것이었다. "피짜 나면!" 스파게티가 생각나지 않아 순간적으로 그는 '피짜 나면'이란 합성어를 만들어 낸 것이다. 헬레니즘에서 명징한 표현을 얻은 언어동물이란 인간 정의는 정곡을 찌르고 있다고 하지 않을 수 없다.

어린 시절 필자는 "찍꾸도 짝꾸도 없는 소리"란 말을 자주 접했다. 이치에 안 맞는 소리, 별 뜻이 없는 소리, 혹은 요령부득의 소리란 뜻으로 쓰인 것이다. 그런데 이 말은 내가 살던 고장 이외의 곳에선 들은 바가 없다. 지금 생각하면 '도끼로 찍고도 자국도 없다' 란 원형에 두운頭韻과 각운과 된소리가 가미되어 통용된 것이라 생각된다. 방언이라 하기도 어려운 것이 제한된 거주 지역에서나 통용되었기 때문이다. 누군가의 재담이 공감을 얻어 일부에서 통용된 것이라 생각되는데 실감나는 속어가 아니었나 생각된다. 영향력 있는 작가가 써먹었다면 당당한 우리말로 편입되었을 것이다. 이렇듯 말 만들기 재주에는 귀천이나 신분이나 연령의 고하가 따로 없는 것이다.

말의 이모저모에 대해서 민감하고 말솜씨가 남다른 시인은 모국어에 대해서 누구보다도 많은 기여를 할 수 있다. 그 가운데는 말의 창조적인 변용이나 조어도 끼어 있다. 조어라고 해서 아무렇게나 만들어 낸다는 뜻이 아니다. 가령 정지용의 유명한 「향수」에는 서리까마귀란 말이 나온다. 일본의 사에구사 교수가 그것을 천착한 별 소득 없는 글을 본 적이 있지만 필자 보기에는 '서리병아리'의 창조적 변용이라 생각한다. 서리철에 나른다 해서 서리까마귀란 말을 만들어 쓴 것이지만 서리병아리가 있기 때문에 극히 자연스럽게 들린다. 또 이 시어를 만들어 쓸 때 운율적인 고려가 있었으리라고 추측해 보는 것도 중요하다. 조금 긴 시행이기 때문에 '까마귀'만 가지고는 미흡감을 느꼈을 공산이 크다. 그리고 서리까마귀란 말을 처음으로 씀으로써 시인으로서의 만족감과 자부심을 느꼈을 것이다. '그리던 하늘만이 높푸르구나'의 '높푸르다'란 말은 지금 사전에도 등재되어 있다. 그러나 이것도 정지용의 합성조어라 생각한다. 작품 「고향」이 발표된 1930년 이전의 글에서 필자는 그러한 용례를 본 적이 없다. 그런데 위에서 권영민 교수는 '서마서마'가 정지용의 조어일 가능성이 있다는 필자의 추측에 대해서 잘못된 설명이라 하고 "정지용과 같은 시인이기 때문에 이렇게 새로운 시어를 만들어낼 수도 있다는 가정부터 바르지 못하다."고 유권해석하듯 발언하고 있다. 말은 유아원 꼬마도 만들어 낼 수 있다. 정지용은 함부로 말을 만들어 쓰는 시인은 아니지만 필요한 경우 당연하게도 걸맞은 말을 만들어 쓰고 있다. 그 사례 하나를 들어 본다.

고요히 그싯는 손씨로
방안 하나 차는 불빛!

별안간 꽃다발에 안긴 듯이

올빼미처럼 일어나 큰 눈을 뜨다,

*

그대의 붉은 손이
바위틈에 물을 따오다,
산양(山羊)의 젖을 옮기다,
간소(簡素)한 채소(菜蔬)를 기르다,
오묘한 가지에 장미(薔薇)가 피듯이
그대 손에 초밤불이 낳도다.

「촉불과 손」 전문

인용시 마지막 시행에 보이는 '초밤불'에 대해서 『정지용 시 126편 다시 읽기』에는 '초밤불'에서 '초밤'은 결혼한 첫날밤을 가리킨다. '초밤불'은 결혼 첫날밤을 밝히는 불로 해석할 수 있다는 참으로 해괴한 주석이 보인다. 즉 '초밤'을 봉건시대나 일부 전前문자사회에 있었다는 초야권初夜權의 그 초야로 해석하고 있다. 그러나 이것은 초가을, 초봄, 초저녁, 초장初場에 보이는 접두어를 밤과 합성해서 만든 정지용의 조어이다. 뜻은 이른 밤 즉 저녁이란 뜻이다. 젊은 날의 정지용에게 윌리엄 블레이크의 시편을 번역한 것으로 「초밤별에게」란 것이 있다.

그대, 고흔 머리 듸린 초밤 천신(天神)이여
이제는 해가 산맥(山脈)우에 잠긴 때, 혀들어라
빛나는 사랑의 횃불을, 찬란한 보관(寶冠)을

이고, 우리 이른 잠자리에 가벼운 우슴을 굴리라

Thou fair-hair'd angel of the evening,
Now, whilst the sun rests on the mountains, light
Thy bright touch of love; thy radiant crown
Put on, and smile upon our evening bed!

위에서 볼 수 있듯이 초밤은evening을 가리키는 시어 내지는 역어譯
語가 되어 있다. 원제는 'To the Evening Star'이다. 초밤별이란 말
이 매력 있게 생각되었는지 그 후 많은 시인들이 이 말을 따라 쓰고 있
어 이제 우리말로 완전히 정착된 느낌이다. 필자가 아는 한 '초밤별'
이란 말은 정지용 이전에는 그 용례가 찾아지지 않는다

초밤별이 깜빡 서녘 하늘에 나타날 지음.
마음이 반짝 나의 가슴속에 눈뜰 지음
코스모스는 웃었다 가는 줄기 위에서

임학수, 「코스모스」 전문

아 밀려오는 어스름 초밤별 아래
그대 이슬 되어 촉촉이 젖어드는데

조지훈, 「편지」

때로는
초밤별이 다만 한 개
높이 떠서 인사를 보낸다

정지용 시나 후속 시인들의 겹쳐 읽기를 통해서 '초밤별'을 알게 되면 '초밤불'이 무엇을 뜻하는가는 너무나 자연스럽고 쉽게 드러난다. 설사 그런 겹쳐 읽기의 기회를 놓쳤다 하더라도 시편을 꼼꼼히 읽어보면 '첫날밤을 밝히는 불'이란 망측하고 황당무계한 엽기적 해석은 나올 수가 없다. 바위틈에서 물을 길러오고, 산양의 젖을 짜고, 간소한 채소를 기르고, 방안 하나 차는 불빛을 밝히는 '그대'는 누구일까? 딱 꼬집어서 얘기할 수 도 없고 또 그럴 필요도 없다. 그러나 굳이 캐본다면 살림을 하는 통상적인 주부로 보는 것이 온당할 것이다. 아마도 겨울철의 빨래나 부엌일로 '붉은 손'을 갖게 되는 것은 살림살이하는 주부들의 통상이었을 것이다. 산양의 젖을 짜는 일은 물론 흔치 않은 일이었을 것이다. 그러나 전혀 없었다 할 수는 없다. 그리고 그녀는 채소를 기르고 밤이 되면 촛불을 켜서 방을 밝히는 것이다. 「촛불과 손」은 촛불 켜기란 일상생활 속의 범상한 행위와 효과에 초월적인 후광을 둘러줌으로써 일상의 경이驚異에 눈뜨게 하는 인지와 축복의 시편이다. 느닷없이 나오는 첫날밤은 주석자의 계몽되지 않은 상상력을 알리는 징표라 할 것이다. 해설서라면 가령 "간소한 채소"란 말이 갖는 오묘한 함의, "산양의 젖을 옮기다" 같은 둘러말하기에 독자가 주목하도록 했어야 할 것이다.

전등이 일상화되고 전기 조명이 달밤을 실종시킨 시대에 성장한 현대의 젊은 독자들은 아마 이 시에 대해서 대체로 무감할 것이다. 그러나 전기 없는 고장에서 흐릿한 석유등잔에 의존하다가 어떤 계제에 굵은 황촛불을 켰을 때의 축복과 같은 환한 불빛을 필자는 생생히 기억한다. 그런 의미에서 읽는다는 것은 작품의 텍스트를 우리의 삶이란 텍스트 속에서 다시 쓰는 것이란 기호논자들의 말은 옳다고 해야 한다. 계몽된 역사적 상상력은 과거사 이해에만 필수적인 것이 아니라 과거의 문학작품 이해에도 필수적이다. 여담이지만 필자는 정지용을 처음 읽었던 어린 시절에 여기 나오는 '그대'가 성모 마리아가 아닌가 하고 막연히 생각했다. 아마 시인이 가톨릭 교도인 데다가 작품의 초속超俗적인 분위기 때문이었을 것이다. 그러다가 근로와 기도에 전념하는 수녀원의 수녀일지도 모른다고 생각했다. 오래 간만에 이 시를 다시 읽으면서 통상적인 주부라고 생각하게 되었다. 그리고 시인의 의도나 작품의 주제와 상관없이 결과적으로 우리 여성과 주부에 대한 가장 '간소簡素한' 송가가 되어 있다고 생각한다. 그러나 이것은 어디까지나 주제에서 벗어난 여담이다. 말 한마디에도 사회의 변천과 사회사가 반영되어 있다는 것을 확인해 두기 위해 덧붙였을 따름이다.

연구란 허위의식

『다시 읽기』의 제1부를 이루고 있는 '정지용 시의 해석문제'라는 부분에는 다음과 같은 대목이 보인다.

최동호 교수의 "정지용 사전"은 정지용의 시 작품에 등장하는 모든 어휘들에 대한 분석 작업을 종합한 것이다. 이것은 우리 학계에서는 처음 보는 형식으로 엮여진 참으로 방대한 작업의 결과물이다…… 이런 정도의 작업이라면 사실은 김재홍 교수가 펴낸 "한국현대시어사전"에서 이미 대부분 정리된 셈이다. 시어의 용례에 대한 보다 철저한 분석이 이루어졌어야만 김재홍 교수의 선행 업적을 넘어서는 결과를 낼 수 있었을 것이라는 아쉬움이 있다.

이와 같은 판단기준을 『다시 읽기』에 적용시킨다면 어떻게 될까? 그것을 알아보기 위해서는 저자가 제시한 '새롭게 정의된 어휘' 34개 항목을 비롯해 어구 해석을 꼼꼼히 검토해야 할 것이다. 우선 결론부터 말하면 책에서 거론하고 주석을 붙인 어휘 가운데 대부분이 이미 선행 연구나 해설적인 글에 나온 것이다. 새로움을 위장하기 위해서 선행 발표자의 의견에 이의를 달아 사태를 호도하고 있을 뿐이다. 그리고 적정성 없는 어구해석이나 해설이 너무나 많다. 또 가령 '물먹은 별' 같은 것은 있으나 마나한 것이다. '물먹은 별'이 '물기 머금은 별'이라는 것은 우리말의 최소한의 상식에 속한다. 몇 마디로 해결할 문제를 놓고 설왕설래하면서 연구라고 자처하는 것은 우리나라에나 있는 진풍경이다. 앞에서 최동호 교수의 책에 가한 논평은 이자를 붙여 『다시 읽기』에 돌려주어야 할 것이다. 개개 시편에 대한 해설도 핵심은 젖혀놓고 변죽이나 울리는 경우가 많아 '정지용 마구 읽기'라고 하는 편이 적절할 것이다.

필자는 『다시 읽기』가 나온 민음사에서 1995년 1월에 정지용 시편 70여 편을 골라 간단한 어구 해석과 해설을 곁들여 「유리창」이란 표제 아래 세계시인선 제20권으로 낸 적이 있다. 시는 원본 텍스트로 읽어야 한다는 생각이지만 구식 철자법으로 된 책을 읽으려 하지 않으니 고등학생도 쉽게 접근할 수 있도록 현행 맞춤법으로 내자는 출판사의 취지를 따른 것이다. 번거로움을 피해 극히 간략한 설명을 밑에 각주로 붙인 것이었다. 『다시 읽기』가 많은 것을 따르고 있음에도 불구하고 선행 자료에 대한 언급은 전혀 없다. 1993년 어떤 계제에 어느 저서를 읽다가 시편 「구성동」에 나오는 '누뤼'를 '노을'로 알고 고통스러운 해석을 전개하고 있는 것을 보고 경악한 적이 있다. 그래서 해설에서 이렇게 적었고 그 글은 곧이어 상재된 평론집 『문학의 즐거움』에도 수록되어 있다.

　　"누뤼가 소란히 쌓이기도 한다"는 것은 우박 소리가 소란히 들릴 정도로 조용한 곳임을 강조함으로써 시간마저 정지한 듯이 보이는 초역사적 공간의 고요를 부각시키는 반어적 대조 수법을 이루고 있다. 시의 비밀은 시인의 다른 시편 속에 잠복해 있는 것이 보통이다. 충청도 지방에서는 얼마 전까지만 하더라도 우박이 떨어지면 "유리 떨어진다"고 말했다. 이 사실을 모른다 하더라도 시집을 읽어보면 그것이 드러난다. "누뤼알이 참벌처럼 옮겨간다"는 '비로봉,' "빗방울 나리다 누뤼알로 구을러/한밤중 잉크빛 바다를 건느다"의 2행시 "겨울"을 읽으면 그 뜻은 저절로 드러난다.

더 구체적으로 말하지 않고 그냥 충청도라 한 것은 사전에도 등재되어 있는 충청도 방언이기 때문이었다. 유리(충청, 강원)는 누리이고 누리는 우박이라는 것이 웬만한 사전에는 나와 있다. 「태극선」에 나오는 '제자' 가 '저자,' 「폭포」에 나오는 '베람빡' 이 '바람벽,' '곡마단' 에 나오는 '째리' 가 '십원짜리' '열살짜리' 의 '짜리' 임도 밝혀 두었다. '다락같은 말' 에 대해선 졸저 『시란 무엇인가』에서 지나치리만큼 자상하게 설명해 두었다. 필자의 지적이 최초로 나온 것인지는 알지 못한다. 필자 이전에 그런 지적이 있었을지도 모른다. 그러나 어쨌건 『다시 읽기』가 그런 것을 전혀 언급하지 않고 부정하기 위해서만 선행 사례를 거론하는 것은 연구자의 윤리에서 벗어나는 비열한 짓이다. 알고 있었으면서도 언급하지 않았다면 정직하지 못한 것이고 모르고 있었다면 연구자의 의무를 다하지 못한 것으로서 어느 모로나 장한 일은 못 된다. 연구서가 아니기 때문에 읽지 않았다고 변명할지도 모른다. 아마 그 말이 맞을 것이다. 문제는 적어도 시 읽기에 관한 한 독자로서나 연구자로서의 기본자질이 의심되는 허점투성이의 책을 내면서 연구를 자처하는 허위의식에 빠져 주제파악도 못하면서 유권해석적 발언을 일삼는다는 점에 있다. 실수는 누구나 저지르게 마련이라 허용되지만 방법적 부정직은 지탄받아 마땅하다.

『다시 읽기』는 「향수」에 나오는 서리까마귀를 갈가마귀라고 적어놓고 있다. 근거 제시도 없는 해괴한 주석이다. 갈가마귀는 흔히 떼지어 날아다녔고 어떤 경우엔 하늘이 새까맣게 날아갔다. 육이오 전까지만 하더라도 흔히 볼 수 있는 풍경이었다. 갈가마귀가 자주 날면 난리가 난다는 속설도 있었다. 서리까마귀에 대해선 앞에 언급했기 때문에 중언부언 않겠다. "풀섶 이슬에 함추롬 휘적시던 곳"의 '함추롬' 에 대해서는 "가지런하고 곱다"고 사전에 있는 설명을 그대로 적어놓고 있다. 그러나 전후 맥락을 보면 담뿍 젖어 있는 모양을 나타내는 말이요 그런 뜻은 사전에도 나와 있다. 상식 이하의 주석이다. 또 「향수」에서 정말로 해독과 해석이 필요한 대목인 "하늘에는 성근 별 알수도 없는 모래성으로 발을 옮기고"에 대해선 입을 봉하고 슬그머니 넘어가고 있는데 이것은 핵심은 접어둔 채 변죽을 울리는 이 책의 '마구 읽기' 독법을 아주 적실하게 보여주고 있다.

너는 시골 듬에서
사람스런 숨소리를 숨기고 살고
내사 대처 한복판에서
말스런 숨소리를 숨기고 다 자랐다

여기서의 듬은 두메이다. 『다시 읽기』에는 "뜸. 한 동네 안에서 따로따로 몇 집이 한데 모여 있는 구역"이라 주석을 붙이고 있다. 두메는 도회에서 멀리 떨어져 있는 산골 벽지의 뜻이다. 두메산골이라는 말도 있다. 위의 시행에서 '듬'은 '대처 한복판' 즉 도회와 대조를 이루고 있으니 두메를 가리킨다. 뜸이란 말은 '마을' 정도의 뜻으로 '위뜸' '아래 뜸'의 형태로 쓰인다. 어느 편이 더 적정한가? 시 읽기는 단순한 정서교육이나 어문교육 차원의 사안이 아니고 지적 훈련의 문제라는 것을 다시 확인하게 된다.

몇해 전 백석 시편 「고향」과 그리스 신화 사이에서 유사관계를 가정한 문제가 수능고사에 출제된 일이 있었다. 「고향」은 큰 의미가 내장되어 있다 할 수 없는 소박한 시편이고 시편과 그리스 신화 사이엔 유추관계가 성립되지 않는다. 문제가 되었지만 수험생과 그 가족 모두가 이해당사자가 되는 바람에 흐지부지 끝나고 말았다. 필자는 『다시 읽기』를 읽으면서 그런 해괴한 문제가 버젓이 국가가 관리하는 시험 문제로 출제되는 것의 수수께끼가 풀리는 듯한 느낌이었다. 저자의 특정 위치 때문에 이 책이 수많은 수험생과 지도 교사들과 문과대학생들 사이에서 하나의 '교본'으로 수용될 공산이 크다. 그것을 생각할 때 이 책의 수다한 오류와 문제점은 계속 검토되어 문학교육 반성의 기회로 삼을 필요가 있다고 생각한다. 이러한 미시적 관심이 과연 노력에 값하는 것인가에 대해 필자는 극히 회의적이지만 누군가가 떠맡아야 할 일이라 생각한다.

3. 시 속의 외국

―홍춘과 카페

조그만 일탈

시인 정지용의 공인된 시적 공로의 하나는 우리의 토박이말을 찾아내 이를 적재적소에 배치해서 시적 위엄을 조성하는 데 크게 기여하고 뚜렷한 전범이 되어 주었다는 점이다. 20세기에 생산된 모든 시편들을 공시적 질서 속에서 대하고 수용하는 일반 독자들이 이 사실을 실감나게 인지하기는 어려운 일일 것이다. 정지용이 사실상 절필한 1940년대 후반, 특히 우리말을 다시 찾은 시기에 시 쓰기에 정진한 기라성 같은 많은 시인들의 업적이 아주 무성하기 때문이다. 정지용의 시적 업적은 1920년대와 30년대 동시대 시인들과의 비교 속에서 비로소 그 참모습이 드러나는 것이다. 따라서 우리 시에 대해서 범상치 않은 감식력을 보여주는 시 애호가가 다음과 같이 말하는 것을 들을 때 우리는 얼마쯤 의외라는 느낌을 받게 된다. 다음 문장은 고종식의 『모국어의 속살』에 보인다.

‘언어미술’ 의 ‘미술’ 을 음악까지 포함한 ‘예술’ 로 해석했을 때, 정지용은 그보다 10여 년 손아래인 미당에게 도저히 미치지 못한다. 아니, 동갑내기지만 문학 활동은 꽤 일렀던 소월에게도 그는 끝내 미치지 못한다. ‘언어미술’ 의 ‘미술’ 을 요즘 용법대로 조형예술로 받아들인다 하더라도, 그는 60년대 이후의 모더니스트들, 예컨대 오규원에게 크게 미치지 못한다. 정지용을 ‘감각의 시인’ 으로서 훌쩍 뛰어넘어선 언어미술가들도 우리 둘레에 적지 않다. 그것은 한국어가 근대적 문학언어로서 살아온 한 세기 동안에, 이 언어가 워낙 빨리 진화한 탓도 있다.

시인으로서의 정지용이 미당에게 크게 미치지 못한다는 사실을 부정할 사람은 없을 것이다. 그러나 이 경우에도 미당이 제3시집 『서정주 시선』을 상자했을 나이에 정지용이 사실상 절필할 수밖에 없었다는 개인사 및 사회사적 사실을 도외시해서는 안 될 것이다. 소월과 지용은 시적 오리엔테이션이 아주 다르기 때문에 한마디로 척결할 수 있는 비교 사안이 아니다. 두 사람 사이에는 과장어법이 허용된다면 거의 전근대와 근대의 차이가 있다. 김소월의 시세계와 언어가 비교적 단조함에 비해서 정지용의 그것은 한결 다양하고 풍요하다는 점이 참작되어야 하리라 생각한다. 그들이 동갑내기라는 사실은 동시대 속의 상호 타자성을 실감케 하는 흥미 있는 문학적 사례라 생각한다. 오규원과 정지용의 수평 비교는 앞서 태어난 자의 상대적 불우와 고뇌를 도외시하는 후래자後來者 중시의 수행 평가이며 그 과정에 작품의 역사성도 문학성의 일부를 이룬다는 사실은 사상捨象되어 있다. 한국어의 고속 진화를 들어 사정을 이해하려 한 것은 이해되나 좀 더 강조돼야 할 국면이라 생각한다.

정지용 신화가 있고 그것이 지금도 수정되지 않은 채 유지되고 있다면 그것은 사이비 연구 실적을 내거나 무언가를 보여주어야 한다는 대학인들의 비평적 허욕이 빚어내는 부수 현상일 공산이 크다. 가령 위의 인용문 앞 부분에서 '미숙한 작품'이라고 거론한 정지용의 「유선 애상」과 같은 미숙할 뿐 아니라 채신없이 경망한 희작戱作에 부질없는 시간을 허비하고 그것을 업적이라고 자처하는 따위의 반反인문적인 작태가 그런 현상을 낳는 것이다. 우리 대학의 국문과가 마주친 딜레 마의 하나는 가령 현대문학 전공자가 많고 이들은 특정 시인이나 작가 에 대한 연구논문을 써서 요식 행위를 갖추어야 하고 그런데 연구 대 상이 될 만한 작가 시인은 많지 않다는 사실에서 나온다. 그러니까 몇 몇 시인 작가에게 쏠림 현상이 생겨나고 논문 작성자들은 무엇인가를 보여주기 위해 기발한 소리를 하거나 억지 논리를 펴게 되는 경우가 허다하다. 일단 평가받는 시인 작가가 누적적으로 과대평가 받게 되 어 신화화되는 이유의 하나가 여기에 있다.

김소월이 한두 예외를 제외하고서는 일제日製 한자어나 외래어를 배제하고 언어조직에 대처한 데 반하여 정지용은 적지 않은 외래어를 썼고 심지어는 일본어를 그대로 쓴 경우도 있다. 김소월이 언어 구사 에서 민족 시인의 면모를 아주 진하게 보여준 데 반하여 정지용은 한 결 개방적이었다 할 수 있고 그것은 시 세계의 다양성과도 관련되어 있다.

> 대수풀 울타리마다 요염한 관능(官能)과 같은 홍춘(紅椿)이 피맺혀 있다.
> 마당마다 솜병아리 털이 폭신 폭신하고,
> 지붕마다 연기도 아니 뵈는 햇볕이 타고 있다
> 오오 개인 날세야, 사랑과 같은 어질머리야.
>
> 「슬픈 기차」에서

아지랑이에 대한 기억할 만한 시적 정의를 포함하고 있는 이 대목에서 홍춘紅椿은 붉은 동백을 가리키는 일본어이다. 아마 일본의 세도 내해內海를 지나는 기차에서 본 풍경을 적은 것이니까 일본어를 그대로 적은 것이리라. 그밖에도 "춘椿나무 꽃 피뱉은 듯 붉게 타고/더딘 봄날 반은 기울어/물방아 시름없이 돌아간다"로 시작되는 시편은 표제도 아예 '홍춘'으로 되어 있다. 일본 체험의 일환이기 때문에 자연히 일어를 쓴 것이겠지만 토박이말 발굴에 남달리 정성을 쏟았던 시인으로서는 얼마쯤 일탈 행위라는 느낌을 준다. 그것은 그가 중부지방에서 자란 탓에 동백꽃이란 말을 몰랐기 때문일지도 모른다. 김영랑의 "동백잎에 빛나는 마음" 같은 대목이 없었던 것도 아니고 백석의 「통영」에도 동백꽃이 나오지만 그것은 1930년대 후반의 일이다. 그 무렵엔 정지용 자신도 동백나무에 대한 산문을 보여주고 있다. 그 후 청마나 미당이 동백꽃을 노래했지만 1920년대만 하더라도 동백꽃을 다룬 시편은 별로 없었던 것 같다. 이처럼 시와 문학은 자연을 참조하기보다 선행 시편과 문학을 참조하는 것이 보통이고 이것은 이른바 전통이라는 문화적 공통환상의 한 기반이 되어주고 있다.

> 반마(斑馬)같이 해구(海狗)같이 어여쁜 섬들이 달려오건만
>
> 일일이 만저주지 않고 지나가다.
>
> 「다시 해협」에서

『정지용 시집』상자 때 '해구海狗'로 고쳤지만 발표 당시에는 일어인 '옷도세이'를 그대로 썼다. 또 발표 당시 '경도京都 압천鴨川'이라 되어 있던 시편의 표제는 시집 상자 때 경도를 빼버렸다. 일본 색을 가

급적 빼려고 한 흔적이 보이는데 '홍춘'이 예외였던 것은 그만큼 한자의 매력을 버리지 못했던 것 같다. "요염한 관능과 같은 홍춘"은 역시 붉을 홍자가 들어간 홍춘이 어울리는 것도 사실이다..

「황마차幌馬車」의 안팎

일어를 그대로 차용해서 쓴 경우는 그밖에도 더러 있다. 제목부터가 '황마차幌馬車'인 시편에서 그러하다. 황마차는 우리말로 하면 포장마차가 되겠는데 분명한 일어이다. 바람과 비와 햇볕을 가리는 포장이 일어로 '호로(幌)이다. 백석은 그것을 휘장마차라 한 적이 있다.

> 넷적본의 휘장마차에
> 어느메 촌중의 새 새악시와도 함께 타고
> 면 바닷가의 거리로 간다는데
> 금귤이 눌한 마을마을을 지나가며
> 싱싱한 금귤을 먹는 것은 얼마나 즐거운 일인가.

「伊豆國湊街道」 전문

여기서 아즈伊豆는 가와바타의 「이즈의 무희」로도 유명한 지명이다. 백석이 황마차라 하지 않고 휘장마차란 한 것은 벌써 10년의 세월이 흘러 우리 시가 그만큼 성숙해졌고 민족어로 쓴다는 시인의 자의식이 투철해졌기 때문일 것이다. 개인적 차이보다는 시간적 계기의 작용이다.

이따금 지나가는 늦인 전차가 끼이익 돌아나가는 소리에 내 조고만 영혼이 놀란 듯이 파다거리나이다. 가고 싶어 따뜻한 화로가를 찾어가고 싶어. 좋아하는 코란경(經)을 읽으면서 남경(南京)콩이나 까먹고 싶어, 그러나 나는 찾어 돌아갈데가 있을라구요?

「황마차」에서

여기서 남경콩은 땅콩을 가리키는 일어이다. 일어에서 낙화생이 공식 명칭이지만 안주 감이나 주전부리 감을 가리킬 때는 남경콩이란 별칭을 더 많이 사용한다. 우리말에서는 낙화생이란 귀화어를 쓰고 또 호콩이라고도 하지만 남경콩이란 말은 쓰지 않는다. 사전에 등재되어 있는 남경두南京묘는 일어를 그대로 등재한 것에 지나지 않는다. 무대가 일본인 탓도 있지만 그 앞의 코란경과 함께 남경콩은 소소한대로 이국정서 비슷한 것을 조성하기 때문에 바꾸기 어려웠을 것이다. 일본에서도 요즘은 흔히 쓰지 않는지 1957년에 제작된 오즈小津安二郎 감독의 〈부초〉에는 남경콩이란 말이 나오자 젊은 여성이 그게 무어냐고 묻고 낙화생이라고 대답하는 장면이 나온다.

그동안 정지용 시에서 잘못 읽혔던 수많은 시어들의 의미를 이 책에서 바로잡게 된 것은 참으로 다행스럽게 생각한다. "정지용 시집"에 수록된 작품 가운데 난해한 작품으로 손꼽히는 '바다 2,' '유리창 2,' '오월소식,' '카페 프란스,' '말 1' 등을 내가 새롭게 해석한 것에 대해서 당신이 모두 공감해 주길 바란다. 그리고 "백록담"에 수록된 '옥류동,' '비,' '폭포,' '나비,' '유선애상,' '파라솔' 등에 대해서도 마찬가지다.

이렇게 정체불명의 '당신'에게 터무니없이 자부심을 토로하고 있는 권영민 저 『정지용 시 126편 다시 읽기』에는 잘못된 어의 해석이나 해설이 너무나 많지만 이 못지않게 있어야 할 것이 누락된 경우도 허다하다. 필요치 않은 쉬운 말에는 장황한 설명을 늘어놓았지만 정작 필요한 말은 용하게 빠트린 왕년의 빈약한 우리말 사전을 연상케 한다. 그러니까 당연히 황마차, 남경콩 같은 어의 해석이 필요한 말은 설명이 빠져 있다. 말뜻을 떠나서도 설명이 필요한 부분을 그냥 넘긴 부분도 너무나 많다. 『정지용 시 다시 읽기』란 거창한 제목의 750페이지가 넘는 두툼한 책에서 이것은 사소한 문제가 아니다. 안한 일을 했다고 하는 것도 거짓이지만 한일을 슬쩍 빼버리는 것도 중대한 생략의 거짓이다. 이 책은 오류와 오독 뿐만 아니라 고의적 생략과 불찰에서 나온 누락의 방법적 죄과로 가득 찬 750페이지이기도 하다. 초보자를 위한 해설을 지향한 이상 뜻이 분명치 않은 부분은 그 점을 명기하고 넘어가야 할 것이다.

> 헬멭쓴 야경순사가 피일림처럼 쫓아오겠지요!---A
> 우리들의 그전날밤은 이다지도 슬픈지요.---B
> 꼬옥 당시처럼 참한 황마차, 찰 찰찰 황마차를 기다리노니---C

최동호 편저 『정지용 사전』에는 A에 대해서 필름film이라 적정하게 적고 있다. 이러한 선행 사례에 덧붙여 '필름처럼 쫓아온다'의 구체적 설명을 가했어야 할 것이다. B에 대해서 초보 독자들은 분명히 궁금증을 갖게 될 것이다. 투르게네프의 『그전날밤』에 대한 인유이다. 이 작품의 여주인공이 엘레나이고 시행에 소니야가 나온다는 것, 책 제명 표시를 하지 않았다고 해서 이 사실이 소거消去되는 것은 아니다. C에서 '찰 찰찰'이 갖는 뜻은 무엇일까? 꼼꼼히 읽는 독자들이 마땅히 갖게 될 의문이다. 앞에 나오는 '참한'과 연결되는 두운頭韻적 음상音相적 효과를 위한 것이지만 거기에 또 알파가 추가되어 있다. 이런 것을 치지도외하고 도대체 무엇을 어떻게 다시 읽겠다는 것인가?

<blockquote>

이제 별과 꽃 사이

길이 끊어진 곳에

불을 피고 누웠다.

낙타(駱駝)털 케트에

구기인채

벗은 이내 나비같이 잠들고

높이 구름위에 올라

나룻이 잡힌 벗이 도로혀

안해 같이 여쁘기에,

눈 뜨고 지키기 싫지 않었다.

</blockquote>

「꽃과 벗」 부분

시인 성숙기의 시집 『백록담』에 수록된 시편에는 당연히 일어가 마구 출몰하지는 않는다. 그러나 더러 나온다. 위의 대목에서 '낙타털 케트'란 무엇일까? 독서 경험이 있는 독자라도 의문이 들 것이다. 무책임한 750페이지짜리 책이 입을 봉하고 있음은 물론이다. 『정지용 사전』에는 "키트kit. 여행자의 옷이나 장비의 오자."란 시인의 해석이 등재되어 있다. 최근에 복간된 『지용 시선』에 간단한 어의 설명과 해설을 곁들인 최동호 교수가 비로소 그것을 '블랭킷blanket의 준말'이라고 밝히고 있다. 성질상 너무 간략해서 혹 독자들의 오해가 있을까 해서 부연하는데 영어에서 준말로 '케트'라 하지는 않는다. 일인들이 멋대로 블랭킷을 줄여서 케트라 하는 것이니 만큼 올드 미스 같은 일제 영어이니 엄밀히 말해서 일어인 셈이다. 영어로 쎌폰cell phone이라 하는 것을 현해탄 이쪽저쪽에서 핸드폰이라 하는 것과 같은 일종의 동아시아판 크리올creole이다.

앵무와 여급

정지용의 시법을 제대로 이해하지 못하면 시적 텍스트의 구조를 제대로 헤아리기 어렵고 그 의미의 중층을 파악할 수 없게 된다. 정지용 시의 해석에서 논란이 되었던 몇몇 작품을 다시한번 정밀하게 읽어보면서 정지용 시법의 비밀을 확인하도록 한다.

『정지용 시 126편 다시 읽기』

이렇게 거창한 전제를 달고 시작된 글은 우선 「카페 프란스」에 숨겨진 '정지용 시법의 비밀'을 장장 13페이지에 걸쳐 풀어 보여주고 있다. 해방 직후 간행되었던 『지용시선』에 이 작품은 들어 있지 않다. 시인 자신이 고른 것이 아니라 시인이 발굴했던 후배 시인이 골랐다고 하는데 고전주의적 절제와 조탁이 현저한 성숙 시편 위주로 수록되어 있어 청년기의 시인 모습은 별로 찾아지지 않는다는 아쉬움이 있다. 「카페 프란스」는 젊은 날의 시인의 초상이 들어 있는 읽을 만한 시편이고 특히 발표 당시에는 인구에 회자한 시편이었다. 『조선시집』을 일본에서 낸 김소운이 이와나미岩波문고 판에서 정지용 시편 10편을 고르고 이 작품을 첫머리에 내세운 것도 그런 이유에서였을 것이다. 서정시란 본래 사회적 소음이나 관심을 경원하는 속성을 지니고 있지만 정지용 시편은 그런 성향을 어느 모로는 대표하고 있었다. 그러한 맥락에서 희귀한 사회적 발언이 보이는 「카페 프란스」는 여러 계제에 화제가 되었다. 나는 10여 년 전에 이 작품에 대한 상세한 분석을 시도한 바 있고 지금도 그것을 고칠 생각은 전혀 없다. 그래서 잘못된 읽기와 해석의 문제점을 지적하는 것으로서 그칠 작정이니 관심 있는 독자들은 내 책을 참조해주기 바란다. 논의의 성질상 우선 전문을 인용하지 않을 수 없는데 『정지용 시집』 수록본을 옮기기로 한다.

옮겨다 심은 종려(棕櫚)나무 밑에
빗두루 슨 장명등,
카페 프란스에 가자.

이놈은 루바쉬카
또 한놈은 보헤미안 넥타이
뻣적 마른 놈이 압장을 섰다.

밤비는 뱀눈처럼 가는데
페이브멘트에 흐늙이는 불빛
카페 프란스에 가자.

이 놈의 머리는 빗두른 능금
또 한놈의 심장(心臟)은 벌레 먹은 장미(薔薇)

제비 처럼 젖은 놈이 뛰여 간다.

*

"오오 패롵앵무(鸚鵡) 서방! 꾿 이브닝!"

"꾿 이브닝!" (이 친구 어떠하시오?)

울금향(鬱金香) 아가씨는 이밤에도
경사(更紗)커틴 밑에서 조시는구료!

나는 자작(子爵)의 아들도 아모것도 아니란다.
남달리 손이 히여서 슬프구나!

나는 나라도 집도 없단다
대리석(大理石) 테이블에 닷는 내뺨이 슬프구나!

오오, 이국종(異國種) 강아지야
내발을 빨어다오.
내발을 빨어다오.

후반부의 첫 4행을 두고 『다시 읽기』는 다음과 같이 적고 있다. 논지 전개의 원형을 손상 없이 보여주기 위해 다소 장황하지만 해당 부분을 그대로 인용해 본다. 밑줄은 독자들의 각별한 주의를 환기시키기 위해 이 글의 필자가 첨가한 것이다.

이 인사 장면을 유종호 교수는 "시란 무엇인가"(28쪽)에서 카페 초입께에 있는 앵무새에 던진 인사말과 앵무새의 응답이라고 해석한 적이 있다. 이러한 해석을 여러 사람들이 그대로 따른다. 이숭원 교수는 '꿋 이브닝'이라는 고딕체의 글씨 자체가 바로 앵무새 소리임을 표시하기 위한 것이라고 말한다. 그런데 문제는 ( ) 속의 '이 친구 어떠하시오?'라는 말을 어떻게 해석할 것인가 하는 점이다. 이 구절을 제대로 풀이한 연구자가 없다는 것이 이상하다.

…앞서 텍스트의 개작과정을 확인하면서 '이 친구, 엇더하시오?'라는 말을 주목해야 한다는 것을 언급한 바 있다. 이 말은 누구의 말인가? 왜 이 말은 인용부호 속에 넣지 않았을까? 개작 과정에서 왜 이 말을 ( ) 속에 넣었을까? 이 같은 의문을 머릿속에 넣고 보면, 앞의 유종호 교수가 설명한 앵무새의 인사 장면이 부자연스럽게 느껴진다. 이 장면을 다음과 같이 구성해 보자.

세 청년이 카페의 문을 열고 안으로 들어선다. 홀 안에 들어서자 카운터 쪽에 있던 카페 여급 하나가 이들을 맞이하며 "오오 패롯서방! 꿋 이브닝!"하고 인사를 하면서 반긴다. <u>카페를 찾는 손님들이 먼저 카페 종업원에게 인사하는 법은 없으니까, 이 대목을 손님들이 앵무새를 향해 하는 인사라고 보는 것은 아무래도 부자연스럽다. 그리고 어인 '패롯서방'인가? '서방'이라는 말이 어울리지도 않는다.</u> 나는 이들 세 사람 가운데서 누군가 이 카페에 자주 드나든 인물이 있었다고 추측한다…아마도 카페 여급들은 카페의 단골인 이 조선인 유학생에게 '앵무새 서방님'(패롯 서방)이라는 호칭을 붙여주었을 법하다…카페의 여급이 달려나오며 하는 반가운 인사에 세 사람이 함께 한 목소리로 '꿋이브니!'이라고 답한다. 이 부분을 고딕체로 처리한 것은 세 사람이 호기있게 큰 소리로 인사를 받는 모습을 강조하기 위해서다. 그러면서 이 세 사람 가운데 새로 데려온 친구를 은근히 여급에게 소개한다. ( ) 속에 들어 있는 '이 친구 어떠하시오?' 라는 말은 이 같은 의미를 함축하고 있다고 본다. 아마도 여기 새로 데려온 '이 친구' 가 바로 시적 화자인 것이 분명하다.

언제부터인가 '소설 쓰고 있네' 란 말이 유행하고 있다. 작가들에게 크게 결례가 되는 일임에도 불구하고 황당무계하거나 얼토당토않은 소리를 접할 때 보이는 반응이다. 계몽되지 못한 독해력이 펼치는 '소설 쓰기' 가 이 지경에 이르고, 이게 우리 문학교육의 현장이라 생각하니 일말의 비감마저 느끼게 된다. 카페 찾는 손님이 먼저 카페 종업원에게 인사하는 법이 없으니까 부자연스럽다고 했는데 앵무새가 종업원이란 말인가? 카페에 앵무새 조롱이 있으니까 손님들이 장난스레 인사를 거는 것이다. 앵무새를 보면 그 반응이 보고 싶어 말을 거는 것은 지극히 자연스럽다. 인사를 거니 과연 앵무새답게 "꾿 이브닝!" 하고 흉내를 낸 것이다. 고딕체로 된 것은 앵무새 소리임을 나타내기 위해서다. 흉내를 예상하면서 건넨 인사니까 장난스레 '패롤 서방' 이라 한 것이다. 부자연스러울 것 하나도 없다. '(이 친구 어떠하시오?)' 는 영어에 익숙하지 않은 독자를 위해 '꾿 이브닝' 의 뜻을 보충 설명해 본 것이요 그래서 괄호를 친 것이다. 너무나 분명한 상황이어서 얘기하기조차 쑥스러운 지경이다. '소설 쓰기' 를 위해 『학조』에 발표되었던 원형을 참조하는 등 헛수고가 참으로 많았는데. 1926년 『근대풍경 近代風景』에 발표한 일어 판을 참조했더라면 좋았을 것이다. 분명한 상황을 한층 더 분명히 해주고 있기 때문이다.

"おお 鸚鵡さんぐッド．イヴニンぐ！"
"ぐッド．イヴニンぐ！"
—親方御氣けん如何です?—

'패롤서방'의 '서방'이 일어 판에서는 '상'으로 되어 있다. 일어에서 '상'은 어린이로부터 총리대신에 이르기까지 누구에게나 붙일 수 있는 융통성 있고 정감 있는 경칭이다. '서방'보다 한결 이 경우에 어울린다. 오야가다親方는 연장자 혹은 봉건적 주종관계에서 아랫사람을 지배 보호하는 상위자를 가리키는데 여기서는 '나릿님 안녕하세요?' 정도의 뜻이다. 앵무가 흉내로 대답한 것을 보충 설명한 것임이 한결 분명해진다. 손님이 여급에게 '오야가다'라 하지는 않는다. 너무나 자명한 상황을 두고 엽기적 상상력을 발휘하고 나서 신대륙이라도 발견한 듯이 호기를 부리는 것은 가관이라 하지 않을 수 없다. 한국에나 있는 엽기적 진풍경이다.

강아지와 능금

『다시 읽기』는 또 시편에 나오는 '이국종 강아지'가 졸고 있던 여급 '울금향 아가씨'라고 단정적으로 말하고 있다. 이국종 강아지가 일본인 여급을 가리킨다고 처음 발설한 이는 평론가 김동석으로 「시와 자유」란 글에 보인다. 시론이나 시인론의 맥락에서 얘기한 것이 아니라 구금된 시인을 옹호하기 위해서 쓴 글에 나오는 의견인데 이 점은 매우 중요하다. 1946년 9월 전위시인이라고 알려진 유진오俞鎭五가 「누구를 위한 벅찬 우리의 젊음이냐?」란 격문시檄文詩를 군중대회에서 낭독

한 것이 빌미가 되어 경찰에 구금되었다. 그 직후 신문에 쓴 글이 「시와 자유」이다.

> 의식적으로 정치적인 것을 추상해버리고 순수의 상아탑을 고수한 정지용씨의 시에도 이런 것이 있습니다.
>
> 　나는 나라도 집도 없단다
>
> 　오오 이국종 강아지야
>
> 　내 발을 빨아다오
>
> 　내 발을 빨아다오 ─── '카페 프란스'
>
> 일본 제정하에 조선사람이 '나라가 없다'고 말할 자유가 있었습니까? 일본 여급보고 '이국종 강아지야 내 발을 빨아다오' 할 자유가 있었습니까? 그러나 '카페 프란스'라는 이 시는 인구에 회자하였을 뿐 아니라 일본 경찰은 정지용씨를 잡아다 가두지 않았습니다.

이어서 이상화, 오장환, 조명희, 임화의 작품을 거론하면서 거기 담긴 일제에 대한 거부에도 불구하고 그들이 잡혀가지 않았는데 해방된 조국에서 작품 때문에 시인을 구금한다는 것은 있을 수 없는 일이라고 항의하고 있다. 명쾌한 논리를 갖춘 잘 읽히는 문장이어서 설득력이 있다. 그러나 「빼앗긴 들에도 봄은 오는가」 한편을 제하면 거론된 것은 일제에 대한 거부가 명시적으로 드러나 있지는 않은 시편들이다. "나는 나라도 집도 없단다"만 가지고는 약하기 때문에 논지 강화를 위해 '이국종 강아지'가 일본인 여급이라고 강변하고 있는 셈이다. 김동석은 시에 대한 안목이 높은 희귀한 비평가로 그가 정말로 '이국종 강아지'를 일본 여급이라고 생각했을 것 같지는 않다. 미친 척하고 엿목판에 엎드린다는 속담대로 당장의 논리 전개를 위해서 억지를 부려

본 것이라 생각한다.

　여급을 강아지라 부르며 발을 빨아달라고 하는 것은 강도 높은 여성 비하이며 통상적인 감수성에는 거부감을 일으킨다. 그것이 잠재적 적성 국가의 여성이라 하더라도 사정은 다르지 않다. 1950년대 손창섭의 작품에는 일본 여성에게 성폭행을 가하고 우리 겨레를 핍박하는 일본에 대한 보복이라고 합리화하는 병적 심리가 그려져 있다. 정지용은 그와 같이 우그러진 병적 심리를 그린 적이 없으며 적정성 없는 비하성 은유를 구사한 적도 없다. 이국종 강아지는 글자 그대로 흔히 있는 이국종 강아지일 뿐이다. 좌파적 편향이 두르러진 시기에 김동석은 견강부회牽强附會의 억지 논리를 편 적이 많은데 이 경우는 그 선구적 사례의 하나라 생각한다. 이 억지 논리가 「시와 자유」에서 설득력을 발휘하고 있는 사실만은 우리도 인정해야 할 것이다.

　『다시 읽기』에는 또 "이 놈의 머리는 빗두른 능금" 대목에서 '빗두른'이 '비뚤어진'의 뜻이 아니라 '갓 익어서 약간 붉은 색이 도는 능금' 또는 '설익은 능금'으로 보는 것이 타당하다는 추정적 주장을 펴고 있다. 그 이유로 초출初出 때 '갓 익은' 능금으로 나오기 때문이라는 것이다. 초출 때와 유사성이 있는 경우도 있지만 없는 경우도 많다. 지용 시편 「고향」에서 초출 때 "산꿩이 알을 품고 뻐꾸기 한창 울건만"이 시집에서는 "버꾸기 제철에 울건만"으로 되어 있어 의미 차이는 큰 것이다. 후기의 '구성동'에서도 초출 때 "황혼에 누뤼가 소란히 묻히기도 하고"가 시집에서는 "소란히 쌓이기도 하고"로 바뀌었다. 정반대의 말로 바뀐 것이다. 하나는 알고 둘을 모르는 논법이다. '빗두른 능금'을 달리 읽자는 최초의 발설자는 사나다 히로코眞田博子란 일인 연구자이다. "빗두른 능금이라는 비유는 겉만 빨간빛을 두르고 속은 그렇지 않은, 즉 관념만을 농하고 실행이 따르지 않는 사이비 사회주의자를 의미한다"고 학위 논문에 적고 있다. 이 말에 동의할 만한 정황 증거는 없으며 적정성을 잃은 과도한 읽어넣기일 따름이다. 정지용이 사이비 사회주의자를 조롱하는 입장을 보여준 바도 없다. 젊은 문과대학생들이 흔히 가지고 있는 유사 퇴폐적, 반속적反俗的 성향을 '빗두른 능금'이나 '벌레먹은 장미'로 부른 것이라 보면 될 것이다. 일본 사정에 정통하였던 김소운도 비뚤어졌다는 뜻으로 번역해놓고 있다. 사나다의 책은 우리말에 대한 직관적 감수성의 결여를 일본 문단이나 시대 상황에 대한 정보로 벌충하려는 듯한 기세로 부수적 사항을 풍성하게 적어놓고 있으며 공들인 흔적은 보이나 적정성이나 설득력을 가지고 있지는 못하다. 작가나 작품에 대한 통찰보다도 비본질적 부대 정보만 가득한 흔하디흔한 학위논문의 하나일 뿐이다.

'정지용 시법의 비밀을 확인'하련다는 야심에도 불구하고 「카페 프란스」에 관해 『다시 읽기』에서 다시 한 번 우리가 확인한 것은 계몽되지 않은 엽기적 상상력이 고심해서 써낸 13페이지짜리 '마구 읽기'의 비밀이다. 읽기 경험이 부족하고 기본 독해력이 부실한 데다 선행문서에 대한 경의가 없고 무언가 기발한 해석을 가해 이목을 끌려는 조급한 문학청년적 성향이 빚어낸 참담한 결과이다. 김동석이나 사나다의 선행 사례에 대한 함구에 드러나듯이 부정하고 물리치기 위해서만 선행연구를 언급하고 그렇지 않은 경우엔 입을 봉하는 방법적 부정직은 이 부분에서도 유감없이 드러나 있다. 모르고 있었다고 변명한다면 그것은 더더욱 허용될 수 없는 연구자의 불찰이요 직무태만이다.

『논어』의 '위령공 제15'에는 다음과 같은 대목이 보인다. "내 종일토록 먹지도 아니하고 밤새도록 자지도 아니하면서 곰곰이 생각해 보았지만 소용이 없었다. 배우는 것이 제일이다"(吾嘗終日不食, 終夜不寢, 以思, 無益, 不如學也). 옅은 독서경험과 빈약한 독해력으로 남을

걸고넘어질 궁리만 할 것이 아니라 우선 배우고 또 배워라. 그리고 겸
허해야 할 것이다.

4. 토박이 말과 외래어
-냉이꽃과 릴케

기름진 냉이꽃에서 산다화로

자연은 아름답다. 꽃은 아름다운 자연의 가장 친숙한 세목의 하나다. 살구꽃이나 복사꽃과 같은 나무꽃에서부터 제비꽃이나 도라지꽃 같은 풀꽃에 이르기까지 모두 저 나름의 방식으로 곱고 아름답다. 그래서 꽃을 노래한 민요나 시는 어느 나라에나 많다. 그러나 자연 속의 꽃이 곧 노래나 시의 대상이 되는 것은 아니다. 매란국죽梅蘭菊竹의 사군자를 숭상한 우리 전통에서 가녀린 야생화를 노래하는 경우는 매우 드물었다. "풍경화가를 만드는 것은 풍경이 아니라 풍경화다"란 앙드레 말로의 말을 다시 상기시킨다. 도라지꽃은 아름답지만 식품으로서의 도라지를 노래한 경우는 있어도 도라지꽃의 아름다움을 노래한 민요는 드물다. 무인도에 자기의 제국을 건설한 로빈슨 크루소는 항해 중에 섬을 보면서도 투자가치의 가능성은 생각하지만 풍경으로서의 섬의 미관에 대해서는 전혀 생각하지 않는다. 중국에 생물학이 발달하지 않은 것은 중국인들이 모든 생물을 요리로 만들어 먹어치웠기 때문이라고 임어당林語堂은 우스갯소리를 한 적이 있다. 일단 실용적 공리적인 관점에서 떠나 사물을 볼 때 그 아름다움이 실감되는 것이 아닌가 한다. 그런 맥락에서 박두진의 수작인 「어서 너는 오너라」에 나오는 한 대목은 흥미 있다.

> 복사꽃 피고, 살구꽃 피는 곳, 너와 나와 뛰놀며 자라난, 푸른 보리밭에 남풍은 불고, 젖빛 구름, 보오얀 구름 속에 종달새는 운다. 기름진 냉이꽃 향기로운 언덕, 여기 푸른 잔디밭에 누워서, 철이야, 너는 늴늴늴 가락 맞춰 풀피리나 불고, 나는, 나는, 두둥실 두둥실 봉새춤 추며, 막쇠와 돌이와 복술이랑 함께 우리, 우리, 옛날을, 옛날을 딩굴어 보자.

“기름진 냉이꽃 향기로운 언덕”이란 글귀는 매우 이색적인 대목이다. 처음 읽었을 때 참신하다는 느낌을 받았다. 눈에 잘 띄지도 않는, 그리하여 여럿이 어울려 있을 때나 겨우 눈에 들어오는 냉이꽃을 두고 기름지다고 하는 것은 사소하지만 독보적인 접근이다. 흔히 국으로 끓여먹는 냉이를 두고 기름지다고 말하는 것은 적정성이 없어 보인다. 또 냉이가 비옥한 땅에 자생하는 것도 아니다. 그럼에도 불구하고 가난을 숙명처럼 모시고 살던 시절, 봄철의 냉이국은 ‘기름지다’는 관형사를 붙여서 그리 과하지 않은 식품이었다. 냉이꽃 향기도 일부러 코에 갖다 대고 심호흡을 하기 전에는 감지될까 말까 한 것이다. 그럼에도 “기름진 냉이꽃 향기로운 언덕”이란 대목에는 냉이꽃과 같은 야생화를 심미적 대상이나 실용적 대상으로 분리해서 보지 않고 양자를 아우르면서 하나의 전체로 보는 태도가 자연스레 나타나 있다. 그러나 이런 태도가 보이는 것 자체가 20세기 시에서나 가능한 것이 아니었을까 생각된다. 눈에 즐거운 것이 아름다움이란 정의도 있지만 냉이꽃의 향기와 실용성을 아울러 감지하는 것은 사소한 대로 근대적 태도의 일환이다. 냉이꽃이 시에 등장한다는 것 자체가 근대시의 징후임은 말할 것도 없다.

그러한 맥락에서 김소월 시집 『진달래꽃』은 매우 시사적이다. 김소월은 생존 당시에 민요시인으로 축소 이해되었으나 시간이 지남에 따라 겨레 시인 혹은 터주 시인이란 평가를 받게 된다. 조선주의가 유행했을 당시 『조선의 마음』 『조선의 맥박』과 같은 시집이 나와서 근대시 형성에 기여하였다. 시집 표제 자체가 명시적으로 시인의 발상법과 취지를 표명하고 있다. 김소월은 진달래꽃이란 표상의 선택을 통해서 사실상의 조선주의를 내밀하게 실천하고 있다. 그러나 『진달래꽃』에도 꽃을 노래한 경우는 드물다. 「산유화」에는 산에서 피고 지는 꽃이 등장하지만 총칭으로서의 꽃이지 구체적인 꽃은 아니다. "들꽃은 피어 흩어졌어라"하고 『들노리』에서 적고 있지만 역시 총칭으로서의 들꽃이 나올 뿐이다. 꽃을 노래한 민요가 별로 없다는 사정과 연관되는 것이 아닌가 생각된다. 이에 반해서 주요한의 「아름다운 새벽」에는 꽃이 많이 등장한다. 발표당시에 경제적 처리가 돋보였던 한 순정 소곡은 복사꽃이 전경화되어 있다는 점에서 주목된다.

복사꽃이 피면

가슴 아프다

속생각 너무나

한없음으로

「복사꽃이 피면」 전문

그밖에도 할미꽃, 해바라기, 연꽃, 배꽃, 호박꽃 등을 노래하고 있

는데 이것은 그의 시에 보이는 근대성의 맹아萌芽적 일면이 아닌가 생
각된다. 여기서 흥미 있는 것은 초기의 시인들이 주로 재래종 화초를
노래하는 경향이 짙었다는 것이다. 특히 반反근대주의를 특징으로 하
는 시조시인들의 경우에 그러한 특징이 가장 잘 드러난다.

봄볕이 호도독호독 내려쬐는 담머리에
한올기 채송화 발돋움 하고 서서
드높은 하늘을 우러러 빨가장히 피었다

조운, 「채송화」 전문

살구꽃 핀 마을은 어디나 고향 같다
만나는 사람마다 등이라도 치고지고
뉘집을 들어서면은 반겨 아니 맞으리

이호우, 「살구꽃 피는 마을」에서

비오자 장독대에 봉선화가 반만 벌어
해마다 피는 꽃을 나만 두고 볼 것인가
세세한 사연을 적어 누님께로 보내자

김상옥, 「봉선화」에서

채송화, 살구꽃, 봉선화는 모두 향토적 정서를 환기하는 우리 쪽의
재래종 꽃이다. 『조운 시조집』 첫머리에는 화초를 노래한 시조가 수록
되어 있는데 파초를 제외하고는 모두 재래종이다. 석류, 채송화, 매화,
오랑캐꽃, 무꽃, 도라지꽃, 옥잠화, 들국화가 표제로 되어 있다. 이것
이 이른바 모더니스트의 시편으로 오면 사정이 달라진다. 귀화식물

화초가 즐겨 시의 대상이 되고 재래종은 배제되는 경향이 있다. 정지용의 초기 시편에는 일본체험에서 유래한 홍춘紅椿 즉 동백꽃이 더러 보이고 또 박꽃도 보인다. 그러나 그가 하나의 대상으로서 꽃을 노래한 것은 귀화식물인 달리아다. 화자는 함빡 피어난 달리아에서 숙성한 여성을 상기하는데 그 관능적인 병치가 흥미 있다.

> 가을 볕 째앵하게
> 내려 쪼이는 잔디밭.
>
> 함빡 피어난 따알리아.
> 한낮에 함빡 핀 따알리아.
>
> 시악시야, 네 살빛도
> 익을 대로 익었구나.
>
> 젖가슴과 부끄럼성이
> 익을대로 익었구나.

정지용, 「따알리아」에서

그가 진달래를 노래한 것은 동양으로의 회귀가 분명해진 「백록담」 시편에서다. 그러한 맥락에서 가장 상징적인 것은 찔레꽃과 장미이다. 찔레꽃은 장미과에 속하는 갈잎 떨기나무인 찔레나무의 꽃이다. 흔히 들장미라 하는 것은 이 찔레꽃을 말한다. 장미는 개량 품종이 많은 관상용 꽃나무로서 전 세계에 280종이 분포되어 있다고 한다. 우리가 알고 있는 장미는 대개 개화 이후에 들어온 귀화식물이다. 그전에 알고 있던 것은 들장미인 찔레꽃뿐이었다. 그러기에 고향을 지키는 고향잔류자의 심정을 노래한 박목월의 작품은 이렇게 말한다.

> 어느 산자락에 집을 모아
>
> 아들 낳고 딸을 낳고
>
> 흙담 안팎에 호박 심고
>
> 들찔레처럼 살아라 한다
>
> 쑥대밭처럼 살아라 한다

박목월, 「산이 날 에워싸고」

따라서 "장미화의 님이 봄비라면 마치니의 님은 이탈리아이다"란 『님의 침묵』의 「군말」 대목은 상당히 시대를 앞지른 것이라 할 수 있다. 또 『님의 침묵』에는 장미를 언급한 시편이 몇 개 있다. 모두 사랑이 전경화된 낭만적 성향의 작품에서 언급되는데 그것은 이 꽃이 서구식 연애의 맥락에서 연상되곤 했다는 사실과 연관된다고 할 수 있다. 로벗 번즈의 유명한 「붉은 장미」를 비롯해서 장미와 사랑은 관습적으로 연결되어 있다.

> 사막의 꽃이여, 그믐밤의 만월이여, 님의 얼굴이여,
>
> 피려는 장미화는 아니라도, 갈지 않은 백옥인 나의 입술은, 미소에 목욕감는 그 입술에 대 닿지 못했습니다.

한용운, 「?」

그 후 장미는 정지용의 '벌레 먹은 장미' 나 이효석의 '장미 병들다'

와 같이 자족적이나 퇴폐적인 것의 기호로 등장한다. 모두 윌리엄 블레이크의 「병든 장미」를 딛고 선 비유이다. 그러다가 장미는 다시 사랑의 맥락에서 등장한다.

> 맘속 붉은 장미를 우지직끈 꺾어 보내놓고---
> 그날부터 내 안에선 번뇌가 자라다
>
> 니 수정 같은 맘에
> 나
> 한 점 티 되어 무겁게 자리하면 어찌하랴.

노천명, 「장미」에서

위의 시에서 장미는 사랑의 은유이다. 사랑을 고백하고 나서 혹 상대의 순정에 부담을 준 것이 아닌가, 하는 자책감 섞인 후회의 감정을 노래한 것이다. 장미가 정열의 기호가 되어 있는 서구어의 함의가 그대로 느껴진다. 그러한 함의는 한참 뒷날인 1950년 초의 작품에서도 그대로 살아 있다. 장미 밭에서 화자의 육체의 열망은 알몸 무도에의 간구로 나타난다. 역시 서구적 맥락을 상기시킨다

> 장미밭이다.
> 붉은 꽃잎 바로 옆에
> 푸른 잎이 우거져
> 가시도 햇살 받고
> 서슬이 푸르렀다

벌거숭이 그대로
춤을 추리라.

송욱, 「장미」에서

　　박두진의 시에서도 장미는 구체적인 현실의 장미가 아니라 내면의
기호로서 화자의 염원이나 희망을 뜻한다. 화자의 염원은 인류 평화
공동체의 수립과 관련되는 것으로서 어찌 보면 관념적인 것이고 초월
적인 것이다. 박두진 시세계라는 전체적 맥락에서 보면 그것은 칡범
과 사슴이 어울려서 평화롭게 사는 낙원에 대한 간구이기도 하다.

다만 깊이
내 안에 가꿔온 것
붉은 장미는--,

언제 새로 바라는 하늘이 열려
찬란히 트이는
아침에사 피리라.

박두진, 「장미의 노래」에서

　　장미는 또 전쟁이라는 인간 참사의 한가운데에서 그것을 넘어서는
인간적인 것의 기호로 나타나기도 한다. 전봉건의 시에서 그것을 엿
볼 수 있다.

장미는 나에게도
피었느냐고 당신의 편지가 왔을 때

오월--나는 보았다.
탄피에 이슬이 아롱지었다.

   위에 있는 대부분 시편에서 장미가 실재하는 장미이기보다 내면의 기호로 노래되어 있다는 것은 주목할 만하다. 실제로 피어 있는 장미가 아니라 시인이 선택한 특정 기호의 이미지로 나오는 것이다. 이것은 봉숭아나 살구꽃이 늘 구체적인 사물로 나오는 것과 대조를 이루고 있다. 그런 맥락에서 장미는 어디까지나 토박이 아닌 귀화식물이요 거기에는 외래적인 것이 함의되어 있다. 장미 이외의 귀화식물이 실재하는 현실의 꽃으로 노래되어 있음에 반해서 유독 장미가 특정적 기호로 나온다는 사실은 문학의 상호텍스트성을 잘 드러내고 있다. 누구보다도 앞서서 모더니즘을 표방하고 지향했던 김기림이 노래한 것도 당연히 튤립이나 달리아나 코스모스 같은 귀화식물인데 이를 살펴보면 장미와의 차이가 잘 드러난다.

때늦은 튤립의 화분이
시들은 창머리에서
여자의 얼굴이 돌아서 느껴운다.

김기림, 「이별」에서

진홍빛 꽃을 심어서
남으로 타는 향수를 기르는
국경 가까운 정거장들.

김기림, 「달리아」에서

코스모스는

부디 귀뚜리 울다간 섬돌 밑이 좋아서 피는게냐

김기림, 「코스모스는」에서

김기림에 이어 김광균도 아네모네와 칸나와 카네이션, 코스모스 등을 주로 노래한다. 미루나무도 꼭 포플라로 표기하고 있는 것이 눈에 뜨인다. 해바라기는 이름으로 보아 토종으로 생각되기 쉽지만 사실 북미가 원산지인 귀화식물이다. 다만 김광균의 「해바라기의 감상」이 어린 시절 추억의 변형인 것은 인정해야 할 것이다. 후기의 그는 복사꽃과 들국화를 노래함으로써 사실상 모더니즘과의 거리를 유지하는 생활 시인이 된다.

해바라기의 하얀 꽃잎 속에

퇴색한 작은 마을이 있고

김광균, 「해바라기의 감상」에서

바다 가까운 노대(露臺) 위에

아네모네의 고요한 꽃방울이 바람에 졸고

김광균, 「오후의 구도」에서

카네이션이 흩어진 석벽 안에선

개를 부르는 여인의 목소리가 날카롭다.

김광균, 「산상정」에서

하이얀 코스모스의 수풀에 묻혀
동리의 오후는 졸고 있었다.

김광균, 「소년사모」에서

칸나의 입술을 바람이 스친다.
여윈 두 어깨에 햇빛이 곱다.

김광균, 「대낮」에서

    과작의 모더니스트 이한직李漢稷에게서 발견하는 것도 귀화식물이다. 아말리리스, 라일락, 백합, 사보텐이 시행에 나오지만 야생화 이름은 나오지 않는다. 김기림이 극찬한 모더니스트이며 산문에서 "옥수수 밭은 일대一大관병식觀兵式입니다"라고 적었던 이상에게 「꽃나무」라는 시가 있기는 하지만 구상적인 꽃을 노래한 시편은 없다. 내가 아는 한 꽃 이름도 나오지 않는 것 같다. 그것은 이상이 자연과 유리된 인공세계에 경도한 시인임을 드러낸다. 고향과 자연이 없는 시인이라 해도 과언은 아니다. 이상과 대척점에 있는 프롤레타리아 시인들도 내가 아는 한 꽃을 노래하지 않았다. 임화가 꽃을 노래한 경우는 없는 것 같고 시행 중에도 꽃의 언급은 거의 없다. 이찬李燦의 시에도 꽃을 노래한 것은 없다. 다만 시행에서 언급한 것은 있지만 그야말로 있으나 마나한 것이다. 시집 『분향』에서 "라일락 향기 스며드는 봄 아침에"란 대목이 보이는 「창」, "개나리 진달래 향기한 꽃잎 으스름 달빛에 조올고"란 대목이 보이는 시편이 있는 정도다, 좁은 의미의 프롤레타리아 시인과는 거리가 있지만 오장환에게도 꽃을 노래한 시편은 없다. 「화단」 「싸늘한 화단」과 같은 시편에도 구상적인 꽃은 없고 관념적인 그림으로 그치고 있다. 「병실」이란 시편에서 카네이션을 언급한 정도다. 이들은 모두 의식적으로 화조풍월花鳥風月을 피하려 한 것이 사실이다. 그러나 그들이 꽃을 노래하지 않은 것은 그들 사상의 관념적 편향과 연관된다고 생각할 수 있다. 그러한 의미에서 박팔양이 진달래를 노래하고 있는 것은 예외적이다. 진달래가 실제의 진달래이면서 선구자의 표상으로 선택되어 있으며 그 절실한 가락 때문에 당대에 호소력을 발휘한 것이다. 오늘의 취향으로 보면 다분히 신파극의 가락이 보이지만 그것은 그것대로 호소력을 가지고 있다.

> 날더러 진달래꽃을 노래하라 하십니까?
> 이 가난한 시인더러 그 적막하고도 가냘픈 꽃을,
> 이른봄, 산골짜기에 소문도 없이 피었다가
> 하루아침 비바람에 속절없이 떨어지는 꽃을,
> 무슨 말로 노래하라 하십니까?
>
> 박팔양, 「너무도 슬픈 사실」에서

이러한 시편 속 꽃의 내력을 생각할 때 박두진의 "기름진 냉이꽃 향기로운 언덕"이란 시행은 놀라운 것이다. 우리의 가난한 고향을 선명하게 떠올리게 하는 마력을 가지고 있다. 고향의 발견이 야생화의 전신全身적 파악으로 이어진 것이다. 그의 시편에서 도라지 아닌 도라지꽃이 등장하는 것도 그런 맥락에서 수긍이 간다. 서정주나 청록파 시인들에게서 귀화식물의 언급이 없어지는 것은 고향회귀나 고향발견과 연관되지만 그만큼 시를 구체적 생활현실 세목과 근접시킨 결과라 할 수 있다.

꽃을 가장 많이 노래한 시인은 김춘수일 것이다. 만년에 다작으로 흘렀다는 것과도 연관되지만 그가 정지용, 서정주, 유치환, 청록파 이후의 세대라는 것도 중요하다. 시집에도 『구름과 장미』 『꽃의 소묘』라는 것이 있지만 초기의 김춘수는 오랑캐꽃이나 패랭이꽃, 맨드라미, 봉숭아를 노래한다. 장미는 어디까지나 관념의 표상이요 유추라는 뜻의 말을 그가 남기고 있다는 것은 주목할 만하다. 후기에 가면서 그는 아몬드 꽃을 말하고 산다화山茶花를 노래한다. 산다화는 어떤 꽃인가? 한글학회에서 펴낸 『우리말 사전』에는 간단히 동백꽃이라 풀이하고 있다. 『일어소사전』엔 그저 동백과의 하나라고만 적혀 있다. 그래서 어떤 계제에 시인 자신에게 물어 보았더니 사실은 자기도 모른다, 소리와 글자가 좋아서 썼을 뿐이라는 대답이었다. (뒷날 이와나미岩波서점에서 나온 『일어사전』을 참조하니 동백과의 상록수라 되어 있다. 일본 규슈 등의 따뜻한 곳에 자생하며 높이가 3미터에 이르고 가을에서 겨울에 걸쳐 흰 꽃이 핀다. 그러나 담홍색이나 진홍색의 꽃을 피우는 원예 품종이 많다고 되어 있다.) 즉 시인은 기표에 끌리어 그냥 산다화를 거푸 노래한 것이다.

> 3월에도 눈이 오고 있었다.
> 눈은
> 라일락의 새순을 적시고
> 피어나는 山茶花를 적시고 있었다
> 미처 벗지 못한 겨울 털옷 속의
> 일찍 눈을 뜨는 남쪽 바다,
> 그날 밤 잠들기 전에
> 물개의 수컷이 우는 소리를 나는 들었다.
> 3월에 오는 눈은 송이가 크고
> 깊은 수렁에서처럼

피어나는 山茶花의

보얀 목덜미를 적시고 있었다.

　무의미의 시를 추구하던 시절의 소작이다. 무의미의 시는 기표의 가능성을 활용하면서 이미지의 음악을 시도한 것이라고 정의할 수 있을 것이다. 무의미의 시는 문학의 미메시스 기능을 거부하려는 충동을 가지고 있다. 이때 말의 기의는 아무래도 좋은 것이다. 그러니까 산다화가 실제로 어떤 꽃이냐 하는 것은 문제가 되지 않는다. 다만 위의 시편에서 산다화가 흰색이고 남쪽 바다 근처에 연계되어 있어 실제 산다화와 아주 동떨어진 것은 아님을 알 수 있다. 그러면 시인에게 잘 알지도 못하는 말을 쓸 권리가 있는 것인가? 조지 슈타이너는 "말의 진실은 세계의 부재다"(The truth of the word is the absence of the world.)라 적은 적이 있다. 그냥 번역하면 뜻이 모모해지지만 여기서 word/world의 판을 이해하는 것은 중요하다. 자의적인 두 모음과 두 자음의 집합체인 rose란 말에 유일한 합법성과 생명력을 부여하는 것은 '모든 장미의 부재' 라고 말라르메는 말한다. 이러한 말라르메의 언설에 의존해서 슈타이너는 '말의 진실은 세계의 부재' 라고 말하고 있는 셈이다. 그러니까 김춘수의 산다화는 "기름진 냉이꽃 향기로운 언덕"의 대척점에서 부재를 딛고 피어 있는 기표記表다. 비근한 들꽃에서 귀화식물로 시인의 꽃이 옮겨가는 것은 왜곡된 대로 전근대에서 근대로 이행하는 사회사를 반영하고 있다. 도시와 문명의 기호로서의 구실을 귀화식물이 하게 되는 것이다. 기름진 냉이꽃을 통해 고향을 재발견한 후 시인들은 뒤이어 부재를 딛고 선 기표를 활용하게 된다. 대범하게 말해서 그것은 근대에 대한 비판적 회의의 사회사나 정신사

와 평행관계에 있다. 일찌감치 노천명이 일본의 나라奈良공원 풍물을
적은 작품에서 산다화를 다루고 있음을 참고삼아 적어 둔다.

눈보라를 맞으며 공원을 걷는다
눈보라를 맞으며 공원을 걷는다

붉은 산다화 꽃술을 따들고
서투르게 사슴을 불러본다

「녹원(鹿苑)」에서

휘트먼에서 릴케로

요즘 시를 읽다 보면 시속에 시인이 등장하는 경우가 있다. 시인의
이름이 하나의 시어 구실을 하는 셈이다. 시인이 시속에서 거론하는
시인의 계보를 검토해 보면 외국시 수용受容의 계보가 드러난다. 또
시적 취향의 변천도 엿볼 수 있다. 그 최초의 사례는 어떤 것일까? 가
령 주요한은 외국시인의 이름을 시에서 거론한 최초의 사람 중의 하나
일 것이다. 그는 1920년대의 민중파 시인 중의 일부가 흠모했던 휘트
먼을 말하고 있다. 휘트먼은 정식 교육을 받은 바 없고 성서의 영향을
많이 받은 시인으로 알려져 있다. 주요한은 기독교에 관한 언급을 하
고 있지 않으나 그의 이름으로 미루어 보아 기독교 집안에서 자란 것
으로 추정된다. 그러한 맥락에서 두 사람 사이에는 어떤 친연성이 있
는 것인지도 모른다.

아기야 우지마라, 너는 보지 않았니,

휘트맨과 같이 바다가에 서서

어떻게 구름에 장사한 밝은 별이

마지막 날, 위대한 날에, 다시 사는 것을

주요한, 「아기는 살았다」에서

1935년에 간행된 『영랑시집』에는 도합 52편의 시가 수록되어 있다. 그러나 숫자만 표시되어 있을 뿐 개개 시편의 표제는 달려 있지 않다. 아래의 4행시도 시집에서는 단순히 30이란 숫자가 붙어 있을 뿐이지만 서양시의 과거 관례에 따라 첫줄의 첫 대목을 빌려 '빈 포켓에 손 찌르고' 라 제목을 붙여 본 것이다.

빈 포켓에 손 찌르고 폴 베를레느 찾는 날

윈 몸은 흐렁흐렁 눈물도 조금 나누나

오! 비가 이리 쭐쭐쭐 나리는 날은

설은 소리 한 천마디 썼으면 싶어라

김영랑, 「빈 포켓에 손 찌르고」 전문

베를레느는 유명한 프랑스의 서정시인이요 미남 시인 랭보와의 사단으로 투옥 경험도 가지고 있다. 위에 적은 영랑의 4행시에 "비가 이리 쭐쭐쭐 나리는 날"이란 대목이 보이지만 베를레느에게는 「도시에 내리는 비」란 유명한 시편이 있다. 우리나라 최초의 서구시 역시집인 김안서의 『오뇌의 무도』에도 그 시가 수록되어 있다. 빈약하기 짝이 없는 번역시집이지만 당대에 큰 영향을 미쳤던 것으로 알려지고 있다.

> 도시에 나리는 비인 듯
> 내 가슴엔 눈물의 비가 와라.
> 어찌하면 이러한 설음이
> 내 가슴속에 숨어 있으랴

베를레느에게 「작시법」이란 시편이 있는데 "무엇보다도 음악을"이란 대목이 보인다. 흔히 말하는 시의 음악성을 숭상한 시인의 계고적 발언이다. 영랑은 시의 음율성을 중시한 시인이지만 그것은 베를레느의 영향이라고 볼 수 있고, 그런 영랑이 그를 시편에서 언급하고 있는 것은 자연스럽다. 시인이 작품 속에 등장시키는 시인과 친연성을 가지고 있는 것은 쉽게 간취된다. 베를레느는 또 보들레르와 함께 서정주 초기 시편에도 등장한다. 젊은 날의 서정주가 영향 받았던 시인들이라 생각된다. 베를레느와 이태백이 병치되어 있는 것이 눈에 뜨이는데 이 작품에는 '김동리에게' 라는 부제가 달려 있다.

> 모가지가 가느다란 이태백이처럼
> 우리는 어째서 양반이어야 했드냐
>
> 포올 베를레느의 달밤이라도
> 복동이와 가치 나는 새끼를 꼰다.

서정주, 「엽서」에서

김영랑과 함께 『시문학』의 동인이었고 이례적으로 「영랑과 그의 시」란 시인론을 남겨놓고 있는 정지용은 자기 애송시로 「모란이 피기까지는」을 들고 있다. 영랑은 지용에게 "내 시의 독자가 다섯이나 될까?"라 말했다 한다. 정지용이 영랑의 첫 번째 독자가 아니었나 생각된다. 김영랑이 베를레느를 거론한 것과 대조적으로 정지용은 하이네를 언급하고 있다.

<blockquote>

하인리히 하이네적부터
동그란 오오 나의 태양도

겨우 끼리끼리 발굽치를
조롱 조롱 한나잘 따라 왔다.

산간에 폭포수는 암만해도 무서워서
기염 기염 기며 내린다.

</blockquote>

정지용, 「폭포」에서

한나절이 표준말이지만 '아' 소리의 연속 효과를 위해서 의도적으로 '한나잘' 이라 했을 것이다. 유태계 독일인이었던 하이네는 프랑스 혁명의 아들이라 자처했고, 1830년 프랑스 7월 혁명의 성공에 감격하여 그 이듬해 독일을 떠나 프랑스에 영주하였다. 통렬한 풍자정신으로 독일 사회를 비판했던 그는 만년에 기독교도로 개종을 했고 프랑스 정부로부터 연금을 받기도 하였다. 2차대전 중 나치 군대가 파리를 점령했을 때 히틀러는 몽마르트르에 있는 그의 묘지 파괴를 명령하였다. 휴머니즘과 정치적 야만의 대립 관계를 극명하게 보여주는 삽화이다. 정지용이 「등산」 시편에서 태양을 굳이 하이네와 연결시키고 있는 것은 하이네에게서 어떤 향일성향向日性向을 발견했기 때문인지도 모른다. 그러나 각별한 친연성이 찾아지지 않는 것도 사실이다.

우리는 또 백석과 윤동주가 그들의 수작 시편 「흰 바람벽이 있어」와 「별 헤는 밤」에서 릴케와 프랑시스 잼을 거론하고 있는 것을 알고 있다. 그 중에서도 릴케는 특히 해방 후의 시편에 자주 등장한다.

가을에 나의 시는
두이노 고성(古城)의
라이너 마리아 릴케의 비통으로
더욱 나를 압도하라

김춘수, 「가을에」에서

장미에선 미련한 거만이 흐른다.
라이너 마리아 릴케
레인 코트는 다시금
안개 깊은 해협의 층계에서 나를 부른다.

조병화, 「장미와 도적」에서

1940년대에서 60년대에 이르기까지 릴케는 순수와 무구함의 기호 구실을 했던 것으로 생각된다. 김종삼에게 「백발의 에즈라 파운드」란 시편이 있는데 음악가 이름이 많이 나오는 그의 시편에서 에즈라 파운드도 서구 고유명사의 매력을 위해 활용된 감이 있다. 이렇게 외국 유명 시인들이 시속에 등장하는 한편 국내 시인을 처음으로 시속에 도입한 이는 미당이 아닌가 생각된다. 미당 이후 시인 이름을 시에 적는 것은 시적 관행으로 굳어져 가는 것 같다. 그래서 요즘엔 진부해 보이기까지 한다. 시인들의 사교시편이란 느낌이 들 때가 많다. 휘트먼에서 설창수로 이어지는 시인의 등장은 서구동경의 심성에서 평교平交간 윙크로의 변화를 보여주고 있는 셈이다. 베르레느에서 설창수에 이르는 미당시의 이력에는 고향 회귀 혹은 신라 회귀라는 그의 변모가 담겨져 있다.

> 그의 가진 것에다 살을 비비면 병이 낫는다고,
> 아직도 귀때기가 새파란 새댁이 논개의 강물이데 두손을 적시고 있는 것을
> 시인 설창수가 손가락으로 가리켜 주어서 보았다.
>
> 서정주, 「진주에서」에서

> 청마는 가고
> 지훈도 가고
> 그리고 수영의 영결식
>
> 박목월, 「일상사」에서

5. 낯선 말들

−육조방과 육첩방

육조방과 육첩방

해방 후 윤동주의 유고시가 처음으로 소개된 것은 1947년 2월 『경향신문』 문화면에서다. 당시 전체 4면이던 신문에서 문화면은 제4면을 차지했고 본격적인 신문 증면이 이루어지기 전까지 거의 모든 신문이 이러한 관행을 따르고 있었다. 문화면 상단에 「쉽게 씌어진 시」가 실렸는데 고故 윤동주라고 작자가 표기되어 있고 말미에는 당시 경향신문 주간이었던 시인 정지용의 짤막한 소개의 글이 달려 있었다. 그리고 소개의 글 머리에 윤곽이 도무지 잡히지 않는 흐릿한 조그만 사진이 보였다. 그 후 「소년」을 비롯해서 몇 편의 시가 띄엄띄엄 『경향신문』에 소개되었다.

창밖에 밤비가 속살거려

六疊房은 남의 나라

시인이란 슬픈 천명인줄 알면서도
한줄 시를 적어볼까

그의 「자화상」을 각별히 좋아했던 소년 시절 나는 정지용이 어째서 「자화상」부터 소개하지 않고 「쉽게 씌어진 시」를 제일 먼저 소개했는지 납득이 가지 않았다. 오래 동안 의문부호로 남아 있었다. 그것을 내 나름으로 이해하게 된 것은 훨씬 뒷날의 일이다. 해방직후의 정치적 격정시대에 「자화상」 같은 순수 서정시보다는 민족의식과 시대의 어둠에 대한 자각을 보여주면서도 아침 같은 미래를 예감하는 작품이 윤동주의 시인됨을 돋보이게 하기 때문이었다고 생각하게 된 것이다.

처음 대하던 소년기부터 줄곧 나는 '육조방은 남의 나라' 라고 읽었다. 나이 오십 줄에 들어서야 이 대목을 흔히 '육첩방' 이라고들 읽고 그렇게 가르치고 있다는 사실을 알게 되었다. 그리고 그 사실을 오래 동안 간과하고 있었다는 사실이 놀랍게 생각되었다. 그러고 보면 나는 우리 시를 혼자서만 읽었지 교실에서 여럿이 읽은 적이 없었다. 초년 10년을 일제시대에 보냈기 때문에 일본식 목조 가옥의 구조도 어느 정도 알고 있었다. 그리고 일본식 가옥에는 으레 다다미방이란 것이 한두 개 딸려 있게 마련이다. 또 넓이를 나타내는 한 평坪이 다다미 2장에 해당된다는 것도 일찌감치 익힌 터였다. 그러니까 육첩방六疊房은 다다미 여섯 장이 깔려 있는 3평 넓이 방이다. 3정보町步나 3헥타르하면 시각화가 안 되고 넓이에 대한 감이 잡히지 않지만 평수에 관한 한 단박에 감이 잡히는 것은 이 다다미 때문이다. 반드시 목조가옥이 아니라도 학교 유도장 같은 곳에도 다다미가 깔려 있어 넓이 체험의 가장 비근한 세목의 하나가 되어 주었다.

첩疊은 겹쳐지거나 포개어짐을 가리키고 또 타동사로 겹쳐놓거나 포개어 놓음을 뜻한다. 그런데 일본인들은 필요에 따라 저들의 다다미를 가리키는 말로 써 왔다. 그러니까 일본식 훈독으로는 다다미가 되고 음독은 죠가 된다. 六疊房을 일어로 하면 六疊部屋이 되고 '로쿠죠베야' 로 읽는다. 윤동주는 우리말에 없는 六疊房을 만들어 써서 일어의 직수입을 피했지만 일본 고유의 六疊만은 어쩔 수 없이 그대로 썼다. 일본 고유의 것이니 '육조방' 으로 읽는 것이 자연스럽다. 우리말로 '육첩방' 이라 하면 어쩐지 여섯 겹으로 되어 있는 육중방六重房이란 뜻으로 읽힌다. (물론 그런 말은 없지만 이중교二重橋는 있다.)

　언제부터인가 한자를 공통적으로 쓰는 이웃나라의 고유명사를 원음으로 읽고 쓰는 관행이 생겨났다. 동경, 이등박문 대신에 도쿄, 이토 히로부미로 표기한다. 모택동, 북경, 호지명 대신에 마오쩌뚱, 베이징, 호치민으로 적는다. 그것은 또 한글 전용의 원칙에 맞는 관행이기도 하다. 그러나 한편으로 일본만은 원음을 피해 재래식으로 적고 일본 쪽에서도 마찬가지인 것 같다. 대통령의 이름은 원음을 따르되 한국만은 저들의 한자 음독 관행을 따르고 있다. 그러니 국명만은 자기네 방식을 고수하고 있는 셈이다. 이런 표기 문제는 정하기 나름이기 때문에 길게 논의할 필요는 없다. 다만 원음 우선주의의 일관성이나 말의 성질상 六疊房은 '육조방' 으로 읽는 게 적정하다는 것이 나의 생각이다.

지나支那의 벽

　중국의 만주를 침략해서 만주국이라는 괴뢰정권을 세운 일본은 청조 '마지막 황제' 인 부의를 그 황제로 앉혔다. 그 후 군부세력의 주축

이 되어 1937년 7월 이른바 노구교 사건을 일으키고 그것을 계기로 해서 중국 전역에 대해 침략전쟁을 확대하였다. 같은 해 12월엔 중국 수도 난징南京을 점령하고 수많은 중국인을 학살했다. 이 전쟁은 1945년 일본이 연합국에 항복함으로써 끝났는데 우리가 중일전쟁이라 부르는 것은 중국과 일본 사이에 있었던 이 8년간의 전쟁을 말한다. 그런데 일본에서는 패전 이전까지 줄곧 중일전쟁을 지나사변支那事變이라고 불렀다. 패전 이후 주제파악을 하고 나서 일중전쟁日中戰爭이라 부르는 것이 관행이 되었다. 그냥 중국침공이라 부르는 경우도 있다. 그러나 지난날 중국을 지나支那라 부르는 것이 일본 쪽의 관행이었다. 그러니까 박인환이 「종말」이라는 시편에서 다음과 같이 적을 때 해방 전의 일본 관행을 그대로 따른 것이다.

　　피로한 인생은
　　지나(支那)의 벽처럼 우수수 무너진다.

　박인환 시편은 활달한 시행에 이미지의 전환과 비약이 심해서 따라가기 어려운 경우가 허다하다. 그러나 특유의 음률성을 가지고 있어 잘 읽힌다는 장점을 가지고 있다. 들쭉 날쭉이 심하고 허술한 작품도 많으나 1950년대의 모더니스트 가운데서 김수영과 함께 기억할 만한 시편을 남겼다. 그 후 그의 갑작스러운 요절과 쏠림 현상이 심한 우리 사회의 일반적 성향도 가세하여 완전히 격하되고 김수영의 그늘에서 희미한 존재가 돼버렸다. 그러나 출발점 전후해서 박인환은 시적 역량이나 작품 성과에서 김수영을 압도하고 있었다. 그것은 『새로운 도시와 시민들의 합창』에 수록된 두 시인의 작품을 비교해보면 명백하게 드러난다.

위에서 두 줄을 인용해본 「종말」이란 작품도 얼마쯤 산만하고 요설로 차 있다. 그러나 인용된 시행은 마치 영화의 한 장면 같은 선명한 이미지의 호소력을 가지고 있다. '중국의 벽'이라 하지 않고 '지나의 벽'이라고 적었을 때 박인환이 해방 이후 우리 쪽에서 일본식 관행을 폐기하고 중국이라 호칭했다는 사실을 몰랐을 리가 없다. 또 무심했을 수도 없다. 그럼에도 굳이 일본의 옛 관행을 따라 지나라 한 것은 그것이 문맥에 잘 어울리는 적정어라 생각했기 때문일 것이다. 사실 "피로한 인생은/ 중국의 벽처럼 우수수 무너진다"로 적어놓으면 그 효과는 반감한다. 적어도 나에겐 그렇게 느껴진다. 왜 그럴까? 중일전쟁 때 중국 군대는 일본군에 밀려 패주를 거듭하였고 곧 중앙부를 내주었다. 국민당 정부는 서부의 오지인 중경으로 옮아갔고 붉은 별의 홍군은 연안에 본부를 차리고 있었다. 이러한 패주나 붕괴의 사정이 저절로 떠올라 "지나의 벽처럼 우수수 무너진다"는 대목은 각별한 생동감을 지니게 된다. 중일전쟁 때 일본이 제작한 뉴스 영화에서 따온 이미지가 아닌가 생각될 정도다.

중일전쟁에 대한 개인적 연상작용을 배제한다 하더라도 지나支那는 그 자체로서 중국보다는 취약과 붕괴에 어울리는 말로 여겨진다. '중국'은 세계의 한가운데를 점유하고 있다는 함의 때문에 견고하고 믿음직스러운 나라라는 느낌을 준다. 초목의 가지나 갈라짐의 뜻이 있는 지支자가 들어 있는 '지나'는 상대적으로 덜 단단하다는 느낌을 주는 것이 사실이다. 표의문자가 주는 단순한 느낌으로도 그렇다는 것이다. 중국인들이 '지나'라는 호칭을 싫어하는 것은 따라서 당연하다.

지나支那는 B.C. 4세기의 통일국가였던 진秦에서 나왔다고 한다. 진의 서부 혹은 북부의 이민족이 그들의 발음으로 '치나'라 부른 것이 퍼져나간 것이라는데 처음 인도의 불전佛典에 나타난다. 일본에서는

에도江戸 시대 중기 이후부터 통용되기 시작했고 이차대전 종전 후에
는 지나支那의 표기를 피해 중국으로 쓰고 있으며 간혹 가나로 표기하
는 경우도 있다. 그러나 서력 8세기에 당나라로 들어갔던 고명한 승려
를 비롯해서 이후의 저명한 한문, 한시의 작자들이 벌써 쓰고 있으며
경멸의 함의는 전혀 없었다는 것이다. 청일전쟁 승리 이후 기고만장해
진 일본인들이 중국을 경멸하고 특히 중일전쟁 이후 전의戰意 고취나
침략전쟁 합리화를 위해서 의도적으로 중국 멸시 풍조를 조장하면서
지나支那의 부정적 함의가 더욱 짙어져 갔다. 패전 이후 중국 호칭이
일반화된 것은 당연한 추세였다. 박인환이 '지나支那의 벽'이라 한 것
은 중국 모멸 풍조와 상관없이 하나의 실감으로 썼다고 생각된다. 그
문맥에서 그 어사는 대체할 수 없는 적정성을 가지고 있다. 사소한 차
이지만 중대한 차이이고 이러한 차이에 대한 감각 없이는 좋은 시 쓰
기도 혹은 그 이해도 불가능할 것이다. 시 읽기는 그래서 섬세한 감수
성과 식별능력의 훈련이 되기도 하는 것이다.

박인환과 달리 백석이 '지나인'이란 말을 쓸 때 그것은 문맥 속에서
어사의 적정성을 고려했다기보다도 당대의 일반적 지칭을 기호적으
로 따랐을 뿐이라 생각된다. 거기에 부정적 함의는 전혀 없으며 중성
적 기표 구실을 할 뿐이다. 여기 나오는 지나인들은 "그 오래고 깊은
마음들이 참으로 좋고 우러러진다"고 극히 긍정적으로 그려져 있다.

　　나는 支那 나라 사람들과 같이 목욕을 한다
　　무슨 은(殷)이며 상(商)이며 월(越)이며 하는 나라 사람들의 후손들과
　　같이
　　한물통 안에 들어 목욕을 한다
　　서로 나라가 다른 사람인데

다들 쪽 발가벗고 같이 물에 몸을 녹히고 있는 것은

대대로 조상도 서로 모르고 말도 제가끔 틀리고 먹고 입는 것도 모두

다른데

이렇게 발가들 벗고 한물에 몸을 씻는 것은

생각하면 쓸쓸한 일이다

「조당에서」 부분

석경과 저녁답

먼지 앉은 석경너머로

너의 그림자가

움직이듯

묵은 사랑이

움직일 때

붉은 파밭의 푸른 새싹을 보아라

얻는다는 것은 곧 잃는 것이다.

김수영, 「파밭 가에서」 부분

석경이란 말을 아는 학생들은 거의 없다시피 하다. 표준말이 널리
보급된 탓이다. 석경石鏡은 거울을 가리키며 내가 자란 충청북도 지방
에서는 곧잘 '색경'이라 했다. 사실 거울이란 말은 나중에 학교에서

배운 외국어 같은 낯선 표준말이지 어릴 적에는 '색경'이라 불렀다. 학교에서 표준말을 배운 뒤로 쓰지 않게 된 낱말이 적지 않다. 잠자리를 가리키는 나마리, 무를 가리키는 무수, 부추를 가리키는 정구지, 배추를 가리키는 배차, 질흙을 가리키는 조대흙, 복숭아를 가리키는 복상, 여우를 가리키는 여수, '아수 보다' 할 때의 아수, 진달래를 가리키는 참꽃 등이 우선 떠오르는데 이 밖에도 상당수가 있다. 그 중에서도 개인적으로 가장 기억에 남는 것은 참꽃이다. 어려서 우리가 배운 첫 식물교육의 하나는 참꽃과 철쭉을 구별하는 방법이었다. 참꽃은 흔히 따먹곤 했지만 철쭉꽃은 독이 있다 해서 따먹지 말라는 취지의 교육이었다. 책에 나오는 진달래가 참꽃인 줄 모르고 한참 궁금해하다가 그 정체를 알았을 때는 기묘한 배신감을 느꼈다.

방언은 낯설기 때문에 시에서는 시어로서의 매력을 갖게 마련이다. 낯익은 표준말로 적어놓으면 너무 비근해서 평범하기 그지없지만 방언으로 적어 놓음으로써 독자의 주의를 당기는 매력이 되는 경우도 많다. 가령 박목월의 초기 순정 시편인 「박꽃」을 살펴보아도 좋을 것이다.

흰 옷자락 아슴아슴
사라지는 저녁답
썩은 초가 지붕에
하얗게 일어서
가난한 살림살이
자근자근 속삭이며
박꽃 아가씨야
박꽃 아가씨야

짧은 저녁답을

말 없이 울자

'저녁답'은 '저녁때'를 가리키는 경상도 방언이다. '저녁때'로 고
쳐놓아도 아무런 의미상의 변화는 없다. 그러나 '저녁답'이란 얼마쯤
생소한 낱말이 두 번 되풀이됨으로써 작품의 매력이 커진다. 그것은
낯익은 것에 대해서 변조變調의 효과를 발휘한다. '아슴아슴' '자근자
근'과 같은 말과 어울려 이 단시에 범상치 않은 울림을 부여하는 것이
다. 아마 경상도가 고향인 독자는 늘 쓰는 방언이 등장한 것을 보고 반
갑다는 생각을 할 것이다. 위에서 방언은 단발單發로 끝나지만 사투리
대화체가 그대로 시의 전문을 이루고 있는 경우도 있다.

아베요 아베요

내 눈이 티눈일 걸

아베도 알지러요.

등잔불도 없는 제삿상에

축문이 당한기요.

눌러 눌러

소금에 밥이나 많이 묵고 가이소.

윤사월 보리고개

아베도 알지러요.

간고등어 한손이문

아베 소원 풀어드리련만

저승길 배고플라요

소금에 밥이나마 많이 묵고 가이소.

「만술 아비의 축문(祝文)」 부분

사투리 대화체라고는 하나 위의 시는 대부분 독자에게 즉시적 인지가 가능한 극히 순한 어구와 어투로 되어 있다. 약간 낯설긴 하나 인지 가능한 어사의 변주다. 표준말로 고쳐 놓으면 아주 재미없는 평범한 시로 변할 것이다. 이와는 달리 배타적 방언 지향의 농도가 진해서 인지를 지연시키는 경우도 있다. 백석이 그러한 사례인데 관서關西방언의 누진적 나열이 러시아 형식주의에서 말하는 지각의 지연효과를 빚어내어 독특한 효과를 발휘한다.

> 황토 마루 수무낡에 얼럭궁 덜럭궁 색동헌겁 뜯개조박 뵈짜배기 걸리고 오쟁이 끼애리 달리고 소삼은 엄신 같은 딥세기도 열린 국수당고개를 몇 번이고 튀튀 춤을 뱉고 넘어가면 곬안에 안윽히 묵은 녕동이 묵업기도 할 집이 한 채 안기었는데

「넘언집 범같은 노큰마니」에서

독자는 고문古文을 읽는 것 같은 인지의 지연을 경험한다. 그것은 지각의 지연이란 점에서 투명한 글이 갖고 있지 않은 모호한 매력을 갖고 있는 것이 사실이다. 불투명한 모호성은 독자의 호기심을 당기고 해독을 위한 노력을 부추긴다. 그러나 인지의 지연은 그러지 않았다면 놓치고 말 어떤 보물을 찾아낼 때 비로소 참으로 의미 있는 경험이 된다. 위에 보이는 시적 진술은 방언 의미가 이해되는 순간 반복적 향수를 감당하지 못한다. 방언 의미의 해독으로 작품의 울림은 상당 부분은 소진되고 만다. 여기에 작품의 한계가 있다. 그런 의미에서 초기 백석 시에 대한 과대평가는 설득력을 갖지 못한다. 초기 방언 지향

의 시는 백석 후기시편 성취의 도정에서 보여준 연습곡이라는 측면이 강하다. 「고야」 같은 몇 편의 수작이 없는 건 아니나 후기의 몇몇 걸작 시편의 예사로운 듯한 운필運筆을 위한 밑거름으로서의 의미가 크다고 볼 수 있다. 표준말이 전 국민의 언어생활을 규격화하는 오늘날 방언지향의 시편들이 보여주고 있는 우리 언어의 다양성과 유연성이 되풀이 음미되어야 한다는 것은 그러나 강조되어야 할 것이다. 선다형 시험 교육을 통해 정답 찾기 훈련을 받은 세대들이 방언을 '오답'의 범주로 간주하지 않도록 가르치는 것도 중요하다. 표준말은 어디까지나 원활한 의사 소통을 위한 근대적 편의의 방책일 뿐이다.

6. 사라져가는 어법

−엽전 선비와 새로 두시

엽전 선비

육이오 이후 우리 주변에서 사라진 것은 한두 가지가 아니다. 그야 말로 재작년의 눈처럼 통째로 사라진 것이 참으로 많다. 11월 늦가을에 전선줄에 앉아 시끄러운 소리를 냈던 제비 떼의 모습은 지금도 아쉽기 짝이 없다. 읍내 모든 전선줄이 다 그랬다. 그만큼 제비가 흔했었고 참으로 듣기 좋은 시끄러움이었다. 못 본 사람은 앞으로도 영원히 듣도 보도 못할 것이다. 그 무렵 웬만한 집에서는 엽전 몇 닢 정도를 다 가지고 있었다. 동그란 놋쇠 판에 네모진 구멍이 나 있는 엽전으로 꼬마들은 제기를 만들고 제기차기를 하였다. 엽전은 그러니까 제기차기를 할 만한 사내아이가 있는 집에는 다 있었다고 보면 될 것이다. 그런데 요즘엔 완전한 희귀품이 되어버렸다.

한글학회에서 펴낸 『우리말 큰 사전』에는 엽전의 이차적 의미로 "아직 봉건적 인습에서 탈피하지 못한 사람"이라는 뜻으로 우리나라 사람이 스스로를 낮게 일컫는 말이라 정의하고 있다. 그러나 이 말은 우리 자신을 스스로 비하하는 자조적인 문맥에서 "엽전이 별 수 있나" 하는 투로 흔히 사용되었다. 봉건적인 인습뿐만 아니라 우리의 모든 부정적인 국면을 두고 이 말을 썼다. 우리 연배가 20대이던 1950년대에 거의 일상적으로 쓰였다. 그때 들은 바로는 일제 시대 때 일본에 간 유학생 사이에서 많이 퍼졌다 한다. 그런데 어느 사이에 쑥 들어가고 말았다. 그것은 민족 비하에 대한 거부감이나 그 동안의 생활수준 향상에 근거한 자신감의 산물이어서 매우 긍정적인 현상이라고 생각된다. 어쨌건 요즘의 젊은 세대에겐 생경하고 무연한 말일 것이다. 1950년대 말에 발표된 미당의 소작에 「시월유제十月有題」라는 짤막한 것이 있다.

사색하고 고민하는 이마로서 길을 내 걸어가는
늦가을날 안려雁旅의 기러깃 길을 아시는가.
오뉴월의 칙덤불과 이 칠팔월의 싸리재에
한동안씩 잊었던 이 <u>엽전葉錢</u> 선비의 길
시월 상달 날 맑으니 또 북으로 뻗치는구나!
시월은 내 새 안려雁旅의 길이 서슬푸리 열리는 달.
내 서재 속 새 안려雁旅의 길이 불 밝히어 열리는 달.

안래객雁來客이란 말이 있다. 기러기가 철새이기 때문에 떠돌이 나그네를 가리키는 말이다. 기러기 길과 안려는 같은 말이다. 오뉴월은 녹음방초와 식물 성장의 시절이요 여름은 무더위의 시절이어서 한동안 사색하고 고민하는 선비의 일을 쉬고 있었다. 그러나 시월 상달은 기러기도 고민하고 궁리하며 나그넷길로 나서는 시절이다. 그러니 엽전 선비인 나도 기러기 본을 따서 슬슬 서재에서 책을 대하며 사색도

해야 할까보다 라는 심경을 읊조린 시편이다. 여기서 엽전 선비는 우리말 큰 사전에 있는 대로 구닥다리 선비란 약간 희롱기 섞인 자조적인 함의가 있고 또 1950년대 전후에 만연해 있던 우리의 민족적인 자학 성향의 함의도 내재해 있다. 또 모더니즘의 구호가 판치던 시대여서 짐짓 엽전선비란 말을 씀으로써 옛 신라정신의 발명과 전파에 열중하는 자신을 반어적으로 내세운 것일 수도 있다. 또 상대적으로 구차할 수밖에 없는 선비의 생활을 함의한 것이라 볼 수도 있다. 어쨌건 다른 말로 대체할 수 없는 고유성을 가지고 있는 말이다. 비속어이되 비속하지 않고 자조적이되 비굴하거나 천박하지 않은 반속反俗적 함의가 짙은 말이다.

미당 시편을 읽을 때 이런 말의 묘미를 놓친다면 시의 재미를 통째로 놓치는 셈이 된다. 엽전이란 말은 미당의 이 시편 속에서 그 부정적 함의에서 얼마쯤 자유로운 어엿한 우리말로 격상하였다는 감을 준다. 선비라는 공식문화의 핵심적인 기호와 엽전이라는 비주류 문화의 속어를 자연스럽게 접합하고 있다. 1950년대에 씌어진 시라는 것이 '엽전선비' 란 말을 통해 선연히 드러난다. '서슬프리' 는 '서슬 푸르게' 의 변형이라 생각된다. 서슬이 푸르다는 기세가 등등하다는 뜻이지만 여기서는 여름이 지나고 본격적인 가을이 시작될 때의 참신한 느낌을 그리 적은 것이리라. 칡덤불과 싸리재로 오뉴월과 무더위를 암시하는 수법에도 미당다운 원숙함이 보인다.

넉점 반과 이십 날

우리의 시간과 날짜를 가리키는 일상어도 세월의 변천에 따라 자꾸

만 변한다. 젊은이들이 버스에서 주고받는 말에 '놀토'라는 것이 있
다. 처음엔 무슨 소린가 했는데 가만히 듣고 있으니 '노는 토요일'의
준말이다. 학교에서 2주에 한번씩 토요일을 휴일 삼게 되면서 생긴 말
이니까 아주 최근에 생기고 번진 말이다. 새말 만들어 쓰는 데는 보통
사람들이 최고 도사라는 생각이 든다. 요즘엔 또 20일을 20날로 쓰는
경향이 있다. 실용적인 동기에서 나온 새로운 관용인 것 같다. 20일로
하면 21일과 혼동되기 쉽다. 그래서 아예 20날이라고 해버리는 것이
다. 예전 같으면 스무날이라고 했을 터인데 번거로우니까 20날이 된
것이리라.

아기가 아기가
가겟집에 가서
"영감님 영감님
엄마가 시방
몇 시냐구요."
"넉점 반이다."

1940년에 씌어진 윤석중 동요 「넉점 반」의 첫 대목이다. 가겟집에
가서 시간을 알아오라는 엄마의 심부름을 간 꼬마가 '넉점 반'이란 시
간을 알아낸 것까지는 좋은데 여기 기웃 저기 기웃 시간을 많이 보내
고 다 늦은 시간에 집에 가서 '넉점 반'이라고 말한다는 우스개 동요
다. 네시 반을 1930년대 40년대엔 이렇게 썼다. 1950년대까지도 지긋한
연배 사람들이 이런 용법을 썼다. 대개 서울 사람이나 식자들의 관행
이 아니었나 생각된다. 요즘엔 완전히 유통에서 배제된 어법이다. 미
당의 자전적 시집인 『안 잊히는 일들』에 수록된 「인촌仁村 어른과 동

아일보와 나」 속에 재미있는 삽화가 적혀 있다.

> 1931년 여름에
> 인촌 김성수 선생이 고향에 오셔서
> 나도 같은 고을 소년이라 문안을 갔더니,
> "자네 몇 시 차로 왔나?" 하시어
> 엉겁결에 "넉시 차로요" 대답을 했었다.
> 그랬더니
> "네시면 네시고, 넉점이면 넉점이겠지,
> 넉시라고 쓰는 말도 조선말에 다 있나?
> 에이끼 이 사람!"
> 하시는지라, 무안하여 집으로 돌아와서는
> 우리 말 다루기에 무진 애를 써
> 1936년 1월1일 동아일보 신춘현상문예에
> "벽"이란 시로 당선을 했었다.

서울 사람 본을 따 넉점이라고 하려다가 불쑥 옛 투가 나와서 '넉시'라고 한 것이리라. 그때 무안을 당해서 우리 말 다루기에 애를 썼다는 것은 인촌선생과의 인연을 얼마쯤 극화劇化한 것이지만 어쨌건 말 쓰기에 더 세심해지기는 하였을 것이다. 이태준의 『문장강화』에 예문으로 실려 있는 박태원의 운치 있는 수필 「아름다운 풍경」은 이렇게 시작한다. "밤 열점이나 그러한 시각에 악박골로 향하는 전차는 의례히 만원이다." 악박골은 현저동 근방을 가리키는 옛 이름이다. 열시라 하지 않고 열점이라 하고 있어 역시 서울 토박이란 느낌이 드는데 이것이 개인적인 경험에서 나온 반응인지, 일반적으로 그런지는 잘 모르겠다. 어쨌건 요즘엔 완전히 사라진 말이요 어법이다.

요즘엔 오후 두시 혹은 오전 두시라는 투로 말한다. 그러나 우리가 어릴 때만 하더라도 오후나 새벽인 경우엔 '새로 두시'로 쓰는 것이 보통이었다. 오후 두시보다는 덜 정확할는지 모르지만 훨씬 정감 있는 어법이요 시간의 흐름을 실감케 하는 어법이다. 김광균의 첫 시집 『와사등』 첫머리에 있는 「오후의 구도構圖」와 제2시집 『기항지寄港地』에 수록된 「추일서정」에 각각 다음과 같은 대목이 보인다.

천정에 걸린 시계는 새로 두시
하얀 기적 소리를 남기고
북양(北洋) 항로의 깃발이
지금 눈부신 호선(弧線)을 긋고 먼 해안 위에 아물거린다

「오후의 구도」

낙엽은 폴란드 망명정부의 지폐
포화에 이지러진
도룬시의 가을 하늘을 생각케 한다.
길은 한줄기 넥타이처럼 풀어져
일광의 폭포 속으로 사라지고
조그만 담배 연기를 내어뿜으며
새로 두시의 급행차가 들을 달린다.

「추일서정」

교만할 손 공주로다

최근에 이동하 창작집 『우렁 각시는 알까?』를 읽고 감회가 깊었다. 우리 세대의 구차했던 가난 경험이 너무나 생생하고 또렷하게 서술되어 있어 잠시 동안 옛날을 다시 사는 것 같은 느낌이었다. 한 자 한 획도 소홀히 하지 않는 작가의 엄격한 언어 조직과 치밀한 구성이 고전적 감동을 안겨 주어 젊은 세대들이 꼭 읽어보면 좋겠다는 생각을 했다. 문학의 진수도 맛보고 역사 공부도 되고 현실인식도 깊어지리라는 생각도 했다. 한편 「남루한 꿈」이란 단편에서 다음 대목을 접하고 잃어버린 우리말을 다시 찾은 듯한 느낌도 들었다.

그는 중얼대며 그제야 이불 속에서 목을 뽑아 주위를 휘익 둘러보았다. 놀라울 손! 그는 대로변에서 알몸으로 누더기 이불을 두르고 누워있는 자신의 몰골을 확인하고 멍청해져버렸다.

순간 오래 동안 잊고 있었던 노래 말이 떠올랐다. 밀란 쿤데라의 소설 『참을 수 없는 존재의 가벼움』을 대본으로 한 같은 이름의 영화가 우리말로는 〈프라하의 봄〉이란 제목으로 상영되었다. 영화에는 무도회장이 달린 식당에서 체코의 공산당 간부와 소련인이 회식하는 것을 본 주인공이 동료들과 그들을 성토하는 장면이 나온다. 이때 악단이 연주하는 곡이 러시아 민요 〈스텐카 라친〉이다. 해방 직후 초등학교에서 그 노래를 배운 기억이 있다.

넘쳐 넘쳐 흘러가는 볼가 강물 위에서
스뗀까 라찐의 배에선 노래 소리 드높다

페르샤의 영화의 꿈 다시 찾는 공주의
웃음 띠운 그 입술엔 노래 소리 드높다.

돈 코작 무리에서 일어나는 아우성
<u>교만할 손</u> 공주로다 우리들은 주린다
다시 못 볼 그 옛날의 볼가 강은 <u>흐르고</u>
꿈을 깨인 스뗀까 라찐 외롭구나 그 얼굴

스텐카 라친Stenka Razin은 17세기의 코작 지도자로 본래 돈 빈민 코작의 추장이었다. 볼가 계곡과 카스피해 대안의 습격에서 크게 이겨 세가 늘었고 많은 추종자가 생겨났다. 이에 힘입어 1670년엔 황제의 권위에 반기를 들었고 한때 스탈린그라드라 불렀던 곳을 위시해서 많은 도시를 점령했다. 볼가 강 유역의 많은 농민과 비러시아 부족들이 그에게 합류했다. 그러나 정부군에 패하여 돈 강으로 도망갔으나 코작 반대세력이 붙잡아 정부군에 넘겨 모스크바에서 처형되었던 인물이다. 그 점 대중의 상상력 속에서 푸가초프와 쌍벽을 이루고 있다. 그의 무용담은 전설과 민요 형태로 남아 있다. 해방 직후에 나온 음악 교과서에 실려 있던 가사인데 "교만할 손 공주로다"란 옛 투가 거스르지 않는다.

근자의 글에서 이러한 어법을 본 적이 없기 때문에 '놀라울 손!'이란 얼마쯤 별난 어법이 여간 반갑지 않았다. 뜻하지 않은 곳에서 어릴 적 친구를 만난 것 같은 소회였다. 그런데 찾아본 바로는 큰 사전에도 이 '손'의 설명은 나와 있지 않다. 아마 옛말이라고 해서 그런 모양이지만 위의 번역 가사는 결코 옛말에 속하지 않는다. 어쨌건 빈도가 낮아서 사전에서 빼먹은 것이 아닌가 생각된다. 그러나 우리는 해방 직후 국어 교과서에서 다음과 같은 시조를 배웠던 것이다.

> 샛별 지자 종다리 떴다 호미 매고 사립 나니
> 긴 수풀 찬 이슬에 베잠방이 다 젖는다
> 아이야 시절이 좋을 손 옷이 젖다 관계하랴

어쨌거나 한두 세대 사이에 완전히 망실된 말이나 어법이 있다는 것을 실감케 하는 경우다. 그런데 그동안 도무지 쓰지 않던 어사가 21세기에 재활용되는 것을 보니 반가운 마음이 들 수밖에 없다. 비록 옛 투가 배어 있다 하더라도 쓰기에 따라서 얼마든지 참신한 활용이 가능하다. 우리말에 활력을 부여하는 하나의 방책이 될 수 있을 것이다. 교과서에 나오지는 않지만 이런 시가도 있다.

> 콩밭에 들어 콩잎 뜯어 먹는 검은 암소
> 아무리 쫓은들 그 콩잎 두고 제 어디 가리

> 이불 아래 든 님을 발로 툭 차 미적미적하며
> 어서 나가소 한들 이 아닌 밤에 날 버리고 어디로 가리
> 아마도 싸우고 못 잊을 손 님이신가 하노라

월사금과 반공일

요즘은 수업료로 통일되어 있지만 그전에는 월사금月謝金이라고 했

다. 수업료란 말은 일제말에 생긴 말이다. 고마워서 다달이 낸다는 월사금이 훨씬 오랜 된 말이지만 수업료가 쓰이면서 폐어가 되었다. 다음은 1929년에 씌어진 이원수 동요 「헌 모자」의 후반부이다.

월사금이 늦어서
꾸중을 듣고
이 모자 쓰지도 않고
나간 그 동무,

지금은 어디 가서
무얼 하는지
보름이 지나도록
아니 옵니다.

재미있는 것은 일제말기에 학교에서는 수업료라고 했지만 집에서는 월사금이라고 했다는 점이다. 집에서는 본 이름을 쓰고 학교에서는 창씨 이름을 쓴 것과 비슷한 평행현상이다. 그 비슷한 말은 이 밖에도 더 있다. 학교에서는 토요일, 일요일 했지만 집에서는 반공일, 공일이라고 했다. 그러다가 해방이 되고 나서 얼마쯤 지나 반공일, 공일은 사라지고 토요일, 일요일로 굳어진 것도 재미있다. 영국 작가 올더스 헉슬리의 단편에 half-holiday란 것이 있다. 반공일半空日이 딱 들어맞는 역어인데 요즘엔 아는 젊은이가 많지 않을 것이다. 수업료와 함께 후원회비, 기성회비, 사친회비도 냈는데 그 변화한 명칭도 다채롭다. 월사금과 비슷한 시기에 씌었다가 사라진 말에 또 잡기장雜記帳이 있다. 그러고 보면 축음기를 가리키는 유성기留聲器도 그 무렵의 낱말이다. 유성기란 낱말은 알고 있었지만 유성기를 가지고 있는 집안은 시골에서는 별로 없었다. 라디오를 가지고 있는 집도 별로 없었는데 라디오만은 그제나 이제나 영어를 그대로 썼다.

미美한 풍경

정지용이 말 골라 쓰기와 토박이말 발굴에 공을 많이 들였다는 것은 뚜렷한 시사적詩史的 사실이다. 그래서 정지용 이전과 이후 시인들의 시사적 차이가 세심한 독자에게는 실감된다. 그의 초기 작품에 홍춘, 황마차, 남경콩 같은 일본말이 튀어나오는 것은 사실이나 현장감이 반영된 것이어서 어쩔 수 없다는 느낌이 든다. 「파충류동물」 같은 작품은 거의 습작기 작품 같아 시인 자신이 시집에 수록하지 않고 버렸다. 그런데 말을 골라 쓴 시인의 시행으로 간주하기 어려운 반칙적 어사가 그의 시에서 발견된다. 1933년에 발표된 가톨릭 신앙 시편의 하나인 「갈릴레아 바다」가 그 사례다.

나의 가슴은
조그만 갈릴레아 바다.

때 없이 설레는 파도는
<u>美한</u> 풍경을 이룰 수 없도다.

이인직 흐름의 『혈의 누』『귀의 성』으로 회귀하는 듯한 어법이다. 이런 어법이야말로 정지용 시풍이 타파에 성공한 구투의 표본이었다.

그런데 1920년대 초도 아닌데 일련의 원숙기 가톨릭 시편의 하나에서 '미한 풍경'이라 한 것은 자기 배반이요 독자에게는 배신감을 안겨 주는 충격이다. 왜 '아름다운 풍경'이나 비슷한 말로 만족하지 않았을까? 이러한 어법이 한글 전용이 진척된 20세기 말에 나왔다면 낯설게 하기의 효과를 기대해 본 것이라 생각할 수 있다. 원숭이가 나무에서 떨어진 사례이고 그 원숭이는 나무에서 떨어지는 재미도 소홀치 않아 그대로 방치해 둔 것일까? 경건한 신앙 앞에서 미의식은 상대적으로 위축되기 마련이라서 그런가? 그렇다면 여타 정지용 신앙시편이 보여 주는 시적 위엄은 설명할 길이 없다. 이래저래 궁금증이 증대하는 사안이라 하지 않을 수 없다. 해방 이전에는 시인이 자작시 해설을 도모하는 일도 없어서 아무런 단서도 남겨놓고 있지 않다. 생각건대 자작시 해설이나 시 해설은 해방 이후의 산물이고 우리말 시편이 교과서에 등재되고 나서부터의 일이다. 교육적 수요에 응답하는 사이에 시 해설이나 감상이 생겨난 것이 아닌가 생각된다. 그러므로 이 '미한 풍경'의 수수께끼는 추측으로 푸는 수밖에 없다.

예술가는 아무리 진지하게 자기 세계를 구축하는 경우에도 때때로 장난끼가 발동해 자조적인 자세를 취하는 경우가 있다. 엄격한 신앙 체계에 순종할 때 이러한 반역의 순간은 더 잦아질 수 있다. 그러니까 '미한 풍경'은 정지용의 조그만 시적 언어적 역모逆謀이다. '미한'의 반대말은 '추한'이다. 우리는 '추악한' '추한' '추하다' 등의 어사를 자연스럽게 빈번히 쓴다. 그런데 왜 '미한' '미하다'란 말은 쓰지 않는가? 이것은 공정하지도 자연스럽지도 않은 언어관행이 아닌가? 시인은 세속에 대한 반역자가 아닌가? 그래서 '미한 풍경'이란 반칙을 저지르고 은밀한 웃음을 지어본 것이 아닐까? 이것은 어디까지나 나의 공상이요 기상奇想이다. 소싯적에 생겨난 의문에 대해 늘그막에 보

내는 내 추측성 답변일 뿐이다. 단순한 실수로 보기는 어려워 누구나
한번쯤 생각해 보는 것도 유익하리라.

7. 말과 정치적 함의
−이북과 식민지

북과 이북

해방 후에 새로 생긴 말이 많이 있다. 양담배, 새치기, 깡통, 깡패가 모두 그런 말들이다. 이미 있던 말인데 새로운 부가적 의미를 갖게 된 말도 많다. 날린다, 근사하다 같은 말은 비속어로 출발했지만 이제 어엿한 새 뜻을 갖게 되었다. 새삼스러워 실감이 잘 가지 않지만 남과 북이라는 말도 새로운 의미를 갖게 되었다. 북은 육이오 전에는 38도선 이북을 가리키다가 전후에는 휴전선 이북을 가리키게 되었다. 시에서도 북과 이북은 자주 쓰였다.

> 오늘도 고향은 천리요 또 오백리
> 뜻하지 않은 위도가 은하로구나
>
> 사랑스런 살부치들
> 쟁쟁거리는 목소리 아물거리는 얼굴

도시 허위잡을 수 없이
구름만 북으로 밀려 가는구나

'아라사의 소문이 자주 들려오는 곳'이 고향인 김기림에게 38선은 가족 상봉을 가로막는 은하인 셈이다. 가령 외국인이 위에 나오는 북을 그냥 동서남북의 북으로만 이해한다면 이 시의 이해는 어렵게 될 것이다. "굴뚝에 까치가 집을 짓는 곳/이 곳은 남조선"이란 설정식의 시에 나오는 남조선의 반대말이 곧 북이요 이북인 셈이다. 이 북과 이북의 의미가 가장 분명하게 드러나는 것은 이산離散문학의 선구라 할 수 있는 작품에서다.

청단(靑丹)벌 나리는 눈에
오고 가는 사람 사라지고
길은 없구나

이북(以北)으로 정처 없이 떠나는 숙(淑)
눈오는 창밖에 서서 흰 수건
휘젓는 숙아
너는 너무 야무지구나 너는
너무 애처롭구나
바람 불고 눈 휩쓸리나
창유리는 도무지 말 없구나

남편과 아가를 버리고

학대받은 관념(觀念)에 실리려
북으로 떠나는 숙아
너와 나, 사이에 점점 버그러저가는
커다란 혼(魂)의 공간
눈 나리는 슬픈 벌판이다

태초에 길은 있었드니
청단 벌 나리는 눈에
길은 없구나

장서언張瑞彦의 「눈오는 청단역」은 1947년 2월 『경향신문』에 발표되었는데 이 사실은 시를 이해하는 데 결정적인 단서가 되어 준다. 해방 직후인 1946년 10월에 전국적으로 소요사태가 벌어지고 많은 사람들이 체포된다. 이어서 많은 사람들이 월북하게 되는데 이 작품은 그러한 시대 상황을 배경으로 해서 씌어진 것이다. 시에 나오는 숙이란 여인이 소요 사태와 직접적인 연관이 있는 것인지는 알 수 없다. 다만 소요사태 후에 이어진 월북자의 행렬 속에 그녀가 끼어 있는 셈이다. 청단역은 개성에서 해주海州로 가는 배천선白川線 끝자락에 있는 역으로 해주와 지척지간이다. 전쟁 전에는 개성이 38선 이남이었으므로 월북자들은 흔히 기차로 개성까지 가고 거기서 다시 배천선을 타고 청단에서 내려 해주로 갔던 것으로 보인다. 이북으로 가는 숙이가 창밖에 서서 흰 수건을 휘젓는 것은 그 때문이다. 아마도 배웅 나온 화자는 배천선을 타고 그대로 개성 쪽으로 돌아가는 것이리라.

지금 눈이 나리고 청단벌에는 왕래하는 행인도 길도 보이지 않는다. 이북으로 떠나는 숙이 눈오는 창밖에 서서 흰 수건을 휘젓고 있다.

그러는 그녀의 모습이 아주 야무져 보이지만 화자는 애처롭다고 생각한다. 정처 없다는 말은 대중가요의 단골 어사여서 얼마쯤 민망하게 들리지만 지금 고향을 등지고 떠나는 숙에게는 아주 어울리는 말이기도 하다. 문맥으로 보아 누가 그녀를 기다리고 있는 것도 아니요 갈 곳이 정해진 것도 아니기 때문이다. 숙은 결혼한 몸인데 남편과 아가를 버리고 북으로 떠나는 것이다. 왜 가는가? 화자는 '학대받은 관념에 실리려' 북으로 간다고 간명하게 적고 있다. 학대받은 관념이란 무엇인가? 학대받은 사상이라고 읽으면 분명해진다. 즉 남에서 학대받고 있는 사상에 실리려고 숙은 북으로 가는 것이다. 실리려고 간다는 것은 아무래도 편승便乘한다는 말을 떠올린다. 편승이란 말에는 무엇인가 부정적인 함의가 있다. 또 관념이란 말에도 현실과 동떨어진 것이란 함의가 느껴지는데 그것은 이 시가 쓰여진 당시에는 더 두드러졌다고 생각된다. 그러니까 화자는 숙의 북행에 대해서 상당한 유보감을 가지고 있고 그래서 더욱 그녀가 애처로워 보이는 것이다. 그런 사정은 다음과 같은 시행에서 더 잘 드러나 있다.

너와 나, 사이에 점점 버그러져가는
커다란 혼의 공간
눈 나리는 슬픈 벌판이다

'눈 나리는 슬픈 벌판' 은 실제 상황의 객관적 서술이지만 동시에 보내는 이와 떠나는 이 사이의 영혼의 괴리乖離 혹은 심리적 거리를 시사하고 있다. 강렬한 거부도 공감도 아닌 영혼의 괴리가 이 작품의 어조를 결정짓고 있는데 이 작품의 독특한 호소력은 바로 그러한 잔잔한 연민의 어조에서 나온다고 할 수 있다. 그러면 화자와 숙이는 어떤 사이인가? 화자가 숙의 남편은 아닐 것이다. 그렇다면 동기간이거나 친구간으로 설정된 것일 터이다. 아무래도 동기간이 아닌가 추정되는데 그렇다고 화자와 시인 장서언을 동일시해서는 안 된다. 이 작품의 상황 속에서 화자가 아무래도 오빠로 설정된 것 같다는 것일 뿐이다. 요새말로 '못 말리는' 야무진 숙에게 애처로움을 느끼는 것은 동기간에서나 가능한 진한 애정 때문이리라. 전체적으로 보아 군더더기 없이 꼭 짜인 것도 아니요 또 울림이 각별한 것도 아닌 소박한 작품이지만 작품 속의 극적 상황이나 인상적인 표제 때문에 쉽게 잊혀지지 않는 호소력 있는 작품이다. 또 작품 자체가 주인공의 불행을 예감케 할 뿐 아니라 한 시절의 동향을 나타내고 있어 사회사社會史적 가치도 덤으로 가지고 있다고 생각된다.

소년 시절에 신문에서 이 작품을 접한 필자는 그 뒤 이 작품을 찾아 읽으려고 하였으나 찾지 못하였다. 1969년 신구문화사에서 나온 『한국시인전집』 8권에는 이상, 김광균, 장서언, 장만영, 서정주 등 다섯 사람의 시가 실려 있고 장서언 시편 25편이 실려 있으나 이 시는 보이지 않는다. 최근에 경향신문의 마이크로 필름이 이화여대 도서관에 있어서 겨우 찾아내었고 2004년에 나온 회상록 『나의 해방 전후』에 전문 인용한 바 있다. 그 책에서 처음으로 접했는데 인상적인 작품이었다고 말하는 독자들이 더러 있는데 독자들은 이 시가 60년 전에 쓰였다는 사실을 상기해 주기 바란다.

1970년대 말 이화여대의 선배 동료였던 장영숙 교수가 장서언의 매씨임을 처음으로 알게 되었다. 이런 저런 얘기 끝에 「눈오는 청단역」이란 작품이 인상적이었다고 말했더니 오빠에게 그런 작품이 없다는 것이었다. 분명히 있다고 하는 데도 막무가내로 없다고 우겼다. 그때 혹 작품에 나오는 숙이가 장서언의 누이가 아닐까 하는 생각이 퍼뜩

들었다. 그때만 하더라도 월북자 가족이 있다는 것은 굳이 드러내려 하지 않았던 시절이다. 작품 상황이 너무나 선명해서 허구적 상황이라고 생각되지 않고 또 그 댁 자매들은 숙자 돌림이 아닐까 하는 생각도 들었다. 그러나 이것은 모두 필자의 개인적인 환상일 뿐이니 오해 없기를 바란다. 1911년 생인 장서언은 흔히 모더니스트로 분류되는데 감상적인 것을 배격하고 산뜻한 수채화를 지향한 것과 관련된다고 생각한다. 후기에는 나무를 노래한 시편이 많다.

식민지의 곤충들이

김수영의 시를 읽을 때 감탄하는 한편으로 아깝다는 생각을 하게 되는 경우가 있다. 과감하게 군더더기를 버리고 구성상의 긴장을 도모했다면 한결 좋지 않았을까 하는 억측과 희망이 들기 때문이다. 그러나 느슨한 구성을 통해서 의식의 섬세한 유동성과 운동성이 포착될 수 있었던 것이라 생각하면 애초의 억측이나 희망이 근거 없고 가망 없는 것이라는 생각도 하게 된다. 어쨌건 느슨하고 덤덤한 시행 사이에서 눈이 번쩍 뜨이는 대목을 접하게 되면 역시 김수영이라고 다시 탄복하게 된다. 가령 1964년 11월 12일이란 집필 날짜가 적힌 「현대식 교량」이란 작품에 보이는 다음 대목도 그러한 사례다.

이것이 얼마나 죄가 많은 다리인줄 모르고
식민지(植民地)의 곤충(昆蟲)들이 24시간을
자기의 다리처럼 건너다닌다.

현대식 교량을 건너다니는 인간 군상을 '식민지의 곤충들'이라고 정의한 것은 단순히 참신한 관찰임을 넘어서 시인의 현실 인식을 극적으로 드러내고 있다. 곤충이란 관찰에는 다리를 건너다니는 인간 생존의 취약성에 대한 연민의 감정이 배어 있다. 그리고 이 땅이 식민지라는 현실인식이 물론 중요하다. 식민지라면 어느 나라의 혹은 누구의 식민지란 말인가? 그것은 구체적인 국적의 문제가 아니라 막연히 자본주의나 근대의 식민지를 뜻할 수도 있을 것이다. 어쨌건 식민지가 이 시의 열쇠 말임에는 틀림이 없다.

우리 땅이 명시적 실질적으로 외국의 식민지였던 것은 20세기의 전반기였다. 식민지 주민이란 자의식이 없지 않았지만 너무 자학적이고 또 검열도 의식해서 식민지란 말은 문학작품에서 별로 쓰이지 않은 것 같다. 가령 중편소설 「만세전」의 기억할 만한 장면에는 이런 대목이 보인다.

사실 말이지, 나는 그 소위 우국의 지사는 아니다. 자기가 망국민족의 일분자이라는 사실은 자기도 간혹은 명료히 의식하는 바요, 따라서 고통을 감(感)하는 때가 없는 것은 아니다.

식민지의 주민이란 것보다는 망국민 혹은 망국민족의 일원으로 자신을 파악하고 있다. 내가 기억하는 한 식민지란 말은 해방 이전의 시편에서 별로 쓰이지 않은 것으로 생각된다. 식민지의 청년이요 주민이란 자의식이 투철했던 임화의 시집 『현해탄』에도 식민지란 단어는 보이지 않는다. 보다 검열이 느슨했던 시기랄 수 있는 1929년의 소작인 「우산 받은 요꼬하마의 부두」에 "더구나 너는 이국(異國)의 계집애 나는 식민지의 사나이"란 대목이 보이는 정도다. 그러다가 해방 이후의 문학 작품에서는 식민지란 말이 자주 오르내리게 된다. 가령 우리는 박인환 시편을 지적할 수 있다.

　1949년 4월에 나온 김경린金璟麟, 임호권林虎權, 박인환朴寅煥, 김수영金洙暎, 양병식梁秉植 5인 시집 『새로운 도시와 시민들의 합창』은 한편으로 '신시론新詩論시집'이라는 표제를 달고 있어 새로운 모더니즘을 표방하고 있음이 드러나 있다. 이 중 현실주의적 일상 시편을 보여준 임호권은 전쟁 이후 문단에서 모습을 감추었고 양병식은 번역시로 참여했던 만큼 김경린, 박인환, 김수영이 그 후에도 지속적 시작활동을 보여준 셈이다. 적어도 이 시집에 관한 한 뚜렷한 시적 개성과 작품적 성취를 보여준 것은 박인환이다. 5편의 작품을 통해 박인환은 제국주의와 자본주의에 비판적인 근접 인민시인의 모습을 보여준다. 대한민국 정부가 수립되어 정치 문화적 혼란이 어지간히 종식되고 세칭 좌파시인들이 대체로 무기력 상태에 빠져 잠잠해진 시기여서 그의 시적 자세는 어느 정도 돋보이기도 한다. 「인천항」이란 작품에서 그는 이렇게 적고 있다.

　　　　밤이 가까울수록

　　　　성조기(星條旗)가 퍼덕이는 숙사와

　　　　주둔소의 네온싸인은 붉고

　　　　정크의 불빛은 푸르며

　　　　마치 유니온 잭크가 날리든

　　　　식민지 향항(香港)의 야경을 닮어 간다.

　　　　조선의 해항(海港) 인천의 부두가

　　　　중일전쟁 때 일본이 지배했든

　　　　상해의 밤을 소리 없이 닮어 간다.

한마디로 미군이 주둔하고 있는 인천항이 중일전쟁 때 일본이 지배했던 상해를 닮아가고 영국기가 날리던 식민지 홍콩을 닮아간다는 것이다. 이색적이고 설득력도 있는 긴 호흡의 「인도네시아 인민에게 주는 시」에도 다시 식민지가 등장한다.

> 이제는 식민지의 고아가 되면 못 쓴다
> 전인민(全人民)은 일치단결하여 스콜처럼 부서저라
> 국가 방위와 인민전선을 위해 피를 뿌려라

이 시편에서 화자는 서슴없이 인민전선 편에 선 시인임을 선포한다. 인천항을 다룰 때 묵시적이었던 화자의 어조는 명시적으로 인도네시아 인민에게 전언을 보낸다. 그것은 식민주의에 저항하는 인도네시아 인민에 대한 열의에 찬 응원가이기도 하다. 국내 문제에서 묵시적이고 암시적임에 반해서 같은 식민지주의 지배를 경험한 외국의 문제에 관해서 명시적이고 전투적 자세를 보여주는 것은 복합적인 의미를 가지고 있을 터이다. 어쨌건 우리 쪽의 인민시인들과 거리를 유지하면서 반제국주의와 반식민주의를 선포하고 있는 것이 눈길을 끈다. 정작 식민지 시대엔 명시적으로 쓰기를 주저했던 어사가 해방 후의 우리 시편에 자주 보이는 것은 주목할 만하다. 박인환의 반제국주의적 입장은 1950년의 전쟁을 계기로 해서 변화를 겪는다. 그 후 그의 작품에서 식민지란 말은 보이지 않게 된다. 전쟁기에 식민지란 말이 등장하는 것은 조병화의 시집 『패각貝殼의 침실』에서다.

식민지의 등대처럼

나는
내 어둠을 비친다.

　이 대목은 1952년에 나온 조병화 제3시집의 첫머리에 보인다. 제목 없이 목차 앞의 페이지에 적혀 있는데 아마 시집을 내면서 떠오른 회포의 순간을 적은 것일 터이다. 저자 자신의 의도야 어쨌건 시집 서시 序詩로 보아도 좋을 것이다. 여기서 식민지는 정치경제적 함의가 짙은 어사라기보다는 어둠의 땅이라는 정도의 의미를 가지고 있는 것으로 보인다. 그러나 자신의 어둠과 우수를 비치는 식민지의 등대로 자기 시를 정의한 것은 그 종합적 적정성을 떠나서 그 자체로서 매력 있는 이미지이다. 아마 조병화의 최고 순간을 드러내고 있다고 할 수 있으며 단시의 한 정점을 보여주고 있다. 이런 서시가 예고하듯이 시집 속에는 호소력 있는 시행이 발견된다.

텅 빈 공간에 그대와 같은 명사는 잃고
우거진 군상(群像) 속에 나만이 이단처럼 걸어가노라.

아 나는 아노라
행복으로 돌아가는 모든 순서를 아노라.
삶의 그러한 인습을 아노라.

「회로(回路)」에서

　이 서시가 기약하는 약속의 땅을 그 후의 조병화 시는 잊어버린 듯이 보인다. 식민지라는 반갑지 않은 기의가 시에서는 그런대로 매력 있는 기표로 작용하고 있음을 보며 우리는 시와 문학의 역설적인 국면을 생각하게 된다.

동시대의 세 시인이 쓰고 있는 식민지라는 어사는 그러나 제가끔 다른 함의와 성격을 가지고 있다. 조병화의 대목에서 식민지는 정치 경제적으로 규정된 현실적 성격보다도 '식민지의 등대'란 이미지를 통해서 심미적으로 포착되어 있고 개인의 우수와 연결된다. 박인환의 경우 「식민지 항항」에서 보듯 신문기사적 상투어구의 인용이 되어 있어 개성적인 울림은 없다. 누구나 하는 말을 다시 강조한 듯한 외양을 가지고 있으며 깊은 생각 없이 식민지 항항이 동원되어 있다는 감을 준다. 김수영의 매개를 통해 '식민지의 곤충'이란 이미지는 놀라운 충격성과 함께 반성과 사고의 계기를 마련해준다. 조그만 어사 구사에서도 시인과 작가는 자신을 드러내게 마련이고 그것을 세세하게 음미하는 것은 작품 읽기가 주는 재미의 하나다.

외방 말과 일본 사람

시인의 정의는 여러 가지로 가능하다. 생각나는 대로 적어 본 어사가 영 마음에 들지 않아 밤잠을 설치는 사람이라는 것도 하나의 정의가 될 것이다. 글 쓰는 이는 누구나 언어예술가이지만 언어예술가란 규정이 가장 현저한 경우는 시인이다. 우수한 시인일수록 언어자원의 독자적이고 개성적인 개발과 활용에서 모범을 보여준다. 일가—家를 이루었다고 거론되는 우리 시인 가운데서 임화는 언어자원의 운영에 무신경한 대표적인 사례였다. 그는 시인의 본령인 언어의 정련을 기교라는 이름으로 홀대하고 타박하였다. 그런 그가 거의 유일하게 창의적인 어사를 개발한 것은 일본을 가리켜 '외방外邦'이라 한 것이라고 생각된다.

> 외방 말과 새로운 맵시는 어느 때 익혔느냐?
>
> 「상륙」에서

> 어버이를 잃은 어린 아이들의
> 아프고 쓰린 울음에
> 대체 어떤 죄가 있었는가?
> 나는 울음소리를 무찌른
> 외방 말을 역력히 기억하고 있다.
>
> 「현해탄」에서

> 소금기를 머금은
> 외방 바람이
> 스미는 듯 엷은 살결에 차다
>
> 「행복은 어디 있었느냐?」에서

일본은 어디까지나 외국이며 이국이라는 의식에서 찾아낸 묘수가 외방이다. 외국이나 타국이라 하면 너무 노골적이기 때문에 슬며시 외방이라 한 것이겠는데 시인 임화로서는 세심하게 착안한 어사이다. 1920년대만 하더라도 터놓고 일본이라 했다. 그러나 일인들이 '내지인 內地人'으로 자처하기를 강조하면서 슬며시 둘러서 말하는 버릇이 생겨난 것이 아닌가 한다.

1. 다시말하면 日本사람은, 소소한言辭와 行動으로말미암아, 朝鮮사

람의抑制할수업는反感을 沸騰케한다.

2. "혼또니 하게야마 바까리데쓰와." (참, 나무 없는 산들 뿐이야)

이것은 조선을 처음 들어서는 듯한 일본 여자의 말이었다.

위에서 1은 염상섭의 『만세전』에서 뽑은 것이다. 1924년 고려공사 발행판본을 따른 것이다. 2는 1931년에 발표된 이태준의 단편「고향」에서 뽑은 것이다. 터놓고 일본이라고 말하고 있다. 그러나 점차로 둘러서 말하는 경향이 생겨난다.

3. 상허 이태준군과 나는, 일즉 동쪽 섬나라에 나그네 몸으로 있을 때에 알게 되어 이후 십년 동안을 사귄 벗이다.

4. 원래 따뜻한 나라에서 살던 "저 사람"들이 건너온 뒤부터 이 북쪽의 겨울도 차츰 성질이 온순해지는 것을 보면 "저 사람"들의 "싱겐부구로" 속에는 "나막신"만이 들어 있은 게 아니라 "더위"가 슬그머니 그 속에 숨어서 이 땅으로 밀항해 들어온 것인가 보다 하고 말하기도 한다.

5. 하카타(博多) 태생 수수한 과부 흰 얼굴이사 회양(淮陽) 고성(高城) 사람들 끼리에도 익었건만 매점 바깥 주인된 화가는 이름조차 없고…

6. 불국사에선 다보탑보다도 아사달과 아사녀의 애화를 낳은 석가탑보다도 처녀 때 현해탄을 건너 와서 20년 넘어 산다는 그림엽서 파는 마나님의 구수한 사투리 조선말이 더 신라의 정서를 자아내었다. 처음엔 "이 문둥아야." 하고 심부름꾼 아이를 불렀을 때 나는 그를 꼭 조선여자로 착각했던 것이다.

3은 1934년에 간행된 이태준의 처녀 단편집 『달밤』에 붙인 이은상의 서문의 일절이다. 4는 1932년에 발표된 김기림의 수필 「첫기러기」에 보이는 대목이다. 여기 나오는 '싱겐부구로信玄袋'는 휴대용 보자기 백으로 여행할 때 들고 다닌 것이다. 두둑한 천으로 되어 있고 위쪽에 끈을 꿰어 펴고 닫고 할 수 있게 되어 있다. 5는 1941년에 발표된 정지용 시편 「호랑나비」에서 뽑은 것이다. 여기서는 구체적 세목을 위해 하카타 태생의 일본 여성을 지칭한 것이니만큼 위의 사례와 좀 다르기는 하다. 하카타博多는 후쿠오카福岡시의 동반부 지명이다. 일본의 나라 시대부터 그리 불려 왔다. 임진란 때 조선 침범에 가담했던 쿠로다黑田長政가 우리 진주성을 본 떠 축성을 하고 제 고향 이름을 따 후쿠오카福岡성이라 불렀다. 명치유신 이후 시제市制를 실시할 때 하카타와 후쿠오카를 두고 투표를 하였으나 동수여서 의장 직권으로 후쿠오카로 결정했다 한다. 인구 130만의 후쿠오카시의 역은 그래서 '하카타 역'으로 남아 있다. 오해의 소지가 있는 설명이 붙은 시 주석서를 보았기 때문에 적어놓은 것이다. 5는 역시 1940년대에 발표된 김동석의 수필 「신라의 인상」에서 뽑은 것이다. 구체적 세목을 위해 현해탄을 건너온 아줌마라 했지만 당시의 '내지인'이란 말을 피하기 위한 방책이기도 했을 것이다. 외방인이라는 절묘한 어사로 저항을 시도한 임화는 그러나 '내지'란 말을 쓴다는 불찰을 보이기도 한다. 그래서 해방후 『회상시집』을 냈을 때는 그 말을 '멀리로' 대체하고 있다.

그만 떨치고 일어나, 당신을 받들 먼 날을 그리어 <u>내지로</u> 간 아들의 마음입니다.

「고향을 지내며」에서

중석重石은 어디로 가는 것이냐

좋은 시는 시에 대한 개념을 변경시킨다는 말이 있다. 모더니즘 시론의 하나라 해도 될 것이다. 우리가 알고 있는 영미의 『신비평』은 사실상 모더니즘 시편을 정당화하고 문학제도적으로 합법화하는 구실도 했다. 그러나 한국 현대시의 역사에서 시에 대한 통념을 변화시키는데 큰 구실을 한 것은 이른바 모더니즘 계열의 작품뿐만이 아니다. 현실주의 지향의 정치시도 시세계를 넓히는 데 큰 기여를 했다. 새로운 소재를 대담하게 도입하고 처리하여 어엿한 시로 승화시키는 것은 결코 쉬운 일이 아니다. 특히 뜨거운 감자 같은 현실적 정치적 소재를 깔끔하게 처리하여 시로 빚어내는 것은 어려운 일이다. 처음부터 정치시로 출발한 설정식薛貞植은 3권의 시집을 냈는데 시인으로서의 정체성을 확립한 것은 제3시집 『제신諸神의 분노』를 통해서라고 생각된다. 그전의 시집에선 높낮이가 몹시 다른 시편들이 공존하고 있기 때문이다. 제3시집에 와서 고른 균질감이 수록 시편 전체를 관통하고 있으며 특히 표제시편은 그의 시적 역량을 과시하고 있는 수작이다. 구약성서를 빌려 타락한 시대를 질타하고 있는 이 시편은 당대 정치시의 대표작의 하나라 불러도 무방하다. 그러나 소재의 대담성이란 면에서는 가령 「신문이 커졌다」 같은 작품도 기억할 만하다. 통계 숫자가 들어 있는 신문기사를 그대로 시에 도입해서 준열한 현실 고발을 꾀하고 있기 때문이다.

여기서 또한
"서울 지방 모든 기업소 중
1947년 12월 현재로 움직이는 공장이

겨우 5%에 지나지 않는 죄가 누구 때문이며
가능량(可能量)의 91% 저하한 제철(製鐵)생산량과
그리고 다만 한 가지 예정량을 초과한
중석의 채굴량(採掘量)"을 안다.

인용된 신문기사는 서울 지방 공장의 5%만이 가동하고 있으며 제철 생산량은 가능량의 9%에 지나지 않는데 다만 한 가지 중석 채굴량만은 예정량을 초과했다는 것이다. 통계 수치로 당대의 우울한 생산 활동 상황을 적시하고 나서 화자는 강력한 의혹을 제기한다.

해방되었다는 땅 속에서
중석은 또 어디로 가는 것이냐

피보다 가볍고 돌보다는 무거운
중석은 대체 어디로 가는 것이냐

아마 중석이란 광석이 시에 나오는 최초이자 유일한 사례일 것이다. 석탄이나 금은과 달리 중석은 일반인에게는 비교적 생소한 광석이다. 텅스텐이라고 하면 더 분명해지는 독자도 있을 것이다. 강철 제조나 전구 재료로 쓰이는 중석이 우리나라에서는 많이 생산된다. 해방 후에 중석은 신종 수출 품목으로 등장했고 1946년에 376톤에 불과했던 중석 생산량이 1949년엔 1천 405톤으로 급증했다. 이렇게 생산량이 증가한 것은 미국 쪽의 수요가 많았기 때문이다. 전쟁 중인 1952년엔 한미중석협정에 따라 미국이 한국산 중석을 특별 구매키로 한 관계로 수출량이 비약적으로 늘었다. 정부는 대한중석광업주식회사를 설립해서 1954년까지 2년간에 1만 5천 톤의 중석을 미국에 공급했다. 1953년 한국의 수출액 3천 958만 달러 가운데 80%가 이른바 중석불重石弗이었으니 그 규모를 짐작할 수 있다. 이러한 전후사정을 참작하면 "중석은 대체 어디로 가는 것이냐"는 시행의 의미가 명백해진다. 그것이 수출이든 판매이든 중석이 미국으로 간다는 사실 자체가 당대 좌파들에겐 묵과할 수 없는 사실로 비쳤던 것 같다. 거저 우리 것을 캐간다는 투로 생각했던 것 같다. 진실파악보다는 우선 표피적 사실에 착안하여 의혹을 부추기고 대중선동과 연결시키는 것은 정치투쟁의 한 방식일 것이다. 세칭 '카더라 통신'이란 것은 우리 풍토에서 항상적인 현상이다. 휴전 전후해서 내가 들은 '카더라 통신' 가운데는 중부전선에서 휴전선이 사뭇 북으로 올라가 있는 것은 미국이 중석광산을 확보하기 위한 것이라는 것도 있었다. 국내 중석 생산의 80%를 차지하고 있던 상동광산이 삼팔도선 이남의 강원도 영월에 있다는 엄연한 사실에도 불구하고 그런 종류의 카더라 통신이 유행해서 내 귀에까지 들어온 것이다. 그리고 이러한 비화성秘話性 소문은 기묘한 설득력을 가지고 있는 게 사실이다.

1953년 3월 31일 한미중석협정 기간이 만료됨에 따라 중석 값이 떨어지고 상동광산도 4월 1일부터 휴업상태에 들어간다. 종업원 2천 300명의 가족을 합친 1만 2천 명, 그리고 주변의 자영업자를 포함한 2만 명의 생계길이 막히게 된 것이다. 그러나 수출 다변화의 노력으로 상동광산은 얼마 후 다시 문을 열었고 80년대까지 연평균 4천 톤을 채굴하였다. 중국산 저가 중석 유입으로 경쟁력을 잃은 상동광산은 1992년 채굴을 중단했고 1994년 공기업 매각 제1호가 되었다. 통념과는 달리 시에도 사회상이 반영되어 있고 꼼꼼한 시 읽기는 위의 사례에서 보듯 사회사에 대한 소상한 지식을 요구한다.(『동아일보』 2004년 9월 5일자

윤승모 기자의 기사, 「반세기 전엔」 참조.)

전향성명

1936년 3월에 함경도 지방을 여행한 김기림은 「관북기행關北紀行」이란 표제로 19편의 짤막한 글을 『조선일보』에 선보였다. 토막 낸 산문이라 할 수도 있고 단시라고도 할 수 있는 이 글들을 시인 자신이 시집에 수록한 것은 아니다. 해방 후 『바다와 육체』라는 산문집에 수록했던 것인데 『김기림전집』의 실질적 편자인 김학동 교수가 시집 속에 수록한 바 있다. 김기림의 다른 시편들과 비교하더라도 이 19편은 시로 불러 무방하기 때문에 시라고 규정하는 것이 온당할 것 같다. 고향 풍물 시편이라고 할 수 있는 19편 가운데는 「고향 (다)」라는 3행시가 있다. 전문을 인용하면 다음과 같이 된다.

佐野學의 전향성명을
스무번 읽어도 알 수 없드라는 청년에게 이끌려
못 먹는 술을 곱빼기로 석 잔을 넘기다.

佐野學은 사노 마나부로 읽는다. 일본 공산당의 지도자였던 사노는 1933년 6월 또 한사람의 지도자 나베야마鍋山貞親와 함께 옥중에서 전향성명서를 발표했다. 항소심 공판 중이었던 그들은 그때까지의 주장이었던 천황제 폐지, 식민지화된 제 민족을 포함하여 모든 민족의 자치의 필요성, 그리고 만주에서의 일본정책 반대의 입장을 철회하였다. 그리고 천황을 정점으로 하는 일국사회주의를 발전시킬 작정이라고 천명하였다. 27세 때 동경대학 졸업생으로서 동경대학 신인회에 가담했던 사노는 당시 41세로 일본공산당의 위원장이었다. 당시의 신문은 "공산당 양거두兩巨頭 옥중에서 전향성명, 11년에 걸친 극좌운동, 그 오류를 고백"이란 제목으로 대대적으로 보도하고 있다. 그 후 이른바 전향시대가 대두하여 1935년경에는 사건 관계자 90%가 전향했다고 알려져 있다. 전향은 경찰의 강압과 회유가 작용했지만 일본 국민이 이른바 만주사변滿洲事變을 열광적으로 지지하는 사실에서 고립감을 느끼게 된 것도 주요 요인이었다고 해석되고 있다. 1943년 일본 정부의 비밀간행물에 발표된 전향자 자신의 동기는 다음과 같이 분류되어 있다. 신앙상의 동기 2.21%, 이론적 모순의 발견 11.68%, 구금에 따른 후회 14.41%, 가정관계 26.92%, 국민적 자각 31.90%.

사노의 전향성명이 1933년 6월에 발표되었는데 김기림의 「관북기행」이 발표된 것은 1936년 3월이다. 거의 3년의 시차가 있다. 그로 미루어 이 전향문제는 식민지 조선에서도 오래 동안 관심과 화제의 대상이었던 것 같다. 김기림 시편에 나오는 청년은 사노 등의 전향을 도저히 이해할 수 없다며 비판하고 있는 것으로 생각된다. 김기림도 고향 청년의 입장을 빌려 자기의 심경을 내비치고 있는 것인지도 모른다.

물레방아가 멈춰 선날 밤
아버지는 번연히 돌아오지 못할 아들이
돌아오는 꿈을 꾸면서 눈을 감았단다.

마을에서는
구두소리가 뜰악에 요란하던 그날 밤 일도
불빛이 휘황하던 회관(會館)의 일도 모르는 아이들이

어머니의 잔소리만 들으면서 자라난다.

「마을 (가)」 전문

역시 「관북기행關北紀行」 중의 한편이다. 외관상 한 마을의 삽화 섞인 서경敍景이지만 만만치 않은 서사를 내장하고 있다. 숨은 서사의 구성이 모든 독자에게 획일적으로 동일할 수는 없다. 그러나 대체적인 윤곽에서는 의견일치가 가능할 것이다. 구두소리가 뜰안에 요란하던 밤에 아들은 끌려갔다. 아마도 큰집에 가 있는 그가 돌아올 리 없지만 아버지는 아들이 돌아오는 꿈을 꾸며 운명한다. ‘눈을 감았단다’ 를 단순한 수면 행위로 볼 수도 있지만 그리되면 이 7행시는 너무 싱거워진다. ‘눈을 감았단다’ 가 서사적 사건이 되려면 숨을 거두었어야 어울린다. 그러면 아들은 왜 돌아오지 못하는가? 그것은 ‘불빛이 휘황하던 회관’ 과 연관된 사단일 것이다. 마을 회관에서는 젊은이들이 모여 독서회를 연다든가 혹은 야학 수업을 했을 것이고 조그만 동정에도 신경을 곤두세웠던 식민지 권력은 구두소리 요란하게 몰려와 잡아갔을 터이다. 그리고 이 사건은 벌써 오래전에 일어난 일이어서 아이들은 전혀 알지 못한다.

1933년 1월 독일에선 히틀러가 정권을 잡았다. 같은 해 3월에 일본은 국제연맹을 탈퇴하였다. 그리고 6월엔 앞에 적은 일본 공산당 지도자들의 전향선언이 있었다. 이것이 「관북기행關北紀行」 시편의 사회역사적 배경이다. 김기림은 장시 「기상도」에서 제국주의 야유와 비판을 소심하고 서투르게 시도한 바 있다. 그의 표적은 주로 영미제국주의였고 정작 당면의 적인 일본 제국주의는 아니었다. 일제 식민지의 시인으로서 어쩔 수 없는 일이었다. 「기상도」가 예외일 뿐 해방 전의 김기림 작품에서 정치적 관심을 찾기는 어렵다. 그는 정지용과 이상의 모더니즘을 높이 평가했으나 해방 전 정치적 전언이 전경화된 카프 시인들의 작품에 대해선 매우 냉담하였다. 그것은 작품적 성취도에 대한 평가와 관련된 것이었다. 시론에서는 어렴풋이나마 사회적 관심을 표명하고 있는데 그것은 1939년에 발표된 글에 보이는 대목에 잘 드러난다. "시단이 새 진로는 모더니즘과 사회성의 종합이라는 뚜렷한 방향을 찾았다." 「관북기행關北紀行」에 보이는 소품 몇 편은 김기림의 사회적 관심이 시사되어 있는 드문 경우일 것이다. 해방 이후 김기림의 시적 행보가 그 이전과 현격하게 달라지는 것은 널리 알려진 사실이다.

8. 질병과 맹목
-학질과 눈 먼 처녀

폐질에서 히스테리아 시베리아나

병고는 이 세상을 고해苦海라 하는데 더할 나위없는 적정성을 부여한다. 소소한 감기나 배앓이로부터 몸에 칼을 대거나 몸 한 쪽을 못 쓰게 하는 중병에 이르기까지 사람들은 각가지 질병에 시달리게 마련이다. 그래서 크고 작은 병에 시달린 날을 빼고 나면 멀쩡하게 보낸 나날이 몇날 며칠이나 될 것인가, 하는 생각이 들 때도 있다. 각별히 튼튼하고 건강한 사람이 아니라면 그런 심정에서 자유롭지 못할 것이다. 따라서 병을 시사하는 말이나 질병을 다룬 시도 많이 있다. 그것은 대개 사회의 변화와 궤를 같이하기 때문에 특정 질병이 시사되는 맥락이 있게 마련이다. 그것은 도회와 시골의 차이라 해도 될 것이다.

살구나무 그늘로 얼굴을 가리고, 병원 뒤뜰에 누워, 젊은 여자가 흰옷 아래로 하얀 다리를 드러내 놓고 일광욕을 한다. 한나절이 기울도록 가슴을 앓는다는 이 여자를 찾아오는 이, 나비 한 마리도 없다. 슬프지도 않은 살구나무 가지에는 바람조차 없다.

윤동주, 「병원」에서

　입원환자이기 때문이기도 하지만 얼마쯤 윤택한 처지라는 느낌을 주는 여성 환자는 폐결핵을 앓고 있다고 생각된다. 창백한 얼굴에 결핵을 앓고 있는 젊은이는 해방 이전 식민지 시절에 지식인의 한 유형으로 생각되었다. 이상화, 나도향, 김유정, 이상 같은 우리 문인들이 이 병으로 젊은 나이에 세상을 떴다. 외국에서도 키츠나 브론테 자매, 도스토예프스키, 체홉 등이 모두 결핵으로 세상을 떴다. 우리의 경우 폐질肺疾은 곧 폐질廢疾로 통했고 따라서 공포의 대상이었다. 영양실조가 널리 퍼져 있던 우리 사회에서 폐결핵은 상당히 흔한 질병이었다. 결핵환자가 있는 시골집에서는 뱀을 잡아오면 어린이들에게 보상을 주기도 했다. 본래 방직공장같이 열악한 환경 속에서 일하는 근로자도 폐결핵에 무방비로 노출되어 있었지만 지식인이 쓴 문학에서 결핵환자는 도시인이 많이 등장한다. 폐결핵으로 목숨을 잃었다는 개인사 때문에 그렇기는 하지만 다음과 같은 시도 폐결핵 환자나 씀직한 작품이라는 예단을 갖게 한다.

　캄캄한공기를마시면폐에해롭다. 폐벽에끌음이앉는다. 밤새도록나는 몸살을앓는다. 밤은참많기도하더라. 실어내가기도하고실어들여오기도 하고하다가잊어버리고새벽이된다. 폐에도아침이켜진다.

이상, 「아침」에서

　이상은 또 단편 「봉별기」을 이렇게 시작하고 있다. "스물세살이오-삼월이요-각혈이다." 그러나 폐결핵이 도회 청년들의 전유물은 아니다. 폐결핵은 시골의 유위한 청년도 다수 앗아갔다.

> 너는 불 꺼진 토기화로를 끼고 앉어
>
> 나는 네 잔등에 이마를 대고 앉어
>
> 우리는 봄이 올 것을 믿었지
>
> 식아
>
> 너는 때로 피를 토하는 슬픈 동무였다.
>
> 이용악, 「너는 피를 토하는 슬픈 동무였다」에서

작품 속에서 이 슬픈 동무는 결국 '누구의 곁에도 있지 않게' 된다. 식민지 현실을 슬퍼하며 봄이 올 것을 믿었던 친구를 앗아간 것은 폐결핵이었다. 결핵은 대체로 유전병으로 인식되다가 전염병임이 과학적으로 확증된 것은 1865년의 일이고 1882년에 코호가 결핵균을 발견하였다. 그 이듬해 마르크스가 죽고 갑신정변이 일어나던 해에 코호는 다시 콜레라균을 발견하였다. 같은 결핵이되 상대적으로 희귀병에 속하는 병도 시 속에 등장한다.

> 달은 어째 빅톨씨(氏) 같은 얼굴을 하고
>
> 나를 비웃는 거냐.
>
> 내게는
>
> 두 권의 시집과 척수카리에스의 아내와
>
> 한 마리의 고양이가 있을 뿐이다
>
> 김광균, 「단장(短章)」

카리에스는 결핵균에 의해서 뼈에 공종이 생기는 병이다. 척수 카리에스는 등이 굽어지고 튀어나와서 곱사등이가 되는 병으로 골결핵 중 가장 많은 질병의 하나다. 모더니스트 시편에 어울리게 여기 나오는 병명은 우리말이 없는 그러한 하이칼라 병이다. 밤의 산책을 다루고 있는 이 작품에서 척수카리에스를 앓는 아내가 시인 자신의 아내인지 혹은 가공적 화자의 아내인지는 가늠할 길이 없다. 이 작품이 제2시집 『기항지寄港地』에 수록된 것으로 보아 '두 권의 시집'을 가지고 있다는 것은 시인 자신의 자서自敍일지도 모른다. 1986년에 나온 김광균 시집 『추풍귀우秋風鬼雨』 끝자락에는 시인의 자서적 산문 4편이 실려 있다. 상업에 종사하던 부친이 중풍으로 쓰러진 이튿날 46세로 세상을 떴다는 것, 모친이 6남매 키우느라 고생이 많았다는 것, 열아홉에 회사 취직이 되어 군산으로 내려갔다는 것, 1938년 서울 본사로 전근되어 상경하였다는 것, 노모가 노환으로 돌아갔지만 폐결핵으로 고생했다는 등의 언급은 있지만 아내 얘기는 없다.

내가 여름 학질에 여러 직 앓아 영 못 쓰게 되면 아버지는 나를 업어다가 산과 바다와 들녘과 마을로 통하는 외진 네갈림길에 놓인 널쩍한 바위 위에다 얹어 버려 두었습니다. 빨가벗은 내 등때기에다간 복숭아 푸른 잎을 밥풀로 짓이겨 붙여 놓고, "꼼짝 말고 가만히 엎드렸어. 움직이다가 복사잎이 떨어지는 때는 너는 영 낫지 못하고 만다"고 하셨습니다.

서정주, 「내가 여름 학질에 여러 직 앓아 영 못 쓰게 되면」에서

학질은 말라리아를 가리키는 말이지만 초학이라고도 했다. 그 밖에 하루거리로 발열하고 증세가 나타나기 때문에 '하루거리'라고 흔히 말했다. 한글학회에서 펴낸 『우리말 큰사전』에는 '도둑놈 병'이란 항

목이 있고 학질을 가리키는 경북 방언이라 적혀 있다. 그러나 필자가 자란 충북 괴산이나 충주에서도 흔히 '도둑놈' 걸렸다고 했다. 이렇게 지칭어가 많은 것은 흔한 질병이기 때문이기도 할 것이다. 65세 이상의 사람들은 염산 키니네를 가리키는 금계랍의 쓴 맛과 함께 하루거리를 기억하는 사람이 적지 않을 것이다. 한동안 사라졌다가 요즘 휴전선 근처에서 다시 유행한다고 보도된 바 있다. 미당이 적고 있는 주술적 민간요법이 과연 학질 치료에 얼마만큼 효과적인 것인지는 알 수 없다. 질병도 바닥을 치고 나면 회복하는 수가 많으니까 그런 바닥치기 효과를 노린 것인지도 알 수 없다. 또 일종의 위약placebo 효과가 있었는지도 모른다. 어쨌건 수상한 민간요법이 한 세대 전만 하더라도 수두룩했다. 볼거리를 앓을 때 목에다 잉크를 바른다든가 가래톳 난데 특정 글자를 적어놓는다던가 하는 식의 주술적 요법이 많았다.

히스테리아 시베리아나라는 병이 있는데 이 병은 시베리아
농부들이 걸리는 병이라는데 날마다 똑같은 일을 반복하다
더 이상 견딜 수 없을 때 곡괭이를 팽개치고 지평선을 향해
서쪽으로 걸어간다는데 걸어가다 어느 순간 걸음을
뚝, 멈춘다는데 걸음을 멈춘 순간 밭고랑에 쓰러져 죽는다는데

오르다 말고 걸어가다 마는 어떤 일생

천양희, 「어떤 일생」에서

최근 들어서 옛날 같으면 병이라 지칭되지도 않았던 새로운 질병이 시에도 등장해서 격세지감을 실감나게 한다. 문명이 발전함에 따라서 혹은 사회가 복잡해짐에 따라 새롭게 부상하는 병에는 거식증에서

아토피성 피부염에 이르는 여러 가지가 있다. 위의 인용 시편에 보이는 히스테리아 시베리아나는 무라카미村上 하루키의 소설 『국경의 남쪽, 태양의 서쪽』에 나오는 병이다. 시베리아의 농부가 걸리는 병으로 동쪽 지평선에서 떠올라 중천을 지나 서쪽 지평선으로 지는 태양을 날마다 바라보는 들판의 농부가 어느 날 삽을 땅바닥에 팽개치고 그대로 서쪽으로 걸어간다. 태양의 서쪽을 향해서 날마다 먹지도 마시지도 않고 걸어가다가 그대로 땅바닥에 쓰러져 죽어버린다는 것이다. 그것이 히스테리아 시베리아나라고 여주인공이 남성화자에게 말한다. 여중학생 시절인가 어디서 읽은 적이 있는데 무슨 책인지는 전혀 기억이 나지 않는다며 말하는 것이다. 소설 표제도 팝송 제목과 이 히스테리아 시베리아나에 나오는 '태양의 서쪽'에서 따온 것이다. 사실 이런 병명이 있는 것인지 무라카미가 만들어 낸 것인지는 확인해 보지 못하였다. 아무래도 무라카미가 지어낸 병이 아닌가 생각된다. 깊이가 있는 것도 진지한 것도 아닌 무라카미의 소설이 많은 독자를 당기는 것은 팝송과 같은 가벼운 감상성, 쉬 읽히는 가독성, 관음증적 호기심의 충족, 또 히스테리아 시베리아나를 발명하거나 활용할 수 있는 상상력 때문이 아닌가 생각된다.

시인 천양희는 실존적 자각의 순간 쓰러질 때까지 태양의 서쪽을 향해 걸어가는 시베리아의 농부를 생각하고 자기를 돌아본다. 그리고 스스로에게 물음을 던진다. 나는 어떠한가? 오르다 말고 걸어가다 마는 어중간한 삶을 살고 있지 않은가? 그것은 치열성에 대한 갈구가 빚어내는 자기반성이요 회한이다. 그리고 어중간한 삶을 살고 있는 우리들에게 깊이 호소한다. 군소리 없이 이어지는 생각의 리듬이 작품 속에 그대로 반영되어 있다. 무작정 서쪽으로 걸어가는 시베리아 농부에게서 무자각의 절대 탐구자의 이미지를 보는 것도 지나친 상상력

의 발동은 아니리라. 이렇게 최근의 시에서는 세분화되고 희귀한 질
병이 등장해서 학질이나 폐질 같은 흔한 병과 대조를 이루고 있다.

서서 우는 눈먼 사람

그리스 신화와 비극에 나오는 예언자 티레시어스는 맹인이다. 여신
아테나의 나체 모습을 본 탓으로 눈을 멀게 했지만 신들은 예언 능력
을 부여하여 그를 위로해 주었다고 한다. 그런가 하면 호메로스가 맹
인이었다는 얘기도 있다. 인간 활동의 한 영역에서의 특출한 능력은
다른 영역에서의 취약성이나 무능력의 보상으로 얻어지는 것이란 옛
생각이 반영된 것이다. 유명한 오이디푸스는 자기 징벌로 스스로 눈
을 찔러 맹인이 되어 유랑의 길로 나선다. 그런가 하면 『율리시즈』의
한 대목에서 주인공은 어린 맹인에 의탁해서 "앞을 보지 못하니 무슨
꿈을 꿀 것인가?" 하고 생각한다. 그러면서 그에게 있어서 정의는 어
디 있는 것이냐고 묻는다. 맹인은 운명의 부정의를 드러내는 통렬한
사례가 된다. 이와 달리 우리 옛시조에서 맹인은 먼발치의 우스갯감
으로 나온다.

소경놈이 맹관(盲觀)이를 업고
외나무 다리로 막대 없이 건너가니
그 아래 돌부처 앉아서 박장대소 하더라

맹인이 맹인을 업고 지팡이도 없이 외나무다리를 건너간다는 것은
여간한 기술이 아니다. 그것은 탄복할 만한 묘기이다. 그러나 돌부처

의 박장대소는 그러한 묘기에 대한 찬탄이라기보다는 참 별일이라는
구경꾼의 잔인한 관전평觀戰評으로 들린다. 난경에 처한 맹인에 대한
공감이 보이지 않아 참 박정하다는 느낌이 드는 것은 어쩔 수 없다.

　　승년은 중놈의 상투를 풀쳐 잡고

　　두 ㅆ덩이 마주 잡고
　　이 윈고 저 윈고 작작궁이 쳤는데
　　뭇 소경놈이 굿보는구나

　　어디서 귀먹은 벙어리는
　　외다 옳다 하나니

　장난기가 많은 희작戲作 시조다. '굿보다'는 '구경하다'를 뜻하는
옛말이다. 맹인이 남녀 승려의 싸움을 구경할 수 없으니 어디까지나
세상사에 대한 우의적인 시로 읽어야 할 것이다. 또 싸움의 내용을 잘
알 리 없는 귀먹은 벙어리가 시비를 가린답시다고 왈가왈부하고 있는
것도 같은 맥락이다. 군맹무상群盲撫象 비슷한 우의 시인데 장애자를
빌려 극히 냉소적으로 세상사를 풍자하고 있다. 소도구로 활용된 장
애자들은 그 자체로서가 아니라 어디까지나 우의적 효과를 위한 수단
으로 활용되어 있다. 거기에 인간적 연민이나 공명은 보이지 않는다.
20세기 시에 와서 비로소 맹인은 인간적 관심과 연민의 대상이 된다.

　　해바라기의 하얀 꽃잎 속엔
　　퇴색한 작은 마을이 있고

마을 길가의 낡은 집에서 늙은 어머니는 물레를 돌리고

보랏빛 들길 위에 황혼이 굴러 내리면
시냇가에 늘어선 갈대밭은
머리를 헤뜨리고 느껴 울었다.

아버지의 무덤 위에 등불을 키려
나는 밤바다 눈 멀은 누나의 손목을 이끌고
달빛이 파란 산길을 넘고.

「해바라기의 감상(感傷)」 전문

도회의 풍경이나 심상 풍경을 다룬 작품이 대종을 이루고 있는 김광균 시집 『와사등』에서 이 작품은 시골 풍경을 다루고 있다는 점에서 이색적이고 또 예외적이다. 이 작품이 현실 속의 풍경에 기초한 것인지 혹은 가공적인 구도에 기초한 감상의 토로인지는 분명치 않다. 또 시의 화자가 과연 시인의 자전적 자아인지도 우리는 알 길이 없다. 그러나 표제에도 드러나 있듯이 해바라기에 의탁해서 유소년기의 기억을 떠올린다는 구성을 가지고 있다. 해바라기의 꽃잎을 노랗다 하지 않고 '하얀 꽃잎'이라 함으로써 가공적 환상적 심상임을 시사한 것인지도 모른다. 사실 퇴색하여 초라한 한촌이나 물레를 돌리는 늙은 어머니나 아버지의 무덤을 찾는 남매는 어디에나 있을 법한 가족사진이긴 하다. 여기서 '눈 멀은 누나'는 삶의 불행의 한 소도구가 되어 있고 작품에 독특한 슬픔을 부여한다. 앞에 든 옛 시조에서와는 달리 공감과 연민을 촉발한다.

서녘에서 불어오는 바람속에는

오갈피 상나무와

개가죽 방구와

나의 여자의 열두발 상무상무

노루야 암노루야 홰냥노루야

늬 발톱에 상채기와

퉁수소리와

서서 우는 눈먼 사람

자는 관세음

서녘에서 불어오는 바람속에는

한바다의 정신병과

징역시간과

「서풍부」 전문

미당의 처녀 시집 『화사집』에 보이는 이 작품은 이른바 난해한 작품의 계보에 속할 것이다. 그러나 서풍에 촉발된 자유연상의 목록 작성이라 보면 독자 편에서 공연히 기죽을 필요가 없을 것이다. 마지막 연에 보이는 '한 바다의 정신병과 징역시간'에서 알 수 있듯이 시인 나름의 지옥의 계절을 비교적 간결하게 적은 것일 터이다. 사투리와 드물게 사용되는 어휘가 쉽게 다가가는 것을 어렵게 하는 한편 은근한 매력으로 작용한다. 제2연에 보이는 암노루의 이미지는 그나마 동적이다. 그러나 그것을 잇는 이미지는 그렇지 않아 대조적이다.

서서 우는 눈먼 사람
자는 관세음

　맹인은 서서 울고 대자대비의 관세음은 잠자고 있다. 적어도 당장
은 눈먼 사람의 불행이 해소될 상황이 아니다. "서서 우는 눈먼 사람"
은 널리 인간존재의 우의적 표상일지도 모른다. 인간됨의 고뇌에 아
랑곳없이 관세음은 잠들고 있다. 구제는 쉽지 않을 것이다. 이렇게 읽
어보는 것은 꼭 그래야 한다는 것이 아니라 시인의 자유연상과 마찬가
지로 독자의 자유연상도 허용되어야 공평하다 생각하기 때문이다. 여
기서의 맹목이 물리적 육체적인 맹목인지 혹은 우의적인 것인지를 따
져볼 필요는 없다. 눈먼 사람과 자는 관세음의 대조를 확인하는 것은
그러나 중요하다. 맹목은 이 시편에서 인간됨의 한 징후이자 표지가
되어 있다. 자는 관세음은 '숨어 있는 신'에 맞먹고 평행하는 불교적
표상일지도 모른다.

송화가루 날리는
외딴 봉우리

윤사월 해 길다
꾀꼬리 울면

산지기 외딴집
눈 먼 처녀사

문설주에 귀 대이고
엿듣고 있다.

「윤사월」 전문

　서경敍景을 통한 심경 토로는 동양시의 유서 깊은 전통을 이루고 있
다. 박목월 초기 시는 이러한 동양시의 전통에 충실하면서 우리 사이
에서 유례없는 언어경제와 압축의 미학을 보여주었다는 점에 그 특징
이 있다. 고전적 단정함을 지닌 그의 초기 시는 기억하기 쉬워 애송시
편으로서의 조건을 갖추고 있기도 하다. 평범한 듯하면서도 매우 이
색적인 구도가 되어 있는 것은 꾀꼬리 울음을 듣고 있는 외딴집의 인
물이 눈먼 처녀이기 때문일 것이다. 반드시 연민의 정을 촉발하는 것
은 아니지만 이 봄날의 서경은 눈먼 처녀 때문에 쉬 잊히지 않는 것이
된다. 일말의 안타까움이 남는다. 옛 시조에서 폄훼된 신체적 장애는
근대시에서 연민과 안타까움의 차원으로 변용된다.

　하사마挾間文一의 『조선의 자연과 생활』에 따르면 해방 직전 한국의
맹인 수는 약 2만이었다. 안과 전문의 개업의는 20명에 불과했고 그 중
8명이 서울에 살고 있었다. 안과 질환은 유아기 어린이에게서 가장 많
았는데 대부분 각막연화증角膜軟化症처럼 비타민 A 결핍과 같은 영양
부족에 기인한 것이었다. 당시 농민들의 식단을 보면 단백질이나 지
방이 극히 적었다. 김치에 넣는 새우가 거의 유일한 단백질 취득원이
었다. 젖먹이 때의 영양부족으로 인한 안질로 실명에 이른 경우가 가
장 많았다. 그래서 전쟁 중 물자부족이 심한 때에 한 약리학자는 단백
질 획득을 위해서는 애써 개구리, 메뚜기, 민물고기를 섭취해야 한다
고 적고 있다. 트라코마나 백내장도 주요 실명의 원인이었지만 영양
부족에서 오는 유아기 안질이 가장 많았다. 이로 미루어 보아 김광균

시에 나오는 눈 먼 누이나 박목월 시에 나오는 눈 먼 처녀는 틀림없이 유아기 안질의 희생자였을 것이다. 그렇게 생각하고 읽으면 공연히 가슴이 뭉클해진다.

9. 이제는 옛말
—띄어쓰기와 나의 살던 고향

띄어쓰기의 거부

「오감도」를 쓴 이상은 여러 가지로 당대 독자들을 놀라게 하고 당대 관행을 조소하였다. 그가 보여준 일탈과 불복종 가운데는 띄어쓰기를 거부한 것도 한 사례가 된다. 이상이 1935년에 발표한 「지비紙碑」도 띄어쓰기를 거부한 작품의 하나다.

내키는커서다리는길고왼다리아프고아내키는작아서다리는짧고바른
다리가아프니내바른다리와아내왼다리와성한다리끼리한사람처럼걸어
가면아아이부부는부축할수없는절름발이가되어버린다무사한세상이병
원이고꼭치료를기다리는무병이끝끝내있다.

「지비(紙碑)」 전문

띄어쓰기가 되어 있지 않아 읽기가 수월치 않다. 그러나 가령 「추월색」 같은 신소설 시대까지만 하더라도 띄어쓰기의 관행은 없었다. 그

래서 띄어쓰기를 해야 할 이유를 들면서 띄어쓰기의 관행을 근자에 새로 정립한 것이다. "장비가말을탔다"를 붙여놓으면 "장비(張飛)가 말을 탔다"는 것인지 "장비 가마를 탔다"는 것인지 알 수 없기 때문에 띄어쓰기를 해야 한다고 띄어쓰기 논자들이 주장한 것도 그리 오래 전의 얘기가 아니다. 띄어쓰기는 읽기에 아주 편하다. 그러나 책읽기가 주로 음독音讀으로 이루어지던 시절 사람들은 읽으면서 띄어쓰기를 실천한 것이다. 그래서 춘향전이나 신소설의 독자들은 가락을 붙여 천천히 읽었는데 사실 그것은 띄어읽기를 위해서 불가피한 속도 조절이기도 하였다. 띄어쓰기는 묵독默讀이 보편화되면서 필수적인 편의의 방책이 되었다.

사실 붙여 쓰기는 우리만의 옛 관행이 아니다. 한문도 붙여 썼다. 불편했지만 불편한 그만큼 꼼꼼한 정독을 요구하여 긴장된 독서를 수행할 수 있었다. 한글 창제 이후 붙여 쓰기를 한 것은 한문의 관행을 그대로 답습한 것이라 볼 수 있다. 동양에서만 그런 것이 아니다. 서양에서도 붙여 썼다. 그들이 띄어쓰기를 정립하고 또 구두점을 붙여 쓴 것도 아주 먼 옛 애기는 아니다. 중세의 어느 시기 즉 9세기나 10세기까지 문장을 쓸 때 소문자가 아직 없었기 때문에 대문자만으로 썼고 띄어쓰기 없이 붙여서 썼다. 구두점이 비교적 널리 퍼진 것은 6세기이며 그것은 애란의 교회의 노력 때문이었다. 붙여 쓰기가 크게 불편하지 않았던 것은 소리내어 읽는 음독音讀이 읽기의 주류를 이루고 있었기 때문이라고 추정되고 있다. 구두점을 붙이고 낱말을 띄어쓰면서 묵독이 음독을 대체하게 되었다는 것이 일반적인 통설이다. 일본은 개화 이후 구두점을 붙여 쓰지만 콤마를 붙일 때에 한해서 띄어 쓸 뿐 우리처럼 띄어쓰지는 않는다.

띄어쓰기가 새 관행으로 굳어진 이후 씌어진 이 이상의 작품은 하나의 반동현상이다. 시대역행이라는 점에서 그러하다. 왜 그랬을까? 이상이 모든 시에서 띄어쓰기를 거부한 것은 아니다. 그러나 많은 시에서 붙여 쓰고 있다. 산문에서 꼬빡꼬빡 띄어쓰기 관행을 따르고 있는 그가 시에서만은 더러 그것을 거부하고 있다. 시가 본시 짧아서 크게 불편하지 않다고 생각했고 또 시의 특징상 단박에 의미가 드러나는 평명성平明性을 거부했기 때문일 것이다. 그의 괴팍한 필명에 드러나 있는 일종의 반속反俗 정신과도 연관될 것이다. 즉 띄어쓰기 관행에 시사되어 있는 세상과 세속에 대한 거부의 의미가 있을 것이다. 또 짤막한 시에서 독자들의 집중된 정독을 요구한 때문이기도 할 것이다. 요즘 말로 해서 튀어보자는 심성도 작용했을 것이다. 그의 교양 체험에서 많은 부분을 차지했던 일본 시의 영향을 받은 탓도 있을 것이다. 일본에서는 표기를 할 때 한자의 일부를 따서 만든 '가다카나'와 그 초서체인 '히라가나'를 쓴다. '가다카나'는 어린이 책에 쓰이는 경우가 있고 또 외래어 표기나 어려운 한자어를 가나로 표기할 때 쓰인다. 한자 혼용이 기본인 일본어 표기에서 한자를 쓰지 않고 '가다카나'만으로 써놓으면 읽기가 매우 어렵다. 일본의 모더니스트 중에는 가끔 '가다카나'만을 사용해서 시를 쓴 경우가 있다. 이상의 붙여 쓴 시는 그런 시에서 영감을 받은 것일지도 모른다. 읽기 힘든 '지비'를 띄어써서 읽어보면 그 뜻은 아주 간단하다. 나누어보면 다음과 같이 된다.

1. 나는 키가 크고 따라서 다리도 긴데 왼쪽 다리가 아프다.

2. 아내는 키가 작고 다리도 짧은데 바른쪽 다리가 아프다.

3. 나의 바른쪽 다리와 아내의 왼쪽 다리끼리 한 사람처럼 걸어가면 이 부부는 절름발이가 되어버린다.

4. 무사한 세상이 병원이고 치료해야 하는 무병이 있다.

대체로 여성에 비해 남성은 키가 크다. 물론 대체로 그렇다는 것이지 키 작은 남성과 키 큰 여성이 없는 것은 아니다. 키 작은 아내가 왼쪽에 서서 걸어가는 것을 상상해 보자. 대개 보조를 맞추는 탓도 있지만 키 큰 신랑과 키 작은 신부가 나란히 걸어간다고 해서 절름발이가 되지 않는다. 그런데 이상은 부부의 성한 다리끼리 한사람처럼 걸어가면 틀림없이 절름발이가 되어버린다고 상상해 본다. 왜 그런 상상을 하게 되는가? 그것은 부부 사이의 부조화나 불협화음 때문일 것이다. 그것이 무엇인지는 분명치 않다. 그러나 절름발이의 이미지는 부부 사이의 부조화나 불협화의 상징이다.

언뜻 보아 아주 멀쩡해 보이는 한 쌍의 부부가 실은 부조화를 앓고 있듯이, 멀쩡해 보이는 세상도 사실은 환자들이 우글거리는 병원과 같다는 것이다. 이상이 말하는 '무사한 병원'은 이렇게 멀쩡해 보이는 세상을 말한다. 그리고 이 병원에 사는 사람들은 멀쩡해 보일지 모르지만 실은 치료를 받아야 할 사람들이다. '치료해야 하는 무병'은 '무사한 병원'과 같은 맥락이요 같은 곡조이다. 독자들은 혹 「시 제4호」란 이상의 시편을 기억할지도 모른다. '환자의 용태에 관한 문제'라는 부제가 달려 있는데 아라비아숫자가 모두 좌우가 뒤바뀌어 인쇄되어 있다. 「진단 0:1」이란 소견이 1932년 10월 26일자로 나와 있고 책임의사 이상의 서명이 있는 장난기 많은 실험작이다. 여기서 이상은 의사를 자처하고 있는데 '지비'도 책임의사 이상의 자기 부부 진단이라 할 수 있다.

프랑스의 보들레르는 "인생은 환자들이 제가끔 침대를 바꿔 눕고 싶어하는 욕망에 들린 하나의 병원이다"라고 한 산문시에서 적고 있다. 이 세계를 병원으로 파악하고 있는 문학작품은 허다하다. 주로 근대문학에 와서 퍼진 모티브인데 이상 시편도 세계 곧 병원이란 모티브의 조그만 변주이다. 이 '지비'는 이상의 「날개」 같은 작품과 함께 읽어보면 흥미 있다. 그러고 보면 이 '지비'도 이상 자신의 기이한 부부 관계를 다룬 것인지도 모른다. 약간 그로테스크하고 자조적인 가락인데 그러면서 어떤 비애감이 느껴진다.

지비紙碑란 무엇일까? 한자의 뜻에 충실하게 읽으면 '종이 비'란 뜻이 되는데 이것은 말이 안 되는 소리다. 비碑란 후세에 전하고자 하는 일을 새겨 세우는 돌을 뜻하는 말이다. 그래서 모양이 네모진 비석을 우리는 많이 보게 된다. 그런데 종이에다 무엇을 새길 수 있단 말인가. 그래서 혹 지패紙牌가 잘못된 것이 아닐까 생각하게 된다. 지패란 종이로 만든 노름에 쓰는 물건을 가리킨다. 이 지패에 이것 저것 적어본 것이란 의미가 아닐까? 그러다 오자가 생겼고 그것이 굳어진 것은 아닐까? 그러나 이것은 전혀 개인적인 추측이고 객관적 물증이 있는 것은 아니다. '조감도'가 '오감도'가 되었듯이 '지패'가 '지비'가 된 것이 아닌가 생각하는데 이러한 추측을 확인하기 위해서 당시의 발표지면을 면밀히 검토하는 일은 나의 취향은 아니다. 누군가 호기심이 있는 젊은이가 조금만 천착을 하면 가부가 드러날 것이다. 하기야 조감도나 오감도나 그게 그것이니 문제될 것은 없다고 할 수 있다. 이상은 어불성설이기 때문에 '지비'란 말을 굳이 만들어 썼는지도 모른다.

듀샹이 '샘'을 선보인 것은 1917년의 일이다. 수세식 변기에다가 '샘'이란 표제를 달아 큰 논쟁을 불러일으켰다. 그 이전에 이미 듀샹은 한 대상의 예술적 등가물을 만든다는 것은 효력을 잃었다고 생각하게 되었다. 통상적인 맥락에서 아무렇게나 떼어놓아 엉뚱한 표제를 붙이고 서명을 하면 아주 흔해빠진 어떤 물건도 예술작품이라 간주되게 마련이라고 생각하게 된 것이다. 변기에다 '샘'이란 표제를 단 작품이 그러한 생각을 실증한 가장 널리 알려진 경우다. 예술이 반드시 미적인 것은 아니라는 명제를 극화한 경우라 할 수 있으며 여기서 제기되는 것은 '예술이란 무엇인가' 라는 지적 문제이다.

맥락이나 성격은 좀 다르지만 이상의 시편들도 지적 문제를 제기하는 것은 사실이다. 시란 무엇인가? 이에 대해 이상은 '지비'와 같은 글도 충분히 시가 될 수 있고 말한다. 그의 시편 중에 「이런 시」라는 게 있다는 것은 매우 징후적이다. 전통적인 틀을 거부하는 자기의 시도 넉넉히 시가 되고도 남는다는 함의가 있다. 띄어쓰기의 거부는 평명성과 원만한 소통의 의도적 정지를 함의한다. 모더니즘의 기행(奇行)의 하나인데 다행히 그 추종자는 많지 않다.

나의 살던 고향

독일 함부르크 주정부가 1997년 9월을 '한국문화의 달' 로 정하여 한국문학 낭독회가 열린 적이 있다. 그 개막제 비슷한 것이 함부르크 시청에서 열렸다. 시간이 되자 한복을 곱게 차려 입은 한국 여성 한 30명이 악보를 들고 나왔다. 말쑥한 정장 차림의 독일인 남성도 예닐곱 명이 악보를 들고 나왔다. 이들은 한국인 지휘자의 지휘와 한국 여성의 피아노 반주에 따라 우리 노래를 제창하였다. 한국여성의 대부분은 1960년대에 간호원으로 건너온 터였고 이제 노경으로 접어들고 있었고 거의 찌든 표정이었다. 그들이 부른 첫 번째 우리 노래가 〈고향의 봄〉이었다. 찌르르 가슴이 시려왔던 일이 지금도 기억에 생생하다.

사람들은 열 살 이전에 접한 풍경과 노래와 음식에 평생 끌린다고 한다. 우리나라 사람들이 어려서 배운 노래 가운데 가장 널리 불린 동요는 홍난파 작곡 〈고향의 봄〉이 아닌가 생각된다. 이 동요는 북한에서도 부르는 것으로 알고 있다. 노래 말은 동요시인 이원수의 것이다.

> 나의 살던 고향은 꽃피는 산골
> 복숭아꽃 살구꽃 아기 진달래
> 울긋불긋 꽃 대궐 차리인 동네
> 그 속에서 놀던 때가 그립습니다.

그런데 이 노래 말에 대해서는 몇 가지 시비가 있다. "그 속에서 놀던 때가 그립습니다"란 대목은 어른의 노래 말이지 어린이의 노래 말은 아니라는 것이다. 일리 있는 말이지만 중학생 정도만 돼도 크게 안 어울리는 것은 아닐 것이다. 또 구문에 관한 시비도 있다. "'내가 살던 고향'이지 '나의 살던 고향'이 뭐냐"면서 일본말의 흉내에서 나온 잘못된 어법이라고 말하는 사람들이 많다. 또 그런 말을 접하고 동의하는 사람들도 적지 않다. 그러나 이것은 잘못 알고 있는 틀린 생각이다.

중세(15세기) 국어에서는 현대국어에서와는 반대로 주격조사 '-이'보다 관형격 조사 '-의'가 더 일반적으로 쓰였다. 즉 '나의 살던 고향'은 아주 우리말다운 어엿한 우리말 어법이다. 뿐만 아니라 해방 전까지만 하더라도 지금보다는 더 많이 쓰였다. 우리 고전에 조예가 깊은 가람 이병기의 시조에 「돌아가신 날」이란 것이 있다. 보다시피 '닭의 우는 소리'란 어법이 보인다.

> 가시든 그날 밤은 해마다 돌아온다
> 닭의 우는 소리 더욱이 서글프고
> 울고 난 그 눈과 같이 지는 달도 붉어라.

박용철은 수많은 번역시를 남겼다. 요즘의 관점에서 빛바랜 국면이 없지 않지만 그가 번역한 시편의 원시는 괜찮은 것이어서 그의 감식안을 증거해 준다. 릴케나 하이네도 번역했는데 하이네 번역시에 '나의 있는 곳 마다'란 것이 있다.

> 나의 있는 곳 마다
> 틈 없고 츤츤한 어둠이 둘러싼다.
> 사랑아, 네 눈의 빛이
> 내 위에 빛나지 않게 된 다음부터
>
> 「서정잡곡 68」

이산 김광섭은 흔히 「성북동 비둘기」의 시인으로 알려져 있지만 해방 직후에 발표한 애국시편들도 당대의 일반적 수준을 고려하면 뛰어난 작품이다. 1947년에 발표한 김광섭의 애국시편 가운데 「나의 사랑하는 나라」란 것이 있다. '나의 살던 고향'과 같은 어법이다. 재미있는 것은 시행에서는 표제와 다르게 쓰고 있다는 것이다.

> 지상(地上)에 내가 사랑하는 마을이 있으니
> 이는 내가 사랑하는 한 나라이러라
>
> 세계에 무수한 나라가 큰 별처럼 빛날지라도
> 내가 살고 내가 사랑하는 나라는 오직 하나뿐

시인은 우리말 어법에 맞게 두 갈래로 쓴 것이다. 요즘 우리 사이에

서는 '내가 사랑하는 나라' 로 쓰는 것이 보통이고 더 자연스럽게 느껴
진다. 그러나 해방 이전부터 글을 써온 시인에게는 '나의 사랑하는 나
라' 도 자연스러웠을 것이다. 그래서 표제와 시행을 다르게 쓴 것이리
라.

시를 떠나 산문을 보면 해방 전에는 관형격 조사를 쓴 경우가 허다
하였다. 가령 우리말 어휘가 가장 풍부하다고 평가되는 벽초 홍명희
의 글에 "나의 존경하는 작가 톨스토이"란 것이 있다. 또 장편『임거
정』에는 그런 어법이 많이 보인다.

백손이가 애기의 갖다 준 밥을 먹기 시작할 때 애기는
"내 우물에 가서 배 따가지고 올게."
하고 고기 종다래끼를 들고 밖으로 나갔다.

목사의 타이르는 말을 늙은 여편네는 들은 체 아니하고
"제발 덕분에 자식의 원수를 갚아 줍소사."
하고 머리를 땅에 끌어 박듯이 숙이면서 두 손을 치어들고 빌었다.

늙은 여편네의 대답하는 말을 듣고서는 갑자기
"네 자식 물어간 호랑이를 꼭 잡아서 원수를 갚아 줄 것이니 그리 알
고 나가거라." 하고 말을 일렀다.

호랑이의 달아난 기척을 안 뒤에 천왕동이는 굴에서 기어 나와서 여
러 사람들을 불러 모았다.

『임거정—의형제편 1』에서

또 김기림에게 '우리가 가진 최상의 스타일리스트'라는 평을 받은 이태준의 수필에도 「편지 ――나의 존경하는 친구 S군에게」란 것이 있다. 1941년에 발표된 자전적 소설인 『사상의 월야月夜』에도 다음과 같은 대목이 보인다.

> 팔 십 원이란 돈의 힘이 며칠이나 저희들의 정열을 지탱시켜 줄지를 이내 계산할 수 있었고 학교는 퇴학이 되고 말 것이니, 중학도 마치지 못한 자기의 사회에서 받을 대우나 생활의 힘도 이내 계산할 수 있었다.

> 무엇보다도 짠발잔이가 아홉 식구의 굶주림을 보고 견대다 못해 빵집 유리창을 깨뜨리는 것과, 박명한 여인의 사생아 코셋드가 남의 집에서 천대를 받고 자라는 데는 자기의 전날 주리던 것과 천대받던 것이 생각나 눈물의 자극으로 콧날이 저리곤 하였다.

20세기 후반부터 서구어의 구문構文투가 우리 문장에 많이 들어왔다. 제1외국어로 중학교에서 배우는 영문법의 영향도 있고 또 서구어 번역책의 영향도 있을 것이다. 그러나 치밀하고 논리적인 글쓰기 노력의 결과라고 생각된다. 그러한 새 글체에 익숙한 독자에게는 「나의 살던 고향」은 얼마쯤 생소하게 느껴질 것이다. 그리고 지금의 추세로 간다면 그런 관형격 조사의 어법은 미구에 쓰이지 않게 될 공산이 크다. 말이나 어법이란 변하게 마련이고 그것은 그 누구도 막을 수 없다. 그러나 그런 어법이 우리말의 정통적 어법이라는 사실은 알아두어야 할 것이다. 그것은 결코 잘못된 일본어 어법의 추종이나 모방이 아니다. 일본에 비슷한 어법이 있는 것은 사실이다. 그들의 경우는 당초 종속절에 한해서 그러한 어법을 쓰다가 나중에 주절에도 쓰게 되었다.

그러나 현재로서는 이 어법에 관한 한 두 언어 사이의 영향관계는 확
인되지 않고 있다고 보는 것이 온당할 것이다. 새삼 "나의 살던 고향"
으로 돌아가자는 것은 물론 아니다. 그것이 엄연히 우리의 어법이라
는 것만은 알아두자는 것이다.(2006–9년)

제2부. 시론과 시인론

1. 서정시의 근간

소리와 뜻의 균형

요즘의 젊은 세대들이 불량소년 피하듯이 상종이나 거명을 꺼리는 시인 엘리엇은 '청각적 상상력'이란 말을 쓴 적이 있다. "내가 청각적 상상력이라 부르는 것은 모든 낱말에 생기를 불어넣으며 사고와 감정의 의식적 수준의 훨씬 밑바닥까지 침투하는 음절과 리듬에 대한 감각이다"라고 『시의 효용과 비평의 효용』에서 그는 적고 있다. 보다 섬세하고 세밀한 부연설명이 이어지는 위의 인용문은 매슈 아널드를 언급하는 문맥에서 인용한 것인데 단순화해서 말해 본다면 청각적 상상력이란 시의 음악적 요소에 대한 감각이다. 아널드가 시의 음악적 요소에 극히 민감했는지 의심스럽다면서 비평 속에서 시적 스타일의 미덕이자 기본인 음악적 요소를 강조한 적이 자기 기억에는 없다고 엘리엇은 적고 있다.

청각적 상상력의 세련과 구사는 시의 제작뿐 아니라 시 이해에서 가장 핵심적인 부분이다. 음절과 리듬을 포함하여 작품의 음악적 요

소는 번역에서 소멸되게 마련이고 그래서 대체로 번역시는 매력 없는
것이 되고 만다. 뜻에 충실하려 하면 할수록 음악적 요소는 등한시되
고 홀대된다. 그래서 우리는 번역된 시를 읽을 때 원시가 청각적 상상
력에 매력적으로 호소하는 것이라는 상상을 하면서 읽을 수밖에 없
다. 그 점을 고려하지 않고 외국의 번역시를 모형으로 해서 의미 지향
의 작품을 시도할 때 시로서는 실패할 확률이 크다고 할 수 있다. 그러
나 한편으로 시에서 음악적 요소만이 강조될 때 그것은 균형 잡힌 시
가 되지 못한다. 우리 근대시 가운데서도 지나치게 음악성에 우선권
을 주었을 때 시의 밀도가 엷어진다는 결과가 빚어진다. 구체적인 사
례를 들어 본다.

　가령 미당 서정주의 경우 청각적 상상력에 가장 충실하려 한 시기
는 제2시집 『귀촉도』 시절이라고 생각된다. 이 시집에는 처녀시집 『화
사집』에서 보여준 강렬한 관능지향이나 일탈지향을 지양해서 한결 안
정감을 얻고 있는 서정적 명편이 많이 수록되어 있다. 표제작인 「귀촉
도」를 위시해서 「밀어」 「거북이에게」 「꽃」 「견우의 노래」 「석굴암관세
음의 노래」 「혁명」 「목화」 「멈들레꽃」 「행진곡」 등이 모두 소리와 뜻이
균형 잡힌 조화를 이루고 있어 서정시 본연의 모습을 위엄 있게 보여
주고 있다. 그러는 한편 「누님의 집」 「서귀로 간다」 「고향에 살자」 「노
을」 「문 열어라 정도령아」 등은 음악적 요소에 우선권을 주어 작품 밀
도는 희박한 편이다.

　　첩첩 산중에
　　첩첩히 피는 닢에
　　눈 부비며 울음우는 뻐꾹새같이

하누바람, 마파람

회오리 바람같이

움직이는 바닷물에 사는 고기같이

내 오늘은 서귀(西歸)로 간다.

네활개 치며 서귀로 간다.

옮기는 발길마다

구름이 일고

내뿜는 숨결에

날개 돋아나

내 오늘은 서귀로 간다.

너 보고저워 서귀로 간다.

「서귀로 간다」 전문

거의 민요조라 하리만큼 흥나는 가락에 홀가분한 심정을 토로하고 있다. 아무나 쓸 수 없는 작품으로 미당의 다채로운 기량의 일면이 잘 드러나 있다. 어떤 소재를 다루더라도 독자적인 성취를 보여주어 시인의 폭을 다시 확인하게 된다. 그러나 이 작품은 『귀촉도』에 수록된 다른 명편에 비해 가볍고 울림이 약한 편이다. 주로 율격에 중점을 두어 뜻이 소홀해진 탓이다. 이런 말은 위에서 음악성에 우선권을 준 작품이라고 규정한 여러 편에 대해서도 두루 적용될 수 있다. 요컨대 뜻과 소리에서 소리에 우선권을 주어 균형을 잃을 때 작품의 무게는 가

벼워지게 마련이다. 우리 현대시에서 가령 오장환, 박인환 등이 작품
의 음악성에 유의한 경우인데 그런 만큼 시의 밀도는 희박해진 감이
있다.

이슬보다 오히려 차고 고운 것

철기는 슬프고나

아름다운 꽃잎알

흔들리는 꽃수염

우는 것이 쉽구나

제일 쉽구나

오장환, 「은시계」에서

지금 그 사람의 이름은 잊었지만

그의 눈동자 입술은

내 가슴에 있어.

바람이 불고

비가 올 때도

나는 저 유리창 밖

가로등 그늘의 밤을 잊지 못하지

박인환, 「세월이 가면」에서

모두 음률적이어서 잘 읽힌다. 그러나 뜻이 따라주지 않아 가볍고
감상적이다. 물론 소리와 뜻을 판별해서 생각하는 것도 문제가 있기
는 하다. 시에서는 음률성 자체가 뜻의 일부를 이룬다. 그렇긴 하지만

뜻과 소리의 균형은 좋은 시의 필요조건이라 말할 수 있다. 소리를 버리고 뜻을 지향해서 산문시로 발 벗고 나선 『님의 침묵』은 사상시의 정점을 보여주었고 『질마재 신화』는 시적 리얼리즘의 한 극점을 보여주었다. 이산 김광섭의 「성북동 비둘기」 등 일련의 작품도 뜻을 통해 시의 위엄을 보여준 사례라 할 수 있다. 그러나 청각적 상상력에 무심한 뜻 지향의 산문시가 응분의 뜻을 지니지 못할 때 그것은 우둔한 산문으로 그친다는 사실을 우리는 잊어서는 안 된다.

최근의 우리 시에서 그런 사례를 많이 보게 된다. 다시 한 번 중요한 것은 소리와 뜻의 균형이요 조화이다.

전언에 대하여

나의 관찰에 따르면 대학에서의 각급 논문을 포함하여 소설에 관한 논의에서 아직도 가장 빈번히 인용되는 책의 하나는 게오르크 루카치의 『소설의 이론』이다. 초판본이 나온 지 근 40년이 되는 1962년에 곁들인 서문에서 저자 자신은 구체적인 사회 역사적인 현실에서 동떨어져 있고 몹시 추상적인 방법상의 미비점에 대해 자기비판을 가하고 있다. 책이 보여주고 있는 '미학적 범주의 역사화'에 대한 긍지를 감추지 않은 채, 좌파적 윤리관과 우파적 인식론의 융합을 시도하려는 하나의 세계인식을 회고하면서 그러한 입장을 극복하지 못한 정신적 옛 동료들을 비판하고 있기도 하다. 그리고 어떤 방향 정립을 위해 이 책을 읽는다면 방향상실의 혼란만이 커질 것이라며 독자에게도 비판적 독서를 권유하고 있다. 초기 저작에 대한 애착을 감추지 않으면서 마르크스주의자의 입장에서 저작이 가지고 있는 비非마르크스주의적 잔재에 대한 자아비판을 보여주고 있는 셈이다.

그러나 "소설은 신에게 버림받은 세계의 서사시"라든지 "시간은 소설의 숭고한 서사적 시정詩情을 담는 그릇이 된다"와 같은 막연하나 의미 있는 지문에 매료된 탓인지 자주 인용되는 것을 보게 된다. "루카치가 공산주의자가 된 것은 바로 이 책에서 제기된 서사문제에 관한 사고를 그 논리적 귀결까지 밀고 나가는 데 마르크스주의적인 틀이 필요했기 때문이라고 주장하고 싶은 심정이다"라고 적고 있는 프레데릭 제임슨의 관점이 널리 공명을 불러일으키는 탓인지도 모른다. 근대의 중요 문학 장르로서의 소설의 대두를 인간의식 구조 속의 변화의 결과라고 보고 있는 매우 추상적이며 난해한 이 책은 비극이나 서사시와 같은 선행 장르와 대비하여 근대소설이란 후속 장르의 성격을 취급하고 있다. 따라서 고전비극이나 서사시에 대한 축적된 문학경험이 없는 우리 처지에서는 더욱 난해한 일반론이 될 수밖에 없다. 그러기 때문에 우리 소설의 구체적 작품을 놓고 얘기할 때 별다른 유관성을 갖지 못하는 경우가 많다. 뿐만 아니라 '근대 장편소설의 이론'인 이 책을 소설이란 말의 공통성에 의존하여 우리 쪽 단편소설을 논하는 자리에서 인용하는 것은 더욱이나 무의미하다.

이와 비슷하게 서정시에 관한 논의에서 흔히 참조되고 인용되는 것은 "서정적 자아와 대상과의 거리가 사라지고 주객이 합일된 상태"라든가 "세계가 서정적 주체라는 한 점에 수렴되어 타오르는 상태"라든가 하는 독일 문예학 흐름의 서정시 정의이다. 우리나라에도 번역된 바 있는 에밀 슈타이거의 『시학의 근본개념』 같은 책에 보이는 생각인데 그 자체로서 참조에 값하는 정의들이다. 사르트르의 시 이해가 주로 프랑스 상징파 시인들의 작품에 기초를 두고 있듯이 독일 문예학 흐름의 서정적인 것의 정의는 주로 독일 낭만주의 시편들을 모형으로

해서 구상된 것이다. 서정시 일반의 정의로서 매우 매력적이고 설득력이 있고 반론의 여지도 없어 보인다. 그렇지만 이러한 원론적인 정의의 도입이나 참조는 우리의 서정시를 읽고 해석하는 데 크게 도움이 되지 못한다. 그것은 루카치 소설 이론의 원론적 인용이 우리 소설을 해명하고 평가하는데 별다른 빛을 던져주지 못하는 것과 마찬가지다. 김소월이나 박목월이나 윤동주의 시편을 놓고 "서정적 자아와 대상과의 거리가 사라졌다"고 해서 손해나는 것은 없을지 모르지만 득 되는 것도 없게 마련이다. 있으나마나한 소리요 하나마나한 소리일 뿐이다. 휘황한 현학적 장식 이상의 것이 될 가능성은 매우 희박하다.

개개 서정시편을 검토하고 이해하는 데 있어서 중요한 것은 가령 뜻과 소리의 서정적 통일이 성취되었는가, 언어의 선율이 매혹적인가 아니면 그것이 처음부터 의도적으로 배제되어 있는가, 문법적 혹은 통사적 관계의 묵살을 통한 모호성의 조성이 실제로 거두고 있는 효과는 무엇이며 그 효과는 과연 언어적 혼란에 값하는 것인가, 규격화된 시대의 유행에서 초연한가 아니면 몰개성적으로 휩쓸려 있는가, 선행 시편과의 관계는 어떻게 되는 것인가, 하는 등속의 구체적 세목 검토이며 판단이다.

그렇지만 아직도 우리의 시 논의는 전언 중심으로 이루어지고 있으며 그러한 한에서 산문을 대할 때와 별반 다를 바가 없다. 이것은 가곡을 향수하는 데 있어 곡조보다도 노래 말 위주로 접근하고 판단하는 것과 같은 삐뚤어진 방식이라고 할 수밖에 없다. 서정시나 가곡이나 내면성의 직접적인 표현이기 때문이다. 가령 1932년에 발표된 채동선의 명곡 〈고향〉은 당초대로 정지용의 시를 노래 말로 했을 때 더욱 빛나는 것은 사실이지만 6 · 25 이후에 그랬듯이 이은상의 〈그리워〉로 노래 말을 대체한다고 해서 가곡 자체가 결정적으로 달라지는 것은 아니다. 노래 말은 이차적 보조 역할로 그친다. 서정시에서의 전언은 물론 가곡에서의 노래 말 이상의 비중을 갖는다. 그런데 아무리 거창한 전언이라 하더라도 그것이 언어 운율을 타지 못하거나 언어 음악을 동반하지 못할 때 한갓 토막 산문에 지나지 않게 된다. 토막 산문은 나태한 자의 산문은 될지 모르지만 표준적이고 정상적인 시는 아니다. 나태한 자를 위한, 나태한 자에 의한, 나태의 산물이라고 할 수밖에 없는 줄글들이 시라는 이름 아래 무자각적으로 출몰하는 경우가 너무나 빈번하다.

전언 위주로 시를 접근할 때 그것은 곧잘 경직된 이념비평으로 귀착된다. 우리 근대문학에서 그 고전적 대표 사례로는 임화의 경우를 들 수 있을 것이다. "하나의 어린 자식에 죽음을 만萬사람의 동포의 사死와 불행보다도 아프게 정감하는 영혼과 감성에 대하여 나는 금할 수 없는 적의를 느낀다." 1930년에 발표된 정지용의 「유리창」에 대하여 이렇게 적고 있는 그는 1939년에 발표된 윤곤강尹崑崗의 「황소」를 "우리가 애송할 수 있는 시다. 착란의 시대에 고요히 앉아 시를 짓는 고요한 심정을 엿볼 수 있는 가작"이라고 상찬하면서 전문을 인용하고 있다.

> 바보 미련퉁이라 흉보는 것을
> 꿀컥 참고 음매! 우는 것은
> 지나치게 성미가 착한 탓이란다.
> 삼킨 콩깍지를 되넘겨 씹고
> 움메 울며 슬픔을 새기는 것은
> 두 개의 억센 뿔이 없는 탓은 아니란다.

소를 통해서 민중의 삶을 시사하고 있는 작품의 우의성寓意性 혹은 전언은 분명하지만 그러기 때문에 더욱 작품은 미련한 수준에 머물러 있다. 1930년대나 40년대에 임화가 발표한 시 작품은 위에 인용하고 있는 윤곤강 시편을 시원하게 넘어서고 있는 경우가 많다. 그러나 실제 비평의 분야에서 임화는 한결 편벽되고 성급하고 온유하지 못했다. 그것은 시 비평에 한정되지 않는다. 오늘날 우리가 그래도 거부감 없이 재미있게 읽을 수 있는 김유정을 "방언이나 좋지 못한 말을 조장하는 것과 같은 난용亂用주의"의 사례로 거론하면서 일종의 습작이라고 평가절하하고 있기도 하다. 그가 이러한 소아병적 교조주의에서 탈피하여 보다 유연한 입장을 취했더라면 1930년대나 40년대의 정치시나 이념시도 한결 유연해지고 의젓해졌을 공산이 크다. 그는 영향력이 큰 당대의 시인 비평가였기 때문이다. 임화의 투박함을 벗어났지만 오늘날에도 비슷한 교조주의는 극복되지 못하고 있다고 생각된다. 시에 대한 전언 위주의 접근과 판단이 조심성 없이 퍼지는 것은 그것이 매우 쉽게 수행될 수 있기 때문이기도 할 것이다. 안이함과 나태에 기초한 비평적 관행의 하나라고 생각된다.

모티프에 대하여

영향관계나 유사성의 탐색은 문학연구에서 흥미있고도 유익한 과정이 될 수 있다. 동일 언어 속에서 시인 작가들이 교환 관계를 유지하면서 서로에게 빚지고 있음을 확인하게 되는 경우는 아주 많다. 의식하건 않건 시인 작가들은 너른 의미의 공동제작에 종사하고 있음을 인지하게 되는 것이다. 특히 모티프의 동일성이나 유사성은 의외로 허다하다. 따라서 작품의 됨됨이를 떠나서 모티프의 상관관계를 추구하는 것이 부질없어 보이는 경우도 많다. 모티프가 동일하더라도 작품의 성과는 크게 다르기 때문이다. 그 극단적인 사례를 우리는 김기림과 박두진의 두 작품을 통해서 검토해 볼 수 있다.

태양太陽아

다만 한번이라도 좋다. 너를 부르기 위하야 나는 두루미의 목통을 비려오마. 나의 마음의 문허진 터를 닦고 나는 그 우에 너를 위한 작은 궁전宮殿을 세우련다. 그러면 너는 그 속에 와서 살어라. 나는 너를 나의 어머니 나의 고향 나의 사랑 나의 희망이라고 부르마. 그리고 너의 사나운 풍속을 좇아서 이 어둠을 깨물어 죽이련다.

태양아

너는 나의 가슴속 작은 우주의 호수와 푸른 잔디밭과 힌 방천防川에서 불결한 간밤의 서리를 핥어버려라. 나의 시내물을 쓰다듬어 주며 나의 바다의 요람을 흔들어 주어라. 너는 나의 병실을 어족魚族들의 아침을 다리고 유쾌한 손님처럼 찾어오너라.

태양보다 이쁘지 못한 시詩, 태양일 수가 없는 설어운 나의 시를 어두운 병실에 켜놓고 태양아 네가 오기를 나는 이 밤을 새여가며 기다리련다.

김기림, 「태양의 풍속」 전문

1939년에 간행된 김기림 제1시집 『태양의 풍속』에 수록된 이 표제시는 김기림의 시적 지향점을 집약적으로 드러내고 있는 작품이다. 필요 이상으로 슬픈 표정을 짓는 것이 감상感傷이라며 감상주의를 시종 배격했던 김기림은 "어족과 같이 신선하고 기빨과 같이 활발하고 표범과 같이 대담하고 바다와 같이 명랑하고 선인장과 같이 건강한 태양의 풍속을 배우자"고 시집 서문에 적고 있다. 그가 지향한 것은 이처럼 '신선' '활발' '명랑' '건강'과 같은 정신의 미덕이었다. 그리고 그가 가장 경계한 것은 이와 대비되는 '감상' '과거에의 애착과 정돈' '음침한 밤의 미혹迷惑'이었다. 이러한 지향을 직설적으로 형상화한 것이 위에 적은 「태양의 풍속」이다.

작품은 호격으로 시작된다. 마음의 폐허를 닦고 그 위에 작은 궁전을 세우니 그 속에 와서 살라고 태양에게 명령 혹은 호소한다. 그러면서 태양의 풍속을 따라서 어둠을 깨물어 죽이련다고 호언한다. 음침한 밤과 어둠에 대한 화자의 강렬한 적의와 전의戰意를 감득할 수 있다. 이어 2연에서는 '불결한 간밤의 서리'를 '핥어버리라'고 다시 명령 혹은 호소한다. 3연에서는 어두운 병실에서 태양이 오기를 기다리고 있다고 적혀 있다. 밝음과 명랑과 건강에 대한 강렬한 욕구를 우리는 절감한다. 시에 대한 방법적 자각에 있어 당대의 누구보다도 명석하였고 적극적이었던 김기림의 첫 시집 표제작에 어울리는 신선하고 대담한 시편이라 불러도 무방할 것이다. 오늘의 관점에서 아쉬운 것은 이만 정도의 성취를 보인 작품이 시집에서 매우 드물다는 점일 것이다. 김기림과는 여러 모로 대척점에 있거나 원거리에 있다고 생각되는 박두진에게서 우리는 비슷한 모티프의 시를 발견한다.

해야 솟아라. 해야 솟아라. 말갛게 씻은 얼굴 고운 해야 솟아라. 산 넘어 산넘어서 어둠을 살라먹고, 산 넘어서 밤새도록 어둠을 살라먹고, 이

글이글 애띤 얼굴 고운 해야 솟아라.

　달밤이 싫여, 달밤이 싫여, 눈물같은 골짜기에 달밤이 싫여, 아무도 없는 뜰에 달밤이 나는 싫여…

　해야, 고운 해야, 늬가 오면, 늬가사 오면, 나는 나는 청산이 좋아라. 훨훨훨 깃을 치는 청산이 좋아라. 청산이 있으면 홀로래도 좋아라.

　사슴을 따라, 사슴을 따라, 양지로 양지로 사슴을 따라 사슴을 만나면 사슴과 놀고,
　칡범을 따라 칡범을 따라 칡범을 만나면 칡범과 놀고…

　해야, 고운 해야, 해야 솟아라, 꿈이 아니래도 너를 만나면, 꽃도 새도 짐승도 한자리 앉아, 워어이 워어이 모두 불러 한자리 앉아 애뛰고 고운 날을 누려 보리라.

박두진, 「해」 전문

　이 작품 역시 호격으로 시작된다. 태양이란 한자어가 같은 뜻의 토박이말로 바뀌어 있다. 그리고 반복이 많아 리듬에 대한 시인의 각별한 배려를 엿볼 수 있다. "내 마음의 무너진 터"와 "간밤의 불결한 서리를 핥어버려라"라는 대목은 "눈물같은 골짜기의 달밤"과 "이글이글 애띤 얼굴 고운 해야 솟아라"란 대목과 조응한다. 그리고 화자가 밤에 처해 있다는 것도 공통된다. 태양 숭배에 가까운 태양에 대한 열망이 두 작품에 공통되는 모티프이다. "나는 너를 나의 어머니 나의 고향 나의 사랑 나의 희망이라 부르마"란 대목에서 알 수 있듯이 김기림 시

편은 상대적으로 관념적이다. "해야, 고운 해야, 늬가 오면 늬가사 오면, 나는 나는 청산이 좋아라, 청산이 있으면 홀로래도 좋아라"란 대목에서 볼 수 있듯이 박두진 시편은 한결 직접적이다. 김기림 시편이 간구하는 것은 태양의 풍속을 좇아서 어둠을 물리치는 것이고 그 어둠은 다분히 사사로운 마음의 폐허의 어둠이요 서러운 시詩가 켜져 있는 병실의 어둠이다. 그러나 박두진 시편이 간구하는 것은 칡범과 같은 사나운 짐승을 만나서도 같이 놀고 "꽃도 새도 짐승도 한자리 앉아 애띠고 고운 날을 누리"는 자연 속의 낙원이다. 그것은 사슴과 칡범과 인간이 평화롭게 공존하는 자연 공동체이고 세계 종교가 약속하는 종류의 낙원이다. 김기림 시편이 사사롭고 세속적인 건강과 밝음을 지향한다면 박두진 시편이 지향하는 것은 다분히 초월적이고 종교적인 자연 공동체의 이상이다.

대범하게 말해서 동일한 모티프를 가진 두 시편은 아주 대조적인 이미지와 어사와 형태를 가지고 있다. 김기림 시편이 설명적이고 나열적임에 반해서 박두진 시편은 보다 직접적이고 반복적이다. 궁전, 풍속, 잔디밭, 방천, 요람, 시, 병실과 같은 인공물이 동원되어 있는 전자에 대하여 후자에는 산, 달밤, 골짜기, 청산, 사슴, 칡범, 양지와 같은 자연물이 되풀이 동원되어 있다. 인공의 이미지에 반해 원초적 자연의 이미지가 떨치고 있는 후자는 그만큼 독자들의 의식 심층부에 호소한다. 따라서 작품의 직접성도 배가되고 되풀이를 통해 성취한 리듬감이 여기에 가세한다. 주로 기층 어휘와 토박이말에 의존하고 있는 것도 매우 기능적이다. 김기림 시편의 전개는 이에 비하여 한결 산문적이라 할 수 있다. 따라서 모티프의 유사성 혹은 공통성에도 불구하고 두 시편의 성격은 판이하게 다르다. 지금 우리는 그 우열을 얘기하고 있는 것이 아니라 시편의 성격을 말하고 있는 것이다. 동일한 모티프가 이렇게 질적으로 판이한 작품을 빚어낸다는 것은 시에서 모티프의 공통성이라는 것이 큰 구실을 하는 것이 아님을 상기시켜 준다. 김기림과 박두진은 아주 판이한 시적 개성이고 그것은 공통의 모티프를 다룬 작품에서 더욱 두드러지게 나타난다.

모티프의 공통성은 또 김기림과 한용운을 이웃하게 한다. 그러나 그 구체는 김기림 대 박두진의 경우와는 판이하게 다르다. 전혀 다른 시적 개성인 승려 시인 한용운과 모더니스트 김기림의 친연성은 비록 하나의 시편에 한정된 것이라 하더라도 우리를 놀라게 한다.

애인이여

당신이 나를 가지고 있다고 안심할 때 나는 당신의 밖에 있습니다.

만약에 당신의 속에 내가 있다고 하면 나는 한덩어리 목탄에 불과할 것입니다.

당신이 나를 놓아보내는 때 당신은 가장 많이 나를 붙잡고 있습니다.

애인이여

나는 어린 제비인데 당신의 의지는 끝이 없는 밤입니다.

김기림, 「연애의 단면」 전문

작자의 이름을 가린 채 이 김기림 시편을 보여주고 작자를 대보라 한다면 어떻게 될까? 작자를 정확히 대는 사람은 김기림 연구자가 아니라면 별로 없을 것이다. 반듯하게 꼼꼼히 읽는 독자라면 혹시 한용운이라고 답할지 모른다. 한용운이라고 말하는 독자는 상당한 수준의 선별력과 안목을 가진 독자라 할 수 있다. 어쨌거나 이 작품은 한용운

의 시를 연상케 하는 몇몇 요소를 가지고 있다. 우선 변형 내간체라 할
수 있는 경어체로 되어 있다. 김기림 시편에서는 흔치 않은 경어체를
한용운은 일관되게 채용하였다. 또 "당신이 나를 놓아보내는 때 당신
은 가장 많이 나를 붙잡고 있습니다"와 같은 반어나 역설의 선호도 한
용운의 특장이었다. 또 반어나 역설의 선호에서 빚어지는 독특한 모
호성도 얼마쯤 닮아 있다.

> 즐겁고 아름다운 일은 양이 많을수록 좋은 것입니다.
> 그런데 당신의 사랑은 양이 적을수록 좋은가봐요.
> 당신의 사랑은 당신과 나와 두 사람의 사이에 있는 것입니다.
> 사랑의 양을 알려면, 당신과 나의 거리를 측량할 수밖에 없습니다.
> 그래서 당신과 나의 거리가 멀면 사랑의 양이 많고, 거리가 가까우면
> 사랑의 양이 적을 것입니다.
> 그런데 적은 사랑은 나를 웃기더니 많은 사랑은 나를 울립니다.
>
> 뉘라서 사람이 멀어지면, 사랑도 멀어진다고 하여요.
> 당신이 가신 뒤로 사랑이 멀어졌으면, 날마다 날마다 나를 울리는 것
> 은 사랑이 아니고 뭣이어요.

한용운, 「사랑의 측량」 전문

떨어져 있음이 더욱 치열한 열기를 빚어낸다는 사랑 심리의 동력학
을 한용운은 이와 같이 적었다. 단순화해서 말해본다면 이 시의 모티
프는 "어저 내일이여 그릴 줄을 모르던가/있으라 했으면 가랴만은 제
구태여/보내고 그리는 정은 나도 몰라 하노라"의 섬세화된 변형이라
고 할 수 있다. '측량'이라는 어사는 일제 강점 이후 새로이 등장하여

전국 방방곡곡에서 수행된 토지 측량에서 촉발된 것인지도 모른다. 김기림 시편도 비슷한 모티프를 다룬 것이나 밀고 당기는 줄다리기 사랑의 희롱조가 보인다. "나는 어린 제비인데 당신의 의지는 끝이 없는 밤입니다"의 은유에는 당대 모더니스트 특유의 피상성이 엿보인다. 또 '연애의 단면'이란 표제 자체도 가벼운 에피그램 취향이 엿보여 한용운 시편과 구별된다. 그럼에도 불구하고 김기림 시편과 한용운 시편에서 발견되는 혹종의 유사성은 김기림이 『님의 침묵』을 읽었으리라는 추정의 무게 있는 문학적 단서가 되어주고 있다. 이렇게 한용운과 김기림, 김기림과 박두진 사이에서 보게 되는 모티프의 공유는 시편을 읽는 것이 사실은 문학사의 맥락 속에 시편을 놓고 보는 일이 될 수밖에 없다는 것을 보여준다. 시인의 선행시편 의존도나 시인 사이의 상호주의는 겉보기보다 훨씬 은밀하게 농밀하다. 굳이 상호텍스트성이란 최근의 명칭을 붙이지 않더라도 그 누구도 단독자로 우뚝 서 있을 수는 없다. 시작행위가 전통과 선인에 대한 빚 갚기란 말에는 이러한 속사정이 숨어 있다. 그러나 가장 중요한 것은 김기림 시편과 박두진 시편의 경우에 분명한 모티프의 공통성이 결코 두 시인을 같은 계열로 몰아주지 않는다는 사실이다. 시에서는 모티프나 전언보다 그것을 전하는 형태의 이모저모가 가장 중요한 것이다.

스노비즘의 유혹을 넘어서

지적 유행의 변천 속도가 빠른 우리 사회에서는 거론만 되다가 학습을 통한 방법적 내면화의 기회도 가져보지 못한 채 흘려보낸 문학사조나 비평방법 등이 허다하다. 지나간 연대의 실제비평이라고 해서 홀대되고 있는 '신비평'도 그러한 옛것의 하나라 할 수 있다. 시를 읽는 사이 의식에서 자신과 삶의 상황을 몰아내고 말을 그 사회적 기원으로부터 떼어놓는다는 몰沒역사성에 대한 비판이 있었지만 이것은 예술향수의 잠정적이고 불가피한 조건이 된다고 할 수 있다. 그러나 극히 비판적인 관점을 취하는 경우에도 신비평이 한 세대의 문학 연구자나 문과 대학생에게 시를 꼼꼼히 읽는 법을 가르쳐 주었다는 점에 대해서는 대체로 동의하는 것으로 보인다. 사실 대학생의 시 읽기의 실제가 너무 참담하다는 것을 발견하고 그 교정책을 강구한 것이 신비평의 기본충동의 하나였다고 해도 크게 잘못은 아니다. 그런 의미에서 제대로 읽기의 구체적인 장애요인을 가려내고 극복방안을 제시한 리차즈의 『실제비평』의 기여는 컸다고 할 수 있다.

신비평의 교육적 기여를 인정하면서도 작품의 감식안이나 선별 능력을 전수할 수 있느냐 하는 문제에 대해서는 회의적인 사람들도 더러 보인다. 미적 가치는 인지하고 경험할 수는 있지만 그것을 파악하지 못하는 사람에게 전달할 수 없다고 말하는 해롤드 블룸이나, 양산되는 이차문서의 대부분이 무가치하다고 단정하는 조지 슈타이너가 그들이다. 진리 전수는 불가능하다면서 각자의 깨달음을 강조하는 선禪불교와 달리 덕성과 지혜는 전수될 수 있다고 믿는다는 점에 서구 인문주의의 한 특징이 있다. 그런 의미에서 인문주의는 근본적으로 민주적 기획인데 심미안의 전수가 불가능하다고 믿는다면 그것은 반反인문적 입장이라는 비판에 노출될 수밖에 없다.

불가능하다는 것은 때로 어렵다는 것의 과장어법인 경우가 많다. 서정시의 향수나 선별 능력은 훈련과 교정에 의해서 개발되고 전수될 수 있다고 믿는 입장이지만 그것이 쉽게 이루어지는 것이 아니란 것도 사실이다. 제대로 읽기를 어렵게 하는 장애요인이 너무나 많기 때문이다. 제대로 읽기란 의미 단원론單元論의 입장에서 하나의 올바른 해석이 있고 그 올바른 해석에 이르는 것만이 제대로 읽기란 뜻이 아니다. 해석은 작품의 의미를 결정하는 것이고 작품에는 여러 차원의 의미가 있게 마련이다. 동일한 시인의 작품 가운데도 성취도의 높낮이가 있고 그 성취도는 안목 있는 사람들 사이에서 어느 정도의 합의가 있을 수 있다. 제대로 읽기를 상정하는 것은 작품해석이나 성취도 인지 사이에서 아주 엉뚱한 입장을 취하지 않는다는 정도의 느슨한 뜻에서다.

제대로 읽기를 저해하는 가장 큰 장애요소로 작품에 대한 통찰을 전혀 주지 못하는 채 오도하며 범람하는 이차담론 문서들을 지적할 수 있을 것이다. 대학의 제도적 요청으로 양산되는 이차담론은 특히 시의 경우 수상쩍은 것이 너무나 많다. 젊은 감수성을 오도하고 혼란에 빠뜨리는 이차담론을 멀리하는 것도 피해 예방의 한 방법이다. 특히 언어구사의 엄밀성이 보이지 않는 혼란스러운 문장으로 일관된 이차담론은 백해무익한 것이라고 생각해서 틀림이 없다. (혼란스러운 졸렬한 문장과 깊은 사색에서 나온 난해한 문체를 구별할 수 있는 안목을 가지고 있다면 오도되지 않을 것이기 때문에 사실 난감한 국면이기는 하다.)

스노비즘을 특징으로 하는 이차담론도 단연 경계해야 한다. 미술사가 곰브리치가 『서양미술사』 서론에서 언급하고 있는 대목은 문학의 경우에도 해당된다. 너무 유쾌하거나 감동적으로 보이는 작품을 좋아한다고 실토할 경우 무식하다는 소리를 들을까 두려워 그리 좋아하지 않는 작품을 두고 흥미 있는 작품이라고 말하는 '속물'을 그는 경계하고 있다. 잘 알 수 없는 작품에 대해서 확신도 없이 설득력 없는 해석을 시도하는 스노비즘의 사례를 우리는 자주 목도한다. 세상에서 흔

히 거론되는 시인들이 문학적 향수보다도 스노비즘의 토양 위에서 명
망을 유지하고 있는 경우도 없지 않다. 이러한 스노비즘이 백해무익
한 것만은 아니다. 경제학자 케네스 볼딩이 지적하듯이 서양의 오페
라가 지배계층의 극기 훈련의 계기로서 활용된 국면이 있다면 그것은
오페라를 위시하여 음악 전반을 위해 다행한 일이었을 터이다. 스노
비즘이 예술 향수의 계기가 되는 경우는 많고 문학도 예외는 아니다.
그렇지만 문학 향수나 연구의 주체에게 스노비즘은 백해무익하다.

　세평에의 전면적 의존도 안목을 기르는 데 장애요인이 된다. 평론
가를 대상으로 한 신문의 앙케트 조사에 따르면 가장 많은 득표를 한
해방 이후의 시인은 김수영이었다. 김수영이 우리 시에 독자적인 기
여를 하면서 많은 수작을 남긴 대표적인 현대시인의 한 사람이란 것은
부정할 수 없다. 그렇지만 그가 남긴 170여 편의 작품 속에는 당연히
되다 만 타작도 있고 수준 이하의 습작품도 있다. 중도에 내던지듯 한
공들이지 않은 작품도 적지 않다. 그런데 작품에 대한 선별의식 없이
김수영 시라면 무조건 숭상하는 경향이 특히 문학에 대한 ‘역사의식’
이 결여된 사람들 사이에 없지 않다. 소문과 풍문을 따라다니는 사람
도 많다. ‘과공은 비례’란 말이 있지만 그러한 태도는 김수영 시의 진
정한 미덕과 강점을 간과하거나 은폐하는 결과를 낳을 수 있다. 시를
선별하려는 노력은 안목을 개발하는 데 큰 도움이 될 것이다.

　이 세상 범백사가 그렇듯이 시의 이해와 안목의 개발에도 왕도는
없다. 섬세하고 꼼꼼하게 많이 읽고 비교하며 검토하는 과정이 필요
하다. 그러나 그것은 어디까지나 진진한 향수의 과정이 되어야지 건
조하고 기계적인 학습 위주의 과정이 되어서는 안 된다. 모든 것이 조
작과 관리의 대상이 되어 있는 현대사회에서 예술 향수는 아마도 드물
게 밖에 남아 있지 않은 자발성과 진정성의 영역일지도 모른다. 문학

을 포함한 예술의 향수는 무수하고 몽매한 타자의 보이지 않는 손에
저항하면서 자기 정체성을 마련한다는 의미를 부가적으로 갖게 된다
고 할 수 있다. 글은 사람이라고 했지만 판단과 선별이야말로 바로 사
람이다.

관습에 대하여

레오나르도 다 빈치의 그림에 「성모와 아기 예수와 성聖 앤」이란 것
이 있다. 풍경과 나무를 배경으로 해서 두 여성과 아기의 모습이 보이
는데 뒤쪽의 성聖 앤은 얼굴과 왼팔만이 보이고 성모 마리아는 전면에
서 아기를 두 팔로 부축하는 자세여서 오른팔이 잘 드러나 있다. 아기
는 성모 쪽을 바라보고 성모도 아기를 바라보는데 성모보다는 성 앤의
얼굴이 훨씬 미소 띤 얼굴이다. 이 그림은 루브르 박물관에 소장되어
있다고 한다.
프로이트는 『레오나르도 다 빈치 : 성性심리학의 한 연구』에서 레오
나르도 다 빈치의 전기와 유아기 백일몽 등을 바탕으로 해서 흥미 있
는 해석을 내리고 있다. 다 빈치는 사생아로서 유아기의 몇 해를 지체
낮은 생모와 함께 지냈으나 그 후 부친 집에서 양육되었으며 평생 결
혼하지 않았다. 미소년들과의 교제를 즐겼으며 동성애 사단으로 기소
되었다가 방면된 적이 있다. 그는 또 아주 어려서 요람에 있을 때 독수
리가 날아와 꼬리로 그의 입을 벌리게 하여 입술을 쳤다는 기록을 남
겨놓고 있다.
프로이트를 따르면 그는 부친의 부재로 아기가 유일한 위안감이었
던 모친의 유난스러운 입맞춤으로 성적 조숙으로 몰리게 되었다. 독

수리 백일몽은 아기가 어머니의 품안에서 경험하였던 기쁨의 상징적 표현이다. 유아기의 이러한 감정 경험은 그를 모친 고착固着에 빠뜨렸다. 그는 성장 후 여성에게 정상적인 애정을 느끼지 못했으며 그래서 결혼도 하지 않았다. 미소 짓는 생모의 유혹적인 이미지는 그의 그림에 되풀이 나타나는 모티프가 되었으며 모나리자의 불가사의한 미소도 바로 이 사실에서 유래한다는 것이 프로이트의 해석이다.

위에서 얘기한 그림에 나오는 성모나 성 앤의 미소도 그 기원은 모나리자와 같은 것이라고 프로이트는 부연 설명한다. 처음엔 생모의 손에 그 뒤엔 양모(그러니까 부친의 정식 부인)의 손에 자란 다 빈치는 통상적인 경우와는 다르게 두 어머니의 영향을 받게 된다. 위의 그림에서 마리아, 요셉, 아기 예수로 된 성가족聖家族 대신에 두 여성과 아기의 그림이 나오는 것은 바로 이러한 개인사의 특수성을 반영하고 있다는 것이다. 정신분석적인 해석에는 추리소설적인 흥미가 따르게 마련이지만 간략하게 요약해본 위의 경우도 예외는 아니다. 프로이트의 해석을 더 발전시켜 모나리자의 불가사의한 미소에 섞여 있는 겸손함도 사실은 다 빈치의 생모가 하녀였다는 출신 성분과 관련된다고 추정적으로 지적하는 의견도 있다.

한 아기가 두 여성과 함께 있는 위의 그림에 대한 프로이트의 해석에 대해서 미술사 쪽에서는 매우 부정적이다. 동시대와 그 이전의 종교화에서 아기 예수와 복수 여성의 구도는 흔히 있는 것이기 때문에 다 빈치의 개인사로 설명할 수 없는 종교화 쪽의 관습convention이나 모티프를 프로이트가 간과했다는 것이다. 프로이트가 내린 그림 세목細目에 대한 설명에 관해서도 여러 가지 반론을 펴고 있지만 우리에게 가장 흥미 있는 것은 프로이트가 일반적 관습의 산물을 개인사의 특수성으로 파악했다는 점이다. 이것은 프로이트가 르네상스기의 종교화를 폭넓게 검토하지 않은 데서 온 결과였을 것이다. 『영문학사』로 유명한 프랑스의 이포릿 텐은 영국 엘리자베스 시대의 여주인공들이 남성의 특성을 가지고 있는 것을 접하고 놀랐는데 그것은 여성 역할을 소년 배우들이 담당했다는 당시의 무대 관습을 그가 잊어버렸기 때문이었다. 석학도 이렇게 나무에서 떨어질 때가 있다.

문학에서도 관습의 기능과 힘은 막강하다. 평시조는 3장으로 되어 있으며 소네트는 14행으로 되어 있고 일정한 각운을 취한다. 소재에 대해서 일정한 태도를 취하는 경우도 있다. 가령 동양 전통에서는 국왕이나 고관들이 백성들의 어려움을 걱정하는 시를 쓰는 경우가 많았다. 선례를 따르다 보면 어느새 이것은 하나의 관행으로 굳어지게 마련이다. 가령 흉년이 들어 굶주림이 만연될 때 이를 딱하게 여기는 시를 쓰는 경우가 있고 이때 소재에 대해서는 일정한 관습의 뼈대가 정해져 있는 것이다.

> 옛날 성현 어진 정사 베풀던 때는
> 말마다 홀아비 홀어멈 살피라 했지만
> 이제는 그들이 오히려 부러워라
> 자기 한몸 굶으면 그만이니까

다산茶山은 「굶주리는 백성들飢民詩」에서 이렇게 적으면서 "엄숙하고 점잖은 조정의 어진 분네/나라의 안위가 경제에 달렸네"라고 덧붙였다. 이렇게 백성의 편에 서서 노래한 점에 다산의 독보성이 있고 선구성이 있다. 그의 그릇 큼을 여기서도 알 수 있다.

그러나 '홀아비와 홀어멈'을 헤아리며 저녁연기 오르지 않는 민가를 걱정하는 투의 상투적인 고위층 시가도 드물지 않다. 건성으로 그런 글귀를 남겼다는 것이 나라 사랑이나 백성 사랑의 증거는 되지 않는다. 의례적 관행에 따라서 관습이 시키는 대로 적었을 뿐인 경우도 있기 때문이다. 정치의 계절에 쏟아내는 나라 사랑의 정치적 수사가 별로 믿을 것이 못 되는 것과 마찬가지다. 애국과 우국과 민중 사랑으로 가득 찬 시문일수록 관습의 검토는 중요하다. 그 때 우리는 수사는 화려하나 진정성과 실천에서 먼 애국과 우국의 실체를 확인하게 될 것이다. 시와 혹세무민의 수사학을 구별하는 능력은 언제 어디서나 필요한 것이다.

말의 물질성과 불합리한 저항

유소년기의 학교생활을 돌아보면 그 많은 공부시간에 무엇을 배웠는지 도무지 생각나는 게 없다. 어쩌다 주워들은 교과내용과 무관한 얘기라던가 삽화 비슷한 것이 도리어 기억에 남아 있다. 책에 관해서도 비슷한 얘기를 할 수 있을 것 같다. 주요 논지나 줄거리와 별 관련이 없는 일탈적인 삽화나 표현이 묘하게 기억에 남아 있는 경우가 많다. 잘못된 독서습관 탓인지 다들 그런 것인지 비교 검토해보지는 않았지만 어쨌건 나의 경우는 그렇다. 한 시절 널리 읽혔던 청춘의 책 『좁은 문』을 사춘기에 읽었는데 청순을 견지하는 큰 줄거리와 주인공의 이름만 기억할 뿐 세목은 대부분 잊어버렸다. 그렇지만 묘하게 기억에 남아 있는 대목이 있다.

"지난 해 여름에 읽었던 키츠의 단시 네 구절을 위해서는 셸리의 전부도 좋고 바이런의 전부라도 버릴 수 있다. 이와 마찬가지로 보들레르의 14행시 몇 구절을 위해서는 위고의 전부를 주어도 좋다."

『좁은 문』은 자전적인 요소가 많은 작품이라는 애기도 있는 것 같은데 위의 대목은 앙드레 지드 자신의 문학적 선호를 그대로 드러낸 것이 아닌가 생각된다. 셸리나 바이런의 얼마쯤 호들갑스러운 시풍을 고전주의자 지드가 경원했으리라고 여겨지기 때문이다. 또 말라르메의 제자이기도 했다는 지드가 위고보다 보들레르에 심취했으리라는 것도 상상하기 어렵지 않다. 위의 대목이 시사하는 것은 적어도 근대시의 경우 압축과 집약 즉 주제의 밀도 있는 경제적 처리가 문학적 미덕이 되어 있다는 사실이다. 근대시가 대체로 짧아지고 있다든가 개개 시인의 생산량이 적어진다는 표면적 사실도 언어의 밀도 있는 경제적 처리와 동전의 안팎을 이룬다고 말할 수 있다. 그런 의미에서 윌리엄 블레이크의 「순수의 전조」에 보이는 다음과 같은 대목은 세계 수용과 향수의 국면을 넘어서 근대시가 걸어온 길의 지표가 되어 있다고 해도 큰 잘못은 아닐 것이다.

> 모래 한 알에서 세계를 보고
> 들꽃 한 송이에서 천국을 본다
> 그대 손바닥에 무한을
> 시각 속에 영원을 잡아라

또 한결 느슨하고 설명적이긴 하지만 테니슨의 「담장 틈바귀에 핀 꽃」에 관해서도 같은 말을 할 수 있을 것이다

> 담장 틈바귀에 핀 꽃
> 너를 틈바귀에서 뽑아
> 여기 쥐고 있다. 내 손에. 뿌리 채 모두.

조그만 꽃–네가 무엇인지, 속속들이
만약 내가 알 수 있다면
신과 인간이 무엇인지 알 수 있으련만.

저쪽에서는 낭만주의 이후 장르간의 혼교와 혼혈이 주요 경향이 되어 왔다. 인간 경험의 특정 국면이 특정 장르에 특정적으로 귀속되어 각각의 장르가 역할 분담을 실천해 온 오래인 관행이 깨어지기 시작한 것이다. 일상생활의 '산문'이 시의 세계로 쳐들어오고 전통적으로 운문을 채택했던 시극을 산문극이 혁명적으로 대체하게 되었다. 그 자체가 모순어법인 산문시의 분야에서도 많은 수작이 생산되었다. 시의 고유성에 집착하여 시가 아니면 표현할 수 없는 순수히 시적인 것만을 추구하는 시적 노력은, 사회적인 언어가 사회성을 사상한 개인의 언어로 변용되고 수단으로서의 상징이 목적으로 도착한, 상징주의 운동에서 그 파국적 정상에 이르게 되었다고 말할 수 있다.

정형시가 아닌 경우 운문과 산문의 구분이 명확하지 않은 우리의 문학현장에서는 시의 고유성과 차이성을 부각시키려는 당대의 시적 노력은 때로 산문보다 더 산문적인 산문화나 산문의 평명성平明性을 사상한 요령부득의 산문화 경향을 낳기도 하였다고 생각된다. 성공적인 경우 의미 있는 토막산문으로 귀착되지만 잘못하면 따분한 주문으로 귀결되는 경우도 허다하다. 산문시도 어엿한 시요 우리의 경우에도 터놓고 산문을 지향해서 독자적인 성취를 이룩한 사례가 있다. 문제는 산문시로서의 고유성도 또 주제의 압축적인 경제적 처리도 얻지 못했으며 목적지도 분명하지 못한 보행步行의 산문시다. 상징주의의 시 전통 아래서 말라르메나 랭보에서 시의 모형을 구상하였던 사르트르도 『문학이란 무엇인가』에서 다음과 같은 구절을 보여주고 있다.

하기야 산문작가는 기호를 모아 엮는 사람이지만, 그 경우에라도 말의 물질성과 말의 불합리한 저항에 대해서 민감하지 못하다면, 그의 문체는 멋도 힘도 없을 것이다.

말의 물질성과 불합리한 저항을 언어 자원으로 활용해야 할 시인이 그 활용에 무감하거나 실패한다면 시의 고유성은 묘연해지고 말 것이다. 시는 전언으로 환원될 수 없고 그래서도 안 될 것이다. 그러나 최소한의 사고나 정감의 흔적도 보여주지 않는 '멋도 힘도 없는' 산문시의 횡행은 시의 내부적 붕괴가 아니면 격하에나 기여할 것이다.

시인과 모국어에의 기여

널리 통용되는 '법률 앞의 평등' 이란 말이 있다. 그것은 신 앞의 평등이라는 이념의 세속적 적용이라고 한다. 한 저명한 공법학자는 현대 국가 이론의 중요개념이 모두 세속화된 신학 개념이라고 말하고 있다. 가령 법률학에서의 '예외상황' 은 신학에서의 기적과 유사한 의미를 갖는다고 한다. 그러므로 현대 법치 국가의 이념은 이신론deism, 즉 기적을 세계로부터 추방하고 기적의 개념에 포함되어 있는 자연법칙의 중단이나 직접 개입에 의한 예외의 설정을 거부하는 신학 및 형이상학을 기반으로 해서 확립되었다는 것이다. 서구 사상이 기독교 이념에 견고하게 의존하고 있다는 사실을 다시 실감케 하는 사례들이다.

예술창조란 말도 흔히 쓰이는데, 이 또한 무로부터의 창조란 개념을 기독교 신학에서 미학으로 옮겨놓은 것이다. 이렇게 되면 작품 창조에 임하는 예술가나 시인의 위치가 적어도 비유적 차원에서 신의 그것과 맞먹게 된다. 그리고 작품 제작과정이나 작품자체를 신비화할 위험성이 있다. 최근의 탈신비화 추세는 가령 시인의 시작 과정이 무無로부터의 불가사의한 창작이 아니라 개인적 경험과 선행 작품을 질료로 한 기술적 제작과정임을 강조하여 설득력을 얻고 있다.

어떠한 예술분야에서도 '관습'의 형성력은 막강하고 중요하다. "풍경화가를 만드는 것은 풍경이 아니라 풍경화다"란 앙드레 말로의 말은 관습 및 선행 작품과 예술가의 관계를 극명하게 지적하고 있다. 극단적으로 말하면 바다를 사랑하며 평생을 바닷가에서 살아온 사람이라도 바다 시편을 한편도 읽어본 적이 없는 사람은 바다에 관한 시를 쓸 수 없다. 그렇지만 바다 시편을 많이 접해본 사람은 바다를 본 적이 없어도 훌륭한 바다 시편을 쓸 수 있으며 실제로 그러한 사례가 있다. 우리 쪽 옛 한시에는 바다를 노래한 시편이 거의 없다시피 한데 이것은 대륙 쪽 중국 시에 바다를 노래한 시가 드물다는 사실과 관련될 것이다. 그리고 그것은 시적 사대주의나 문학적 몰주체성으로 타박할 성질의 것이 아니다. '관습'의 막강한 형성력을 가리키는 조그만 사례일 뿐이다.

시작품 자체의 성취도보다도 소재나 형태상의 특이성과 같은 화제 전개에 편리한 작품을 즐겨 다루는 안이한 비평적 편의주의가 있다. 여기에 작품 주변의 외적 부대 상황이나 시인의 신변적 삽화에 비상한 관심을 표명하는 비평적 호사벽이 가세하여 과도하게 숭상되는 시인들이 있다. 이러한 맥락에서 20세기 한국 시인 가운데 검토에 값하는 이들은 임화林和와 이상李箱이라고 생각된다. 비평가로서도 사납게 활동을 했던 임화가 이른바 프롤레타리아 시인 가운데서는 가장 우수하며 읽을 만한 시인이었다는 것은 사실이다. 그의 파란 많은 삶의 역정이 그의 문학에 부가가치를 얹어준 것도 사실이다. 그러나 그의 많은 시편이 몇몇 대표적인 작품을 제외하고서는 반복적 향수를 견디어 내기에 취약하다는 것은 부정할 수 없다. 이상은 산문가로서는 「날개」, 「권태」를 위시하여 당대 일급의 산문을 보여주었으나 시인으로서는 매우 수상쩍은 인물이다. 그 수수께끼 같은 수상쩍음이 젊은 감수성들에게는 매혹적인 모양이어서 추종자들에 의한 이상 숭배 현상은 계속되고 있으며, 그것은 논문 생산이라는 대학의 제도적 요식 행위의 충족 때문에 앞으로도 지속될 공산이 크다. (되풀이하지만 시인 이상과 산문가 이상은 분리해서 생각하고 있다.)

중학시절 사실상의 동기생이었다는 이들 두 사람은 문학에서나 삶에서나 전혀 다른 길을 걸어가 흥미 있는 대조가 되어주고 있는데 시인으로서는 몇 가지 특징을 공유하고 있다. 우수한 시인은 독창적인 언어구사를 보여주면서 결과적으로 '부족 방언의 순화'에 기여하는 것이 보통이다. 임화는 후기 시편에서 호흡 가쁜 간결한 시행을 발명하여 뒷날 신동엽에게 의지할 만한 참조가 되어주었다는 긍정적 측면을 가지고 있다. 그러나 어휘에서나 언어 구사에서나 이렇다 할 창의성을 보여준 바가 없다. 한정된 범위의 어휘에 만족하여 그가 개발한 것은 일본인을 가리키는 '외방인' 정도다. 이상의 언어에서는 우리말의 우리말다움이 활용된 예가 거의 없어서 동시대의 다른 읽을 만한 시인과 대조를 이루고 있다. 그는 문학에서의 '구습타파'를 지향했으나 1930년대 초반에 우리에게 과연 타파해야 할 시적 관습이 있었는지는 의문이다. 그는 엄청난 양의 습작시를 남겨 놓았고 또 적지 않은 수효의 일본어 시를 남겨 놓았다. 그것은 그가 시적 성숙에 이르지 못하고 산문 쪽에서 본령을 발견하게 되었음을 시사하고 있다.

이들 두 사람이 시는 가령 일본어로 아주 쉽게 번역할 수 있고 번역을 통해서 잃어버리는 것이 거의 없을 것이다. "번역을 통해서 잃어버리는 것이야말로 시"라는 로버트 프로스트의 말은 특히 특정 경향의 현대시의 경우에 절실성을 얻는다. 강도는 다르지만 그러나 시 일반에 두루 해당되는 말인데 일어 번역을 통해 잃을 것이 없다는 것은 그만큼 시적 특징이 취약하다는 뜻이 될 것이다. 시의 제작 과정이 선행 시편과 개인의 경험을 질료로 해서 이루어진다는 것을 상기할 때 우리는 특히 일본의 프롤레타리아 시와 모더니즘 실험시가 이들에게 선행 시편 구실을 했다고 추측하게 된다. 이들은 선행시편을 이를테면 '직역' 했고 우리 시는 우리말로 이루어진다는 사실을 절실히 의식하지 못하였다고 생각된다. 이 점에 이들의 문학적 한계와 시인으로서의 근본적인 취약성이 있고 이 때문에 우리에게는 항상적인 반면 교사로 남아 있다고 해야 할 것이다.

창조적 오해에 대하여

일본문학의 연구자이자 뛰어난 번역자인 도날드 킨은 사이덴스티커와 함께 일본문학을 구미에 알리는 데 결정적인 역할을 한 사람이다. 일본문학을 공부한다고 하면 외국인이 어떻게 가령 하이쿠 같은 장르의 미묘한 특성을 이해할 수 있겠느냐며 회의와 동정이 뒤섞인 반응을 거의 예외 없이 일본인들이 보여주어 곤혹스러웠다는 경험담을 적어 놓고 있다. 그러면서 영어가 제1언어인 나라를 제외하고서는 아마 세계에서 가장 많은 영문학도를 가지고 있는 자기 나라의 현상에 대해서는 전혀 무관심하더라는 사실도 넌지시 첨가하고 있다. 미국처럼 개방적인 사회에서도 아직 대학이 유태계 교수 지망자에게 문호를 닫아놓고 있던 시절 앵글로 색슨족도 아닌데 어떻게 영문학의 오묘한 세계를 이해할 수 있겠느냐 하는 것이 반유태주의의 명분 구실을 하기도 하였다. 그런 논리로 유태계 교수 채용을 영문과에서 반대한 것이다.

언어 자원資源의 여러 미묘한 국면에 의존해야 하는 시를 이해함에 있어 모어 구사자가 유리하고 외국인이 불리하다는 것은 말할 필요도 없다. 그러나 외국인이기 때문에 이해할 수 없다는 것은 경험적 사실에 위배된다. 외국인이기 때문에 이해하기가 어렵고 그만큼 외국어 숙달을 위해 많은 노력을 기울여야 한다는 사실을 강조한 말이라고 이해하면 될 것이다. 외국인이란 불리점을 선용하여 높은 성취를 보여준 사례는 적지 않다. 또 가령 동시 통역자의 경우 어려서부터의 2개 언어 숙달자보다 통상적인 외국어 습득자가 뛰어나다는 최근의 연구 결과도 나와 있다. 매사에 노력이 중요하다는 것을 시사하고 있는 삽화이다.

영국의 동양문학 번역자로 아서 웨일리라는 이가 있다. 이백을 비롯하여 많은 중국시를 번역했고 일본의 『겐지이야기』의 부분 영역본도 1920년대에 상자하였다. 틀린 구석도 있으나 번역의 걸작으로 평가되어 있고 원문보다 훌륭하다고 실토하는 일본 문인도 있다. 그런데 웨일리는 순전히 독학으로 일본어를 습득했다는 것이고 목판본으로 된 옛 주석서 등을 참조하며 서력 기원 1000년경의 일본소설을 번역한 것이다. 걸출한 재능이요 노력이라고 하지 않을 수 없다. 오늘날 일본의 웬만한 문학작품은 고전이건 현대 것이건 구미어로 번역되지 않은 것이 없다시피 하다. 여러 가지 이유가 있지만 웨일리를 비롯한 우수한 영역자의 기여도도 만만치 않다. 우리 문학의 외국어 번역이 많이 시도되고 있는데 그것이 응분의 효과를 거두려면 재능과 노력을 겸비

한 뛰어난 외국인의 참여도 필요할 것이다.

작품 번역의 경우 외국어의 숙달 못지않게 필요한 것은 작품을 제대로 보는 안목이다. 세평이나 풍문에의 전폭적 의존만 가지고는 충분치 않다. 외국인이기 때문에 원어 독자들이 간과한 국면에 착안하여 새롭게 조명할 수도 있을 것이다. 그러는 한편 잘못 읽어서 변변치 못한 작품을 오해하는 경우도 있다. 이른바 '창조적 오해'란 것이 있을 수 있고 프랑스 상징파 시인들이 에드가 알란 포를 과대평가한 것은 그러한 사례로 흔히 거론되는 문학사의 전설이다. 외국인이기 때문에 시인으로서의 포의 취약점을 간파하지 못했지만 그들 나름대로 수용하여 상징주의 시운동의 형성력으로 변용시켰기 때문에 창조적 오해란 역설도 생겨난 것이다. 그러나 그런 사례는 희귀하다고 보아야 할 것이다.

우리 문학의 번역에 많은 기여를 한 한국 애호가의 노고에 대하여 평소 경의를 가지고 있다. 그러나 이따금 의외라고 생각되는 경우가 없지 않다. 어느 분이 전형적인 이미지즘 시편으로 김기림의 몇 편을 거론하고 번역한 것을 본 적이 있다. 그 중의 하나가 시집 『태양의 풍속』에 수록된 「물」이란 소품이다. 그 전문은 다음과 같다.

> 물은 될 수 있는대로
> 흰 돌이 퍼져있는 곳을 가려서 걸어댕깁니다.
> 조이밭 속에서 그 소리를 엿듣는
> 팔이 부서진 허수아비는
> 여기서는 오직 한사람의 시인이외다.

흰 돌이 깔려 있는 실개천과 그 옆 자락 조밭에 서 있는 허수아비의 그림을 보여 주고 있는 소박한 시편이다. 군소리가 없고 깔끔한 것은 사실이나 울림이나 감칠맛이 있는 것으로는 생각되지 않는다. 팔이 부서진 허수아비를 시인이라고 한 것도 각별한 기지나 오묘한 비유와는 거리가 멀다. 이 시편을 짤막한 '이미지즘 선언서'라고 부르고 있는데 사물만을 보여준다는 점에서 틀린 말은 아닐 것이다. 이미지즘의 사례로 설명하는 것은 자유이지만 시편 자체는 매력이 없는 너무나 범박하고 진부하기조차한 작품이다. 그 분이 거론하고 상찬한 '전형적인 이미지즘 시편'으로는 또 「연애의 단면」 「이방인」 「나의 소제부」가 있는데 그 가운데서 「나의 소제부」 전문은 다음과 같다.

> 오늘밤도 초생달은
> 산호로 판 나막신을 끌고서
> 구름의 층층계를 밟고 나려옵니다.
>
> 어서와요 정다운 소제부(掃除夫)
> 그래서 왼종일 깔앉은 띠끌을
> 내 가슴의 하상(河床)에서 말쑥하게 쓸어줘요.
> 그리고는 당신과 나 손을 잡고서
> 물결의 노래를 들으려 바다가로 나려가요
> 바다는 우리들의 유랑한 손풍금.

김기림은 회화 지향의 시인이기 때문에 이미지즘을 거론할 때 편리한 시인일지도 모른다. 그러나 위의 작품에서도 이미지만 제시하는 것이 아니라 진술과 설명이 너무 많다. 그리고 시 자체가 참신한 설득력도 비유의 적정성도 가지고 있지 못하다. 아마 '산호로 판 나막신'

이란 초승달의 은유에 매력을 느낀 탓이겠지만 다수의 공명을 얻기는 어려울 것이다. 상찬은 한국 애호가로서 한국시에 바치는 의례적 경의라고 볼 수 있고 우리로서는 고마워해야 할 것이다.

우리 작품이 많이 번역되어 외국인에게도 접근 가능해지는 것은 환영할 만한 현상이다. 그러나 외국인의 호의적인 발언이나 상찬을 과신하는 것은 자아 인식에 차질을 빚을 수가 있다. 전혀 자의적이거나 개인적인 우연에 기초한 호의적 반응이 작품의 오해에 기초할 수도 있기 때문이다. 우리 문학 전반에 대한 안목과 문학사적 맥락에 대한 이해 없이 단편적으로 이루어지는 작품 이해는 오해나 오해인 경우가 많다. 그리고 '창조적 오해'란 것은 시인작가에게나 가능한 매우 희귀한 행운인 것이다. 외국인에게 높은 평가를 받았다는 것 자체는 신용할 수 없는 경우도 많은 것이다.(2002)

2. 시론에 대하여

시론은 대개 시의 이상형을 염두에 두고 전개되는 것이 보통이다. 시와 시 아닌 것을 판별하는 성질을 개념화하고 추상화해서 시의 본질을 정의하려 든다. 그러나 이렇게 추출된 본질은 어디까지나 이론 차원의 구성물일 뿐 실제로 존재하는 구체적인 시편에 일률적으로 적용될 수는 없다. 원론적인 시론은 잡다한 현상을 포괄할 수도 대표할 수도 없다. 그것은 구상자의 시적 이상을 보여줄 뿐이다. 그럼에도 시의 본질을 설명하는 추상적 시론이 끊이지 않는 것은 잡다한 현상을 간명하게 파악해서 안도감을 얻으려는 인간정신의 경제 지향에서 나오는 것일 터이다. 가령 에밀 슈타이거가 긍정적으로 거론하고 있는 "서정적 자아의 소우주小宇宙 속에서 순간적으로 세계가 조명되는 것"이란 서정시의 정의는 매력적이고 계시적이긴 하지만 모든 서정시의 척도가 될 수는 없다. 또 낱낱의 시편을 해명하고 분석하고 평가하는데 별 도움이 되지도 않는다. 서정시의 일면을 밝혀준다는 면에서 순간적인 덧없는 설득력을 갖고 있을 뿐이다. 시의 본질을 추구하는 일반론은 회색이고 청청한 것은 구체적으로 존재하는 낱낱의 시편이다. 개개 시편의 구체적 역사적 존재의 독자성을 두루 존중하는 추상적 일반론은 있지도 않고 있을 수도 없다.

시에 대한 갖가지 이론이나 시화詩話의 명제치고 구체적인 반증反證으로부터 자유로운 것은 없다. 가령 동요와 시의 차이를 말하는 장르 이론도 실제 시편 앞에서는 무력해지고 무의미해지는 수가 많다. 기억하기 좋은 시가 좋은 시라는 명제도 마찬가지다. 좋은 시의 특징의 하나가 쉽게 기억되고 외워진다는 점에 있다는 것은 부정할 수 없다. 그러나 이러한 명제를 모든 시편에 일률적으로 적용할 수는 없다. 이런 명제에 적합한 시편이 있을 뿐이다. 그럼에도 우리가 좋은 시에 대한 일반론을 버리지 않은 것은 잡다하고 혼란스러운 현상을 일단 정리해서 이해하고 소유하고 그렇게 함으로써 혼란과 미궁 속에 서 있다는 망막함으로부터 자유로워지고 싶어서일 것이다. 그것은 처음부터 하나의 편의를 지향하는 것이다. 그리고 일정 부분 이러한 명제는 유효성을 갖게 마련이다.

시와 동시

쉽게 기억되고 외워지는 시의 원형은 아마도 짤막한 민요나 동요일 것이다. 동요는 현실의 혼돈을 반영하고 재현하고 노래하는 일을 원천적으로 거부한다는 점에서 혹종의 서정시와 유사성을 가지고 있다. 또 민요는 소박한 현실 이해나 반응을 단순하게 표출한다는 점에서 동요에 근접하는 일이 흔하다.

엄마야 누나야 강변 살자.

뜰에는 반짝이는 금모래 빛

뒷문 밖에는 갈잎의 노래

엄마야 누나야 강변 살자

　김소월의 이 작품은 쉽게 외워진다. 짧아서 쉬 기억되고 또 운율적이다. 엄마나 누나 같은 환정적인 단어가 되풀이 되면서 소박한 꿈이 노래되어 있어 누구나 쉬 공감하게 되기 때문일 것이다. 이 작품을 어떻게 불러야 할까? 동요라 할 것인가 혹은 시라고 해야 할 것인가? 그러나 그것은 부질없는 물음이다. 어린이가 화자가 되어 있어 동요나 동시로 분류하는 것이 자연스럽다. 그러나 좋은 동요는 또 좋은 시가 된다. 굳이 어린이를 위한 동시로 한정시킬 필요는 없을 것이다. 그러고 보면 동요라 할 수도 있고 그냥 어른을 위한 시라고 할 수 있는 작품들이 많다. 대개 쉬 이해되고 기억된다는 특징을 가지고 있다.

옛날 촌역(村驛)에

가랑비 왔다.

초롱불 희미한 밤

가랑비 왔다.

초롱은 종이 초롱

하얀 역(驛) 초롱

모량역(毛良驛) 세 글자

젖어 뵈는데

옛날 촌역(村驛)에

가랑비 왔다.
초롱불 희미한 밤
가랑비 왔다.

이 작품은 박목월 동요집 『초록별』에 수록된 「가랑비」란 동요의 전문이다. 알기 쉽고 어린이도 이해할 수 있고 단순한 되풀이가 끼어 있어 동요라 부르는 것이 적정해 보인다. 그러나 박목월이 시라는 이름으로 발표하고 시집에 수록한 작품에도 알기 쉬워 어린이도 이해할 수 있는 작품은 적지 않다.

대구는
백여리(百餘里)

서울은
천리

두 줄기 선로(線路)길에
해 저무는데

산비들기 구슬프듯
시계는 울고

램프에 불을 켜는
역부(驛夫)는 늙었다.

시인이 시집 속에 수록한 「간이역簡易驛」이란 작품 전문이다. 표제나 역부 같은 단어가 조금쯤 어렵게 생각될지 모르지만 어린이도 능히 이해할 수 있는 작품이다. 「가랑비」나 「간이역」이나 소재도 비슷하고 분위기도 비슷하다. 시인 자신의 규정 말고는 두 작품을 가르는 엄격한 척도나 기준은 없어 보인다. 낱말의 난이도에 대한 의식적 배려 정도가 차이점인데 초등학교 저학년이 아니라면 두 작품의 이해에 큰 장애는 없을 것이다. 이러한 사례는 박목월의 경우 적지 않게 찾아볼 수 있다. 역이나 두 줄기 선로는 시골 어린이에게 먼 곳에 대한 그리움과 여행의 꿈을 안겨주는 유년기 특유의 정서적 풍물이다. 특히 교통망의 발달이 한결 초보단계에 있던 시절에 유년기를 보낸 박목월 세대에겐 그랬을 것이다. 동일한 주재의 색다른 변주는 「축령산祝靈山 Ⅲ」에서도 찾을 수 있다.

호젓한 청평역(淸平驛)
삼등 대합실

설핏한 눈발에
해 다 저무네

차표를 안 파요
표가 없대요

서울은 백여리
길 끊어지고

앞 뒷산 눈보래
해 다 저무네.

　시와 동요 사이의 경계가 흐릿한 작품의 밀도와 농도는 견고하지도 진하지도 않다. 그러나 최상의 박목월 단시는 훨씬 더 견고하고 농도 짙은 구도를 가지고 있다. 동시와의 차이성이 엷은 작품일수록 작품의 호소력은 여리어지게 마련이다. 그러나 이러한 사정이 모든 작품에 적용되는 것은 아니다. 정지용의 「말」이 좋은 사례가 될 것이다. 이 작품은 동시라 부르는 것이 적정할 만큼 동시에 접근해 있다. "말아 다락같은 말아" 같은 첫줄이 벌써 「엄마야 누나야」 같은 동시의 발성법이다. 그러나 그렇다고 해서 이 작품의 호소력이 여리어지거나 엷어지는 것은 아니다.

말아, 다락같은 말아,
너는 점잔도 하다마는
너는 왜 그리 슬퍼 뵈니?
말아, 사람편인 말아,
검정 콩 푸렁 콩을 주마.

이 말은 누가 난 줄도 모르고
밤이면 먼데 달을 보며 잔다.

　독자를 연민과 자비의 세계로 이끄는 이 짤막한 소품은 인지의 충격을 주면서 강렬한 심리적 심정적 파장을 불러일으킨다. 모든 가축들이 실은 이산가족으로 살고 있다는 인지는 인간중심의 세계가 잔혹

한 타자성을 특징으로 하고 있다는 무자각적 사실을 상기시킨다. 그
것은 결코 사소한 일이 아니다. 정지용의 작품 중에서도 뛰어난 작품
이라 생각된다. 자기발견과 세계발견으로 이어지는 이런 작품을 동시
라 해서 가벼이 볼 수는 없다. 훨씬 쉽게 씌어진 유치환의 「귀똘이」를
읽어보자.

> 귀똘이
> 귀똘이
> 귀똘이가 타이른다
>
> 목숨은
> 목숨은
> 아껴야 하네라고
>
> 귀똘이
> 귀똘이
> 귀똘이가 타이른다

귀뚜라미 우는 소리에서 목숨의 소중함을 느끼는 것은 자유연상의
상상놀이이다. 교훈의 가락이 어른이 쓴 시임을 시사한다. 시와 동요
사이에서 어중간하게 흔들리고 있는 이 작품을 그러기 때문에 대수롭
지 않은 작품이라 할 수는 없을 것이다. 평범하지만 또 아무나 쓸 수
없는 시다. 그런가 하면 동시 흐름이기 때문에 도리어 시로서도 빛나
는 작품도 있다. 윤동주의 「새로운 길」이 한 사례가 될 것이다.

내를 건너서 숲으로
고개를 넘어서 마을로

어제도 가고 오늘도 갈
나의 길 새로운 길

민들레가 피고 까치가 날고
아가씨가 지나고 바람이 일고

나의 길은 언제나 새로운 길
오늘도… 내일도…

내를 건너서 숲으로
고개를 넘어서 마을로

청년 화자를 상기시키기는 하지만 어린이가 읽어도 이해하기 쉽다. 동요와 시 사이에 놓인 시편이고 이러한 사례는 적지 않게 발견된다. '어린이는 어른의 아버지' 란 낭만주의 시인이나 후속 정신분석의 명제를 상기하지 않더라도 동심과 시심의 유사성은 누구나 시인할 것이다. 좋은 동요나 동시가 그대로 좋은 시이기도 하다는 사실은 동시와 시의 장르 이론을 무색하게 한다. 다시 한 번 중요한 것은 구체적 존재이지 일반론이나 추상적 본질론이 아니다.

짤막한 호흡과 긴 호흡

"서정적 자아의 소우주 속에서 순간적으로 세계가 조명되는 것"이란 서정시 혹은 서정성의 정의는 짤막한 호흡의 시를 예상케 한다. 순간적인 조명은 길게 늘어진 호흡으로 이어지지 않는다. 우리는 리듬을 통해서 미를 창조하는 것이 시라고 정의한 가령 에드가 알란 포의 시론에서 짤막한 호흡의 시편이 칭송되어 있음을 보게 된다. 그는 "긴 시는 존재하지 않는다. 긴 시편이란 말은 단적으로 말의 모순에 지나지 않는다"고 적고 있다. 시는 영혼을 고양시킴으로써 흥분시킬 수 있어야 그 이름에 값하는 것인데 모든 흥분상태는 생리적으로 순간적이요 짤막하기 때문에 진정한 시는 짤막할 수밖에 없다는 것이다. 이렇게 말하는 포 자신의 작품도 우리 현대시의 일반적인 길이에 비하면 상당히 긴 시편이 많다. 그러나 어쨌건 낭만주의 시대에 와서 문학 주류로 부상한 서정시가 상대적으로 짤막한 호흡을 가지고 있다는 것은 사실이다. 짤막한 시는 위에서도 말했듯이 외기 쉽기도 하다. 그래서 짤막한 명편은 외국 시에도 우리 시에도 허다하다. 그래서 다음과 같은 윌리엄 블레이크나 워즈워스나 에밀리 디킨슨의 시편은 널리 애송되는 것이다.

오 장미여, 그대는 병들었도다!
밤 중 울부짖는
폭풍 속을 나르는
보이지 않는 벌레가

그대의 침상에서

진홍빛 기쁨을 찾아냈으니
이 캄캄하고 은밀한 사랑이
그대의 생명을 망치도다.

블레이크, 「병든 장미」 전문

하늘의 무지개를 볼 때마다
내 가슴 설레느니,
나 어린 시절에 그러했고
다 자란 오늘에도 매한가지,
쉰 예순에도 그렇지 못하다면
차라리 죽음이 나으리라.
어린이는 어른의 아버지
바라노니 나의 하루하루가
자연의 믿음에 매어지고자.

워즈워스, 「무지개」 전문

예감은 해가 진다는 것을 알리는
잔디밭의 저 긴 그림자
어둠이 막 지나간다는 것을
놀란 풀잎에 알려주는 기별.

디킨슨, 「예감은」 전문

이러한 낭만주의 시인이나 은둔자로 산 여성시인의 시편들은 보편적인 심성이나 삶의 국면을 간결하고 집약적으로 표현해서 젊은 독자들의 사랑을 받고 애송되었다. 괴테나 하이네의 서정시도 마찬가지다. 우리의 현대시인 가운데서도 독자의 기호에 따라 숭상 받고 애송되는 시인들이 많을 것이요 김소월에서 정현종에 이르기까지 다채로울 것이다. 애송되는 시편들이 대체로 호흡이 짧은 단시라는 것도 자연스러운 일일 것이다. 일본의 전통 시가인 하이쿠가 구미에서조차 널리 수용되고 있는 것도 그 첨예한 간결성 때문일 것이다. 그렇다고 그러한 단시만이 과연 시의 정수이며 요체일 것인가?

자기 자신의 경험담이 허용된다면 외기 좋은 단시 이외에도 시의 매력은 가지가지로 다채롭다. 『청록집』에 수록된 박목월의 시편을 거의 모두 암송하다시피 했으나 쉬 외워지지 않아서 더욱 매력 있는 시편도 있었다. 쉬 외워지지 않았다고 해서 끝내 기억하지 못했다는 것은 아니다. 상대적으로 뜸을 들이고 나서 외워지게 되었다는 것이다. 그 대표적인 사례가 『님의 침묵』에 나오는 「알 수 없어요」이다. 어떤 계제에 "일찍이 이승 길의 눈부신 초입에서 〈알 수 없어요〉를 통해 삶과 세계의 신비에 귀 기울이고 눈을 활짝 뜨라는 가르침을 받았습니다. 온몸이 설레는 감동이었지요"라고 말한 적이 있지만 이것은 진솔한 실토이다. 시편이 하나의 계시처럼 다가왔고 그것은 드문 경험이었다.

바람도 없는 공중에 수직의 파문을 내며 고요히 떨어지는 오동잎은 누구의 발자취입니까.

지루한 장마 끝에 서풍에 몰려가는 무서운 검은 구름의 터진 틈으로 언뜻언뜻 보이는 푸른 하늘은 누구의 얼굴입니까.

꽃도 없는 깊은 나무에 푸른 이끼를 거쳐서 옛 탑 위의 고요한 하늘을 스치는 알 수 없는 향기는 누구의 입김입니까.

의문으로 시종하는 시행이 깊은 샘에서 끊임없이 솟아오르는 샘물처럼 신비스럽게 느껴졌다. 세계의 모든 현상이 단순한 오동잎이나 푸른 하늘이나 향기로 그치는 것이 아니라 누군가의 발자취이기도 하고 누구의 얼굴이기도 하고 누구의 입김이기도 하다는 깨우침은 놀라움과 함께 무한한 외경심을 자아내게 하였다. 그러는 한편으로 현상의 배후에 있는 수수께끼를 알아내련다는 탐구의 설레임을 안겨 주었다. 시가 그리움이나 슬픔의 특권적 순간을 불멸의 순간으로 만들어 주는 마법일 뿐 아니라 인간과 세계의 철리를 시사하는 비법이기도 하다는 생각은 시라는 장르에 각별한 위엄을 안겨주기도 했다. 아쉬운 것은 『님의 침묵』에 수록된 시 전체가 '알 수 없어요'의 깊이와 높이로 이루어지지 않았다는 사실이었다. 많은 세월이 흐른 오늘에도 20세기 한국시에서 한편만 고르라면 제일 먼저 떠오르는 것이 「알 수 없어요」임을 부정하지 않을 것이다.

끊임없이 솟아오르는 샘물 같은 만해 시편과 달리 초기 혜산兮山 시편은 되풀이의 수사를 통해서 독자적인 마력을 발휘한다. 그 되풀이도 관형사에서 명사, 동사에서 대명사로 변화를 주면서 다양하게 되풀이 되어 단조함을 피하면서 흥을 돋우고 있는 것이 눈길을 끈다.

새로 푸른 동산에 금빛 새가 날러 오고, 붉은 꽃밭에 나비 꿀벌 떼가 날러들면, 너는, 아아, 그때 나와 얼마나 즐거우랴. 설게 흩어졌던 이웃들이 돌아오면, 너는 아아 그때 나와 얼마나 즐거우랴. 푸른 하늘, 푸른 하늘 아래 난만한 꽃밭에서, 꽃밭에서, 너는, 나와, 마주, 춤을 추며 즐기자. 춤을 추며, 노래하며 즐기자. 울며 즐기자.… 어서 오너라.…

「푸른 하늘 아래」에서

혜산의 되풀이의 시학은 초기작에서 효과적이지만 메마른 이미지와 관념이 주성분이 되어 있는 후기 작품에서는 상대적으로 퇴색하게 된다. 그러나 초기 시편이 보여주는 되풀이를 통한 지복至福의 도취경은 20세기 한국시의 크나큰 성취의 하나가 되어 있다.

이상에서 우리가 보아온 것은 시의 일반론이 하나의 편의로서 수용되기는 하지만 구체적인 개개 작품을 이해하고 해명하는데 별 적정성이 보이지 않는다는 것이다. 우리가 말하는 좋은 시 혹은 반복적인 감상과 음미에 값하는 시편은 각각 저마다의 방식으로 빛나고 있으며 이를 총괄적으로 정의할 수 있는 일반론이 성립하기는 어렵다. 이것을 바꾸어 말하면 몇 개의 열쇠말로 한 시인의 작품세계를 총괄해서 설명하는 것도 하나의 편의는 될지 모르지만 적정성이 희박하다는 것이다. 이론의 그물에 빠져나가는 다양한 개개 시편이 너무나 많기 때문이다. 그렇다면 모든 시론은 불필요한 것인가? 그렇지는 않을 것이다. 그것은 지도가 여행자나 현지 답사자에게 몹시 긴요하고 유용하듯이 유용한 것이다. 그러나 몇 개의 일반론으로 낱낱의 구체적 시편을 분석할 수도 해명할 수도 없고 그것을 과신할 수 없다는 것일 뿐이다.

시론이 가장 유용한 것은 이론을 표방한 시인의 실제 작품을 이해하려 할 때이다. 대개 새로운 세계를 들고 나오는 시인들은 자신의 창작 구상을 보다 분명히 하기 위해서 혹은 새로운 세계에 대한 이해에 열의가 없는 독자들을 계몽하기 위해서 이론을 표방하는 법이다. 강력한 감정이 저절로 넘쳐 나오는 것이 시라면서 일상생활의 언어를 채택했다고 말한 워즈워스, 혹은 정신분석에 기대어 잠재의식의 해방을 지향한 초현실주의 시인들이 대표적인 사례이다. 우리의 경우엔 회화지향을 통해서 근대성을 추구한 모더니스트 김기림의 비평적 노력이 그 대표적인 사례일 것이다. 워즈워스가 시집 '서문'에서 표방한 시론이나 김기림이 산발적으로 발표한 시론은 『서정담시집』과 『태양의 풍속』을 이해하는 데 아주 유용한 참고자료가 되는 것이 사실이다. 또 영국 낭만주의 시나 한국의 모더니스트 시인을 이해하는 데도 얼마간 도움이 되기는 할 것이다. 그러나 그것은 몹시 제한적인 부분에 국한될 뿐이다.

대학의 문과 인구가 늘어나면서 이른바 연구란 이름의 시인론이나 작품 연구가 무량하게 쏟아져 나오고 있다. 요즘은 외국 철학자의 명제를 열쇠말로 해서 우리 시인의 작품세계를 조명하고 분석하는 결과물들이 많이 나오고 있다. 우연히 알게 된 외국 사상가의 철저한 연구와 이해가 선행되어야 할 것이지만 실제로 그런 것 같지는 않다. 외국의 사상가도 연구대상인 우리 시인도 그저 요식행위를 위해 잠정적으로 활용되고 있을 뿐이란 느낌을 주는 경우가 많다. 이차문서의 범람 속에서 시와 시인이 문학외적 지적 체계의 한 예증과 사례로 변하는 것이 문학의 지위 격상인지 지위 격하인지는 쉬 가늠할 수 없다. 그러나 이론의 그물에 걸려 작품이 비명을 지르는 듯한 사태가 불어나는 것만은 사실인 것 같다. 모든 분야에서 비판적 절제가 필요하다는 생각을 금할 수 없다.(2009)

3. 생존의 치욕을 넘어서
―21세기에 읽는 『청록집』

고전으로서의 『청록집』

우리 문학을 공부하기 위해 현장 연구차 내한한 외국인들이 놀라는 사항이 있다. 그것은 시인의 수효가 많고 또 시집 판매고가 아주 높다는 것이다. 자기 나라에서는 도저히 상상할 수 없는 일이라고 실토하는 수가 많다. 시집이 몇만 부 혹은 몇십만 부가 나간다는 것은 상상할 수가 없다는 것이다. 사실이지 일간지日刊紙에 시를 싣는 나라는 전 세계에서 우리밖에 없을 것이다. 또 시인의 동정이 일간지에 크게 소개되는 일도 외국에선 드물다. 세계적인 시인이래야 겨우 일요판 문예 부록에 시나 시집 평이 실리는 게 고작이다. 이웃나라인 일본에서도 일반 문예지는 시를 싣지 않는다. 시집 신간평도 마찬가지요 종합잡지에서는 더더구나 그렇다. 시 전문지專門誌에서 다룰 뿐인데 이들 시 전문지의 발행부수는 극히 영세하다. 시집도 극히 적은 수효가 나갈 뿐이다. 그런 면에서 외국인들이 우리나라에서의 시와 시인의 호황好況에 놀라움을 표시하는 것은 극히 자연스럽다. 그렇지만 외관상의 호황도 자세히 살펴보면 그렇게 호화판인 것만은 아니다. 우리 사회에서의 시의 특수성을 조금 검토해 보기로 하자.

조선조 전통사회에서는 출사出仕를 위해 유학儒學 경전과 중국 역사와 중국 시를 공부했다. 시문詩文에 대한 조예는 사대부가 갖추어야할 기본 소양의 하나였다. 왕명에 따라 『두시언해杜詩諺解』를 간행한사례는 전통사회에서 시문이 차지한 위치를 잘 예증해 주고 있다. 또사대부가 시문집을 간행해서 문중이나 지음知音에 돌리는 것도 유서깊은 관행이었다. 이러한 전통사회의 시문 숭상이 은연중 잠재해 있고 그것이 외국인들을 놀라게 하는 시와 시인 성황의 한 기반이 되어있다고 할 수 있다. 한편 우리에게는 일반 독자에게 널리 읽히는 고전이 없다. 가령 독일인에게 있어서의 괴테나 하이네, 영국인에게 있어서의 셰익스피어나 워즈워스에 비견되는 고전 시가 없다. 그러니까시 독자들이 현대시인의 작품을 주로 읽게 되고 그러다 보니 상대적인호황의 외관을 가지고 있는 국면도 있을 것이다. 한편 시집이 염가 보급판의 형태로 시판되고 있다는 것도 한 이유가 될 것이다. 유럽이나미국의 경우 신작 시집은 고가의 호화판인 경우가 보통이다. 고가의호화본이 소비되고 한참 있어야 염가 보급판이 나온다. 그러니까 시집의 상대적인 헐값도 시집 호황의 한 이유가 될 것이다. 그러나 가장중요한 것은 고전시의 결여와 연관된 것이 아닌가 생각된다.

근래에 와서 우리 사이에서도 문학 정전正典이 형성되어 가는 추세가 보인다. 가령 20세기 전반前半까지의 시의 경우 김소월, 한용운, 정지용, 백석, 서정주, 이용악, 오장환, 김광균, 유치환, 윤동주, 박목월, 조지훈, 박두진 등의 이름이 정착된 느낌이요 여기에 이상화, 임화, 김영랑, 김기림, 이상, 이육사 등의 이름이 추가될 수 있을 것이다. 여기에서 우리가 말할 수 있는 것은 전쟁이 발발한 1950년까지 형성된 시

정전 중에서 『청록집』은 가장 막내에 해당된다는 것이다. 알다시피 세 시인은 일제의 한국어 배제 정책이 시작될 무렵에 시인으로 등장해서 해방 이듬해에 시집을 간행하였다. 우리말로 시를 쓴다 해도 햇볕을 보기가 어려워져간 시기에 시작에 열중하였으나 한동안 절필상태에 있다가 해방과 더불어 그들의 본령을 보여주기 시작한 것이다. 이른 바 암흑기에 씌어진 『청록집』 시편들은 우리말의 세련된 조직이라는 점에서 한 극점極點을 보여준 것이었다. 그러나 해방직후의 정치적 노 도질풍기에 『청록집』은 현실도피란 비판을 촉발시킨 것이 사실이다. 우리는 그것을 어떻게 보아야 할 것인가? 서정시 쓰기가 힘든 시대의 희귀한 서정시를 우리는 어떻게 평가하고 수용해야 할 것인가?

생존의 치욕 : 변명인가, 견디어 낼 수 있는 힘인가

꽃 피는 나무조차 공포의 그림자를 모르는 채 꽃구경의 대상이 되는 순간에 거짓말을 한다. 〈얼마나 아름다운가〉라는 죄 없는 탄성조차도 터무니없이 고약한 생존의 치욕에 대한 변명이 되기도 한다. 지금은 전 율할만한 현실을 직시하고, 그것을 견디어내고, 부정성의 온전한 의식 속에서 보다 나은 세계의 가능성에 집착하는 냉철한 시선 속에서나 아 름다움과 위안이 가까스로 존재한다. 온갖 종류의 순진함이나 충동성이 나 자유분방함은 불신하는 것이 좋다. 그러한 태도에는 우세한 현실에 대한 순응이 엿보이기 때문이다.

미국 망명 중에 씌어진 아도르노의 『미니마 모랄리아』에 나오는 윗

대목은 1944년에 쓴 것으로서 "아우슈비츠 이후 서정시는 불가능하
다"라는 유명한 말을 앞당겨 보여주는 것이다. 우리는 그의 이러한 생
각이 똑같이 인구에 회자하는 브레히트의 「서정시를 쓰기 힘든 시대」
와 사실상 맥을 같이한다는 것을 알고 있다.

> 나의 시에 운을 맞춘다면 그것은
> 내게 거의 오만처럼 생각된다.
> 꽃피는 사과나무에 대한 감동과
> 엉터리 화가에 대한 경악이
> 나의 가슴속에서 다투고 있다.
> 그러나 바로 두 번째 것이
> 나로 하여금 시를 쓰게 한다.
>
> 김광규 역

블레히트는 꽃피는 사과나무에 대한 감동의 자발적 정지를 통해서
그 감동의 표현이 거짓이 될 수밖에 없는 현대의 어처구니없는 상황과
현대인의 난경을 노래하였다. 꽃피는 사과나무의 거역할 길 없는 매
혹과 혹세무민의 폭력적 '엉터리 화가'에 대한 제어할 수 없는 분노는
그러나 하필 아도르노나 브레히트만의 것이라고 말할 수는 없다. 강
도에 있어서 다를 뿐 말짱한 의식이 그와 같아 상반되는 충동과 요구
앞에서 곤혹감을 느끼지 않는 경우는 드물 것이다. 다양한 종류의 정
치적 야만주의가 번갈아 가면서 강산을 휩쓸고 지나간 20세기 한국에
서도 사정은 다르지 않았을 터이다. 그렇지만 사랑이나 행복 뿐 아니
라 불행이나 고뇌도 외적 혹은 내적 매개를 통해서 경험하고 내면화하
는 것이 보통이다. 따라서 서정시 쓰기가 힘든 시대라는 생각을 어렴

풋이 느꼈다 하더라도 그것을 강렬히 의식하고 고뇌하는 것은 교양 체험의 결과인 경우가 많다. 이래저래 우리는 서정시 쓰기가 참으로 힘든 시대에 살고 있는 셈이다.

그러나 서정시는 과연 쓰기만 힘든 것일까? 서정시의 수용과 음미는 과연 수월한 것일까? 현대는 서정시 쓰기가 어려운 시대인 그만큼 의심과 불신의 시대이기도 하다. 가령 현대인의 교양체험에서 가장 큰 영향력으로 떠오르는 마르크스, 니체, 혹은 프로이트가 모두 '의심의 대가' 들이다. 우리가 자연스러운 소여所與라고 받아들였던 모든 것이 실은 개인들이나 공동체가 혹은 선택하고 결정한 것의 결과이고 구성물이란 것을 그들은 공통적으로 지적하고 폭로한다. 마르크스는 자본의 작동을 폭로하고 프로이트는 성의 작동을 폭로한다. 니체의 계보학은 도덕의 기원과 그 작동을 폭로한다. 한 사회학자가 사회학의 기본충동으로 거론한 폭로의 모티프는 모든 인간과학의 기본충동이 되어 있다고 해도 과언이 아니다. 외관과 실상이 다르다는 것을 간단없이 설파하는 폭로의 모티프에 향도되는 교양체험에 감염된 현대인들은 모든 것을 일단 의심과 불신의 눈초리로 바라본다. 19세기 고전소설의 과거시제의 작동이 폭로되고 역사도 허구와 사실상의 차이가 없는 것으로 폭로된다. 정치언어의 허위와 그 폐해에 항상적으로 노출되어 온 우리 사회에서 적정수준의 불신과 의심은 존명存命에 연관되는 생존기술의 하나가 되어 있다는 감회조차 안겨 준다. 이러한 상황에서 서정시의 진정성조차 의심과 불신의 대상이 되는 것은 어쩌면 자연스러운 일이다.

차운 산 바위 우에 하늘은 멀어
산새가 구슬피 울음 운다

구름 흘러가는
물길은 칠백리

나그네 긴 소매 꽃잎에 젖어
술 익는 강마을의 저녁 노을이여

이 밤 자면 저 마을에
꽃은 지리라

다정하고 한 많음도 병인 양하여
달빛 아래 고요히 흔들리며 가노니…

「완화삼(玩花杉)」

　브레히트나 아도르노를 읽고 공감한 독자들에게는 꽃구경의 대상이 되는 순간에 거짓말을 하는 꽃나무처럼 '술 익는 강마을의 저녁 노을'도 거짓말 덩어리로 비치기가 십상이다. 이 또한 '고약한 생존의 치욕에 대한 변명'이 아니냐는 감개로부터 자유롭지 못하게 되는 것이다. 그리하여 동양시의 전통 속에 배치시켜 놓고 볼 때 비로소 드러나는 「완화삼」의 빼어난 아름다움을 한편으로는 억압하면서 한편으로는 그것에 대해 자발적으로 눈멀어 버리는 것이다. 동양시의 전통 속에 앉혀놓고 볼 때 이 작품은 해묵은 소재 처리와 인생태도의 되풀이의 하나로서 근접해 온다. 거기에는 삶에 대한 도전적인 관점도 시에 대한 방법적 회의도 찾아볼 수 없다. 그러나 바로 그러한 편안한 자세 속에서 우리는 결코 새로운 것이 아닌 전통적 심성과 일상으로부터의 탈출 요구가 토박이 일상어의 세련된 조직을 통해서 빼어난 아름다움을 마련해 놓고 있음을 알게 된다.

직업적 필요에서 얼마쯤 떨어져 있는 순종의 나그네는 의식하건 안 하건 낯선 새 풍물과 경치와 지리의 순례자이며 편력자다. 그는 한 지점에 구속되어 있지 않으며 마음먹은 대로 걸음과 자리를 옮긴다. 그 점에서 그는 낯선 새 풍경과 경험의 돈 후안이다. 이 꽃에서 저 꽃으로 옮아 다니는 나비와 같고 그런 의미에서 심미적 인생 태도의 원형이기도 하다. 여행을 뜻하는 서구어의 옛 뜻에 고역이라는 뜻이 들어 있다는 사실이 시사하듯이 여행은 금리생활자들의 관광처럼 속 편한 것만은 아니다. 그럼에도 불구하고 고생스러운 여행과 나그네가 보편적인 심성에 호소하는 것은 일상의 권태로부터의 탈출과 해방의 이미지를 대동하고 있기 때문일 것이다. 술익는 강마을의 저녁 노을은 '고약한 생존의 치욕에 대한 변명'이기도 하지만 한편으로는 그 치욕으로부터의 자발적 잠정적 탈출의 계기가 되기도 한다. 그리고 그것은 결코 가볍고 소소한 일은 아니다. 직업적 나그네와는 달리 보통 사람들은 일상생활에 참여하고 잔류하면서도 해방의 순간을 간접 경험하는 것이다. 인간의 난경은 술익는 강마을의 저녁노을을 생존의 치욕을 견디게 할 수 있는 잠정적이나 지극한 매혹으로 만들어 주기도 하는 것이다.

그러한 맥락에서 죽음의 수용소에서 살아남은 생존자의 생생한 증언에 귀기울여 보는 것도 의미 있는 일일 것이다. 누이 한사람을 빼고 부모, 형, 아내 등 전 가족이 수용소에서 희생되었고 그나마 정신과 의사라는 직업 때문에 유대인 강제수용소에서 살아남은 빅톨 프랭클은 『인간의 의미 탐구』란 책에서 적고 있다. 배고픔과 굴욕, 공포와 부정의에 대한 분노에도 불구하고 그나마 삶을 견디어내게 한 것은 사랑하는 사람들의 이미지, 종교, 섬뜩한 유머 감각, 그리고 흘낏 눈에 들어오는 나무나 일몰과 같은 자연의 일별이었다고 한다. 다시 말해서 극한상황 속에서 '술익는 강마을의 저녁노을'은 그것만으로도 삶을 견디어낼 수 있는 힘이 되어주는 것이다. 현실도피란 포괄적인 상투어구는 무책임한 방언이나 무의미한 공격성 언어일 수도 있는 것이다.

인류의 미래와 세계의 향방에 대해서 배타적으로 관심하는 거대담론의 관점에서 볼 때 가령 서정시의 세계는 하찮게 보일 수도 있다. 인류와 세계의 미래에 대해서 비관적인 전망이 불가피해 보일 때 특권적 순간에 따라서 일희일비하는 서정시는 무한히 가볍고 작아 보인다. 개인적 차원에서 볼 때 개개 인간의 거대서사는 우연한 탄생과 불가피한 죽음으로 구성되고 탕진된다. 그 거대서사의 윤곽만을 의식할 때 우리 삶의 구체와 세목은 하찮고 소소한 것이 되어버린다. 탄생의 우연에서 시작해서 불가피한 종언으로 귀결되는 서사 윤곽의 잠정적 망각이나 의식으로부터의 탈출 없이 우리의 일상생활은 영위될 수 없다. 우리는 종언이 없는 서사를 가정하면서 그러한 가정법 아래 하루하루를 뜻 깊은 것으로 만들어가며 의미를 찾아서 삶을 견디어낸다. 우리는 그러한 가정법을 결코 허망한 자기기만이라고 치부하지도 않는다. 그럴 수는 없는 것이다.

확실히 우리는 서정시를 쓰기 힘든 시대에 살고 있으며 서정시가 하찮아 보이는 시대에 살고 있다. 그러나 거대서사의 자발적 잠정적 망각을 통해서 우리의 일상을 살아가듯이 우리는 서정시를 위해 코울리지와는 다른 뜻으로 의심과 불신의 자발적 정지를 통해 해방과 탈출의 특권적 순간을 누릴 수 있다. 서정시 쓰기가 힘든 시대라는 것은 역설적으로 서정시가 가장 절실히 요구되는 시대이기도 하다. '모든 것에도 불구하고 삶은 괜찮은 것'이라는 쉴러의 말이 이제는 바보 같은 소리가 되었다고 아도르노는 정당하게 지적하고 있다. 그러나 그것은 죽음의 위협이 초급하지 않은 상황 속에서의 여유 있는 발언이다. 죽음의 수용소 속에서였다면 그런 말은 나오지 않았을 것이다. 다시 한번 서정시가 쓰기 힘든 시대는 절실히 그것을 필요로 하는 시대이다. 그것을 열렬히 의식하는 것이야말로 시인의 의무일 것이다. 따지고 보면 서정시 쓰기가 힘들지 않은 태평연월이 언제 어디에 어떻게 있었던가?

『청록집』의 전언

위에 적은 바와 같은 대전제를 놓고 볼 때 『청록집』이 21세기의 우리에게 건네주는 전언이 있다면 무엇을 들을 수 있을 것인가? 생각나는 대로 몇 가지만 검토해보기로 하자. 우선 세 시인이 모두 언어 조탁에 힘써서 높은 서정적 성취를 이루었다는 것을 지적해야 할 것이다. 그 보기를 우선 박목월을 통해 엿보기로 하자. 「삼월三月」이란 작품은 종연이 세 번이나 바뀌었다. 운율과 언어 조탁에 기울인 정성은 언어의 남용이 심한 우리 시대에 하나의 질타가 되어주리라 생각한다.

방초봉(芳草峰) 한나절
고운 암노루

아랫 마을 골짝에
홀로 와서

흐르는 냇물에
목을 추기고

흐르는 구름에
눈을 씻고

(열두 고개 넘어가는
타는 아지랑이)

「삼월(三月)」

(낡은 청석(靑石) 바위
 피는 돌옷)

「초출(初出)」

(하얗게 떠가는
낮달을 보네)

「산도화(山桃花)」

　그런가 하면 1940년대에 조지훈의 「봉황수鳳凰愁」 같은 작품이 씌어지고 발표되었다는 것은 제대로 음미되지 못하였다. 그것은 분명히 망국亡國의 회포를 격조 높게 노래한 지사비추志士悲秋의 애국시편이다. 왕조 사대부의 관점이 엿보이는 것은 사실이나 당시의 지식인으로서 당연히 가질 수 있는 감회이다. 또 지사 시인으로서의 조지훈의 참모습이 잘 드러나 있는 시편이기도 하다. 이 작품은 『문장』에 추천작으로서 게재되었다. 그 『문장』지는 당시 신년호 권두에 일본 천황이 살고 있던 거처로 들어가는 이중교二重橋의 사진을 실었다. 그것은 당시의 정책을 따른 것으로서 잡지가 나오기 위해서는 불가피하게 치러야 할 통과세요 영업세였다. 그러는 한편으로 「봉황수」 같은 망국의 회포를 토로한 시편을 싣기도 하였다. 일종의 면종복배의 방식이기도 하지만 우리 문학은 그러한 곤혹스러운 상황에서 발전해 온 것이다. 당시의 상황에 대한 구체적 실감을 갖지 못한 사람들이 일황이나 그 거처 사진 실은 것을 두고 친일 운운하는 것은 몰라도 한참 모르는 처사이다. 우리는 「봉황수」 같은 서정시 쓰기 힘든 시대에 나온 격조 높은 서정시를 음미하면서 서정시의 의미를 다시 새기고 동시에 선인에 대한 응분의 경의를 표해야 마땅할 것이다. 문화실천이란 이렇게 어렵고도 값진 것이다.

벌레 먹은 두리기둥 빛 낡은 단청 풍경소리 날러간 추녀 끝에는 산새도 비둘기도 둥주리를 마구 쳤다. 큰 나라 섬기던 거미줄친 옥좌 위엔 여의주 희롱하는 쌍룡 대신에 두 마리 봉황새를 틀어 올렸다. 어느 땐들 봉황이 울었으랴만 푸르른 하늘밑 추석을 밟고 가는 나의 그림자 패옥(佩玉) 소리도 없었다. 품석(品石) 옆에서 정일품(正一品) 종구품(從九品) 어느 줄에도 나의 몸둘 곳은 바이없었다. 눈물이 속된 줄을 모를 양이면 봉황새야 구천(九天)에 호곡(號哭)하리라.

「봉황수(鳳凰愁)」

자연에 대한 친화적 태도는 전통사회에서 보편적 현상이었다. 도시화되기 이전의 우리 고향은 그 자체가 자연의 일부요 연장으로서 경계가 분명치 않았다. 도시가 자연과는 대립적 구도로 존재하는 오늘 우리는 자연과의 격리를 통해서 도리어 안전과 안정을 경험한다. 그러

나 그것은 우리의 일상을 얼마쯤 척박하게 하고 건조하게 한다. 그래
서 우리는 나무를 심고 꽃을 가꾸어서 멀어진 자연을 회복하려 시도한
다. 『청록집』에는 우리의 거주공간과 자연이 격리되지 않았던 시절에
대한 관조와 추억이 보인다. 그것은 마음 평화의 기호이기도 하다.

송화가루 날리는
외딴 봉우리

윤사월 해 길다
꾀꼬리 울면

산직이 외딴 집
눈먼 처녀사

문설주에 귀 대이고
엿듣고 있다

「윤사월」

닫힌 사립에
꽃잎이 떨리노니

구름에 싸인 집이
물소리도 스미노라.

단비 맞고 난초 잎은

새삼 치운데

볕바른 미닫이를
꿀벌이 스쳐간다.

「산방(山房)에서」

자연에 대한 경도가 한결 짙은 박두진의 시편에서 자연과 격리되지 않은 고향의 유년시절은 그대로 낙원의 이미지로 재구성된다. 자연과 고향과 유년은 분리되지 않은 전체로서 행복체험의 예감이 된다. 이것은 근대 도시인들이 느낄 수 없는 이방적 경험일 것이다. 자연과 격리됨으로써 우리는 사실은 행복체험과 멀어진 것인지도 모른다. 여기서 되풀이를 통해 환기되는 '옛날'은 단순히 복고적인 것이 아니고 행복의 예감이요 선취이다.

복사꽃 피고, 살구꽃 피는 곳, 너와 나와 뛰놀며 자라난 푸른 보리밭에 남풍은 불고 젖빛 구름 보오얀 구름속에 종달새는 운다. 기름진 냉이꽃 향기로운 언덕, 여기 푸른 잔디밭에 누어서, 철이야 너는 너는 늴 늴 늴 가락 맞춰 풀피리나 불고, 나는, 나는, 두둥싯 두둥실 봉새춤 추며, 막쇠와, 돌이와, 복술이랑 함께, 우리, 우리, 옛날을 옛날을, 딩굴어 보자.

「어서 너는 오너라」

『청록집』의 시인들이 의식했건 안 했건 거기 보이는 고향과 자연과 행복의 비분리는 자연훼손의 생태적 위기에 대한 하나의 암묵적 반론이 되어 있다. 그러한 면에서도 고전으로서의 『청록집』은 새로이 또 중층적으로 음미되어야 할 것이다. 타고르는 『길 잃은 새』라는 아포리즘 시집에서 다음과 같은 대목을 보여주고 있다.

> 대지여, 나는 나그네로 그대 땅에 들렸고
> 손님으로 그대 집안에서 살았고
> 친구로 그대의 문간을 떠나노라

　이것은 『청록집』의 시인들이 공유했던 자연관이기도 하였다. 손님으로 사는 우리는 자연과 대지를 소중히 여기며 아껴야 하리라. 그리고 친구로 문간을 떠나야 하리라. 손님으로서 우리는 주인집을 훼손해서는 안 되리라. 동양 전통의 모든 자연시편이 은연중 시사하는 전언을 『청록집』 또한 공유하고 있으며 우리는 그 의미를 다시 음미해야 할 것이다. (2006년)

4. 이데아의 음악과 이미지의 음악
– 김춘수의 시세계

대여 김춘수大餘 金春洙는 김수영과 함께 해방 후에 등장한 시인 중 첫 세대로서 독자적이고 매혹적인 시 세계로 우리 현대시사에 특출하게 기여한 바 있다. 한 살 터울인 김수영과 김춘수는 여러 가지 면에서 대척적인 지점에 서 있었다. 시적 호흡이 길었던 김수영이 언어 구사 면에서 분방하고 활달하면서 때로 거칠고 투박하기까지 한 반면 소품적 완성을 추구했던 김춘수는 극히 소심하게 섬세함과 세련됨을 보여주었다. 김수영이 역사와 사회 현실에 대해 그야말로 온몸으로 밀고 가면서 육성으로 대처한 데 반해서 김춘수는 사회 현실에서 몇 발짝 물러서 있으면서 때로는 역사에 대해 적극적인 적의마저 보여주었다. 김수영의 개성이 산문에서 도리어 빛나고 그것이 그의 시를 더욱 돋보이게 한 반면 김춘수의 산문은 시의 기술적 측면을 다루어 기개가 부족한 탓인지 자신의 시를 돋보이게 하는 데 별 기여를 하지 못했다. 김수영이 예언자적 지식인의 풍모마저 띠면서 사회적으로 폭넓은 숭상의 대상이 된 데 반하여 김춘수는 극히 한정된 그러나 열성적인 문학적 추종자를 가지고 있었다. 김수영이 40대 후반에 세상을 떠서 안타까운 미완성이라는 감개를 안겨주는 데 반해서 김춘수는 천수와 시력 60년을 누리면서 시적 노력을 계속하여 왔다. 이제 쌍벽으로 연상되곤 했던 두 시인이 모두 가버린 오늘 우리 시단은 그만큼 그늘지고 적막해졌다고 할 수밖에 없다. 그러나 언어 예술가란 자각이 투철했고 스스로 설정한 시적 기획을 극한까지 몰고 간 김춘수의 업적이 그 나름의 장관을 이루고 있다는 사실을 앞으로의 문학사는 기록하게 될 것이다.

서정과 이데아의 조화

김춘수는 수많은 시집을 냈는데 1994년 11월에 나온 민음사 판 『김춘수 시전집金春洙 詩全集』은 시론을 빼고 496쪽이 된다. 그런데 2004년 1월에 나온 현대문학사 판 『김춘수 시전집』은 1천 143쪽이 된다. 만 10년이 안 되는 사이에 시집의 두께가 두 곱으로 불어난 것이다. 다시 말해서 김춘수는 70대가 되어서 그때까지 써온 시편보다 더 많은 작품을 생산해낸 것이다. 이것은 그 자체로서 놀라운 사실이지만 1천 쪽이 넘는 시 전집을 냄으로써 그는 미당과 나란히 가장 많은 작품량을 보여준 현대 시인임을 입증한 셈이다. 1948년에 나온 첫 시집 『구름과 장미』에서 우리가 발견하는 것은 이데아란 임자를 제대로 만나지 못한 섬세한 말놀이와 말 다듬기 성향이다.

어둑한 거리를
꼭 한 사람 삼십 세의 여자가 지나간다

내가 잊어버린 아득한 날을
그 여자는 울며 간다

뉘가 올간을 울리고 있다
사라질 듯 질 듯
하염없이 뉘가 올간을 울리고 있다

「황혼」에서

황혼에 들리는 오르간 소리에서 잊어버린 날을 생각하게 된다는 모
티프는 단순하고 그 소도구도 아주 낯익은 것이다. 그러나 소품으로
서의 밀도나 울림은 아주 허약해서 습작기의 소산이란 것이 분명해 보
인다. 사실 1940년대 후반의 시적 노력에 대해서 시인 자신도 "선배시
인들의 시를 모범으로 트레이닝을 하고 있었다는 것이 적절한 표현이
되리라"고 술회하고 있다. 첫 시집엔 청마 유치환의 서문이 보이고 또
간혹 청마의 영향이라고 생각되는 대목이 눈에 뜨이는 것도 사실이
다. 그러나 청마 시의 특징이 되다시피한 생경한 일제 한자어의 사용
은 사뭇 억제되어 있다. 그런 맥락에서 이 시기의 김춘수에게 모범이
되어준 선행시인은 정지용이라 생각된다. 감정의 절제와 적정한 어휘
선택에도 불구하고 이데아 쪽이 단단하지 못한 이 시기 김춘수 시의
두드러진 특징은 모국어의 시적 가능성에 대한 세심하고 단정한 탐구
이다. 그것은 정지용의 긍정적 수용에서 오는 것이라고 생각할 수 있
으며 「푸서리」 같은 작품은 그의 직접적 영향 아래서 씌어진 것이라
할 수 있다. 『구름과 장미』라는 시집의 표제어에 대해서 김춘수 자신
은 뒷날 구름이 우리에게 아주 낯익은 말임에 반해서 장미가 낯선 말
임을 상기시키고 있다. 토박이말과 외래 귀화어歸化語 사이의 불가피

한 긴장이나 있을 수 있는 불협화음에 대한 시인의 자의식이 잘 드러나는 말이다. 모국어의 시적 가능성을 탐구하면서 그는 토박이말이 갖는 정서적 호소력과 서정적 유연성 그리고 낯선 귀화어가 갖는 생소함과 근대성의 양면적 매력을 실천적으로 체득하게 되었다고 생각된다.

제2시집 『늪』에서 그는 첫 시집 시절의 자기 훈련 단계에서 한 걸음 더 나아가 서정과 이데아의 조화를 추구하게 된다. 언뜻 감상적으로 보이는 소품에서도 그는 특유의 이데아를 지향한다. 우리는 이 시집을 통틀어 가장 성공한 작품의 하나인 「부재」를 통해서 그것을 검토하고 정의할 수 있을 것이다.

어쩌다 바람이라도 와 흔들면
울타리는
슬픈 소리로 울었다.

맨드라미 나팔꽃, 봉숭아 같은 것
철마다 피곤
소리없이 져 버렸다.

차운 한겨울에도
외롭게 햇살은
청석(靑石) 섬돌 위에서
낮잠을 졸다 갔다.

할일없이 세월은 흘러만 가고

꿈결같이 사람들은

살다 죽었다.

「부재(不在)」 전문

　이 작품이 떠올리는 것은 우리의 조국이 산업화되고 도시화되기 이전 거의 모든 한국 사람들의 고향이었던 시골의 정경이다. 거기 우리들이 살았던 옛 집 같은 집이 있다. 아마도 울타리로 칸막이를 한 초가집일 것이다. 이따금 바람이 불어와 흔들면 울타리는 슬픈 소리를 내며 운다. '운다'는 말이 나온다고 해서 굳이 감상적이라고 탓할 필요는 없다. 우리 조상들은 '까치가 운다' 하고 '뻐꾸기가 운다'고 했다. 겨울밤에는 '문풍지가 운다'고 했다. 울타리가 슬픈 소리로 우는 것은 옛 겨울의 항상적인 정경이기도 하였다. 이 시골집의 마당에는 맨드라미, 나팔꽃, 봉숭아 같은 것이 피고 지고 한다. 그것은 장미나 튤립 같은 몇몇 귀화식물처럼 화려하거나 야단스럽지 않다. 집주인처럼 소박하고 소탈하여 그 집에 어울린다. 섬돌은 돌층계의 디딤돌을 가리키기도 하고 사람들이 딛고 다니는 돌을 가리키기도 한다. 청석은 푸르스름한 빛깔의 돌을 두루 가리킨다. 추운 한겨울에도 햇살이 섬돌 위에 비치는데 그 속에서 사람들은 살다가 죽는다.

　「부재」는 한없이 고요한 시다. 사람들의 살림 모습이나 활동하는 모습이 보이지 않는다. 그저 꿈결같이 살다 죽을 뿐이고 그런 의미에서 철마다 피었다 저버리는 맨드라미, 나팔꽃, 봉숭아 같은 화초와 연속성을 보이며 대칭관계를 이루고 있다. 울타리 우는 소리는 이 고요를 깨트리지 않으며 그 슬픈 소리로 고요를 강조할 뿐이다. 낮잠을 졸다 가버리는 겨울 햇살도 작품의 주조인 고요에 기여한다. 이 정적인 작품이 고요한 것은 또 세월이 하릴없이 흘러가기 때문이요 사람들의 일생이 삶과 죽음으로 극히 단순화되어 요약되어 있기 때문이다.

작품은 집이나 마을에서 사는 사람들의 시점이 아니라 위쪽에서 혹은 한옆에서 바라보는 초월적 관조자의 시점으로 모든 것을 포착하고 서술하고 있다. 그러한 의미에서 이 시의 화자는 초월적 관찰자요 고요와 정적인 것의 주조도 바로 그와 같은 화자의 성격에서 온다. 정말 '하릴없이 세월은 흘러만' 가는 것일까? 사회와 역사에 휩쓸리어 살아가는 사람들에게 세월은 하릴없이 흘러만 가는 것은 아니다. 사람들이 '꿈결같이 살다 죽' 는 것도 아니다. 그러나 아주 긴 눈으로 이를테면 영원이라는 국면에서 시간과 인간을 관조한다면 초월적 작품 화자의 시점도 정당화될 수 있다. 이 작품을 그러한 관점에서 읽어본다면 기막힌 진정성을 발견하고 공감하게 될 것이다. 그 동양적 적멸의 경지가 은은한 슬픔을 자아내는 아름다운 시편이다.

이 시의 표제는 '부재' 이다. 그렇다면 무엇의 부재인가? 울타리와 화초와 섬돌은 있는데 정작 집과 집주인의 모습은 보이지 않는다. 그것을 의미하는 것인지도 모른다. 인간 부재와 주인 부재를 의미할지도 모른다. 또 자연의 주인 없음을 의미하는 것인지도 모른다. 하릴없이 흘러가는 세월에 무슨 의미가 있는 것일까? 꿈결같이 살다 죽는 사람들의 삶과 죽음에는 또 무슨 의미가 있는 것일까? 그 의미의 부재를 뜻하는 것인지도 모른다. 적멸이란 무엇인가? 그 해답의 부재를 의미하는 것인지도 모른다. 그리고 이 모든 것을 의미하는 것인지도 모른다. 뛰어난 문학작품은 표제만으로도 걸작인 경우가 많은데 이 작품은 표제 자체가 수작의 기표가 되고 있다. 중국 시에서 말하는 기승전결起承轉結이 뚜렷하고 언뜻 예사로워 보이지만 정교하게 구성된 작품이기도 하다. 소리와 뜻이 조화를 이루어 소품인대로 그 나름의 완벽한 작품이라 해도 지나치지 않는다. 완벽성이란 사람들이 머리속에나 있는 것이어서 그 성질을 구체적으로 적시하기는 어렵지만 일단 동원된 낱말들이 빈틈없이 제자리에 놓여 있어 한 자라도 바꿔놓기가 어려울 경우 우리는 완벽하다는 느낌을 받게 마련이다. 이 작품에서 낱말의 자리를 옮겨놓거나 다른 말로 대체한다면 작품이 지니고 있는 최상의 질서는 무너지고 말 것이다.

이 작품은 언뜻 청록파 시인. 가령 박목월의 향토색 짙은 시편을 연상케 한다. 적어도 제3연을 읽을 때까지는 그러하다. 그러나 마지막 연에 이르면 그러한 연상이 허황된 것임을 깨닫게 된다. 향토색 짙은 시골집의 정경이 끝나면서 드러나는 초월적 화자의 논평은 박목월의 것일 수 없고 갈데 없는 김춘수의 것임이 분명해지기 때문이다. 인간과 시간과 세계에 대한 명상과 감개는 소박한 대로 시인이 추구하는 서정과 이데아가 조화롭게 공존하는 경지를 보여주는데 그것은 이 시기 김춘수의 우리 시에 대한 개성적인 기여임에 틀림이 없다. 시집 『늪』에는 이 밖에도 「하늘」 「가을 저녁의 시」 「밤」 「늪」 「네가 가던 그 날은」 「비탈」 같은 순정 서정시편을 포함하고 있다. 모두 순도 높은 서정시편이지만 모두 음률성에서 고른 음악성을 확보하고 있다. 가령 「네가 가던 그 날은」 같은 작품에서 제목과 같은 대목이 세 번 반복된다. 이와 같은 되풀이는 작품의 음악성의 원천이 되어 있다.

네가 가던 그 날은
나의 가슴이
가녀린 풀잎처럼 설레이었다

하늘은 그린 듯이 더욱 푸르고
네가 가던 그 날은

가을이 가지 끝에 울고 있었다

「네가 가던 그 날은」에서

윗 대목의 음률성을 어떻게 규정할 것인가 하는 것은 사람에 따라서 다를 수 있다. 일부에서 주장하는 음보 개념도 하나의 척도가 될 수 있을 것이다. 그러나 훨씬 비근하고 직접적인 음수율로 접근하는 것도 하나의 방법이 될 것이다. 그럴 때 4. 3/ 5 /3. 4. 5/ 및 3. 4. 5/ 4. 3/ 3. 4. 5/의 음수 패턴을 쉽게 발견할 수 있다. 매우 음률적이고 기억 촉진적이다. 그래서 아마 가장 외기 쉬운 시임이 드러난다. 어쨌거나 매우 음률적이란 것이 시집 『늪』 수록 시편들의 공통적인 특장이다. 그리고 대상은 시인의 감수성을 통해 전혀 낯선 풍모로 드러난다. 가령 누구의 눈에나 자명한 풍경의 일환으로 비치는 비탈이 전혀 낯선 이미지로 제시된다. 여름에도 풀 한 잎 자라게 하지 않고 겨울이면 가슴 파헤치며 패악하고 달밤에는 눈을 부릅뜨고 있는 것으로 그려진 비탈은 시인의 감정이입을 통해서 낯선 생물체로 살아난다. 여기서도 음률성과 개성적인 풍경 파악이 조화롭게 어우러져 있다. 각 연의 마지막 시행의 반복적 동일성과 변주도 시인의 섬세한 형태에의 의지를 보여준다.

풀 한 잎
패랭이 한 송이를 발 붙이지 않고
올올히 말라 가던
네 심정을 알겠다

뼈를 깎는

설달 한천(寒天)에

가슴 파 헤치며 미칠 듯 패악하던

네 그 심정을 알겠다

그리고 오늘밤

무섭고도 은은한 달빛을 이고

저리도 두 눈을 흽뜨고 있는

네 심정을 나는 알겠다

「비탈」 전문

이데아의 음악

『늪』 이후 시집 『기旗』『인인隣人』에서 시인이 추구한 것은 감정의 표피를 넘어선 깊이에의 추구였다. 그것은 우리 시에서 생소한 관념이나 철학으로의 지향이고 시집의 표제 자체가 그것을 시사한다. 당시 그가 모색한 것은 사소한 일상이나 비근한 주변 현상에서 그 나름의 인생론적 의미를 찾는 일이었다. 그러한 맥락에서 '한스 카롯사에게' 란 부제가 달린 시편은 시사하는 바가 많다.

당신은 비장한 운명의 의사였습니다

만물의 가장 어두운 곳에 꿈틀거리는 무수한 병균들을 당신은 그 크낙한 당신의 애정 속에 삼켜 버렸습니다

「이 끝없는 헌신과 신뢰」

당신의 눈짓은 이상한 치유력에 빛나고 있었습니다.
상쾌한 오전의 산령이었습니다.

「오전의 산령에서」

김춘수는 그 무렵 『의사 기옹』을 읽고 감격해서 독후감 에세이를 쓴
적이 있다. 그는 카롯사가 작품에서 보여준 인간에의 신뢰와 헌신에
감동하고 거기서 전범을 찾으려 했던 것으로 보인다. 당연히 그는 문
학이 가지고 있는 치유력에 주목하였고 자신의 작품에서도 인간신뢰
를 지향하면서 이를 통한 치유력을 구현하려 하였다. 이 시기의 영향
력이었던 릴케에 관해서는 널리 알려져 있지만 시편 「기」에 공공연히
토로되어 있다. 이 무렵의 김춘수의 시적 태도는 다음과 같은 대목에
잘 드러나 있다.

느낀다는 것. 그것은 또 하나 다른 눈.
눈물겨운 일이다.

「갈대」에서

그리스 말 이데아는 본시 '본다' 는 말에서 나왔다고 한다. 보는 것
이 생각과 연결되어 결국 이데아란 말이 생겨났다. 그런데 김춘수는
느끼는 것과 보는 것이 같다고 말한다. 다시 말해서 느낌이 이데아의
근원이라는 것이다. 서정시의 기반이 곧 사상의 기초라는 것이다. 이
것을 더 부연하면 서정시가 곧 사상시이며 또 사상시가 되어야 한다는
것이다. 김춘수가 의식했건 안 했건 그의 시는 그러한 기반 위에서 씌
어지고 발전해 갔다고 말할 수 있다. 깊이와 이데아의 추구가 이 무렵

제2부 시론과 시인론　223

산문시의 형태로 드러나고 있음을 우리는 주목하게 된다. 앞서 본 「갈대」 「기」 「오전의 산령」을 위시해서 「집」 「호수」 등의 시가 모두 산문시임을 스스럼없이 드러내 놓고 있다. 관념이나 이데아의 중시가 음률성의 희생 위에 서 있는 셈이다. 이러한 경향은 이미 『늪』에 수록된 「산악」 「담潭」 「혼」 「사蛇」에서도 발견되지만 시집 『인인隣人』 수록 시편에서 더욱 두드러진다. 그리고 산문시 흐름의 작품은 다시 시집 『꽃의 소묘』에서도 다수 발견된다. 그러나 처음부터 음율성과 이데아의 조화를 중시했던 시인에게 있어 그것은 하나의 일탈적인 실험 단계였다고 생각된다. 김춘수의 중기 대표작들은 다시 음률성과 이데아가 조화로운 공존을 성취하고 있는데 그것은 이데아의 음악이라고 요약할 수 있을 것이다. 가장 널리 알려져 대표작으로 꼽히다시피 된 「꽃」이 그 점을 잘 보여주고 있지만 여기서는 비슷한 무렵의 덜 알려진 소작을 보기로 한다. 「꽃」에 대해서는 호기심이 탕진될 만큼 응분의 논평이 가해졌고 가급적이면 구석에 있는 시편을 조명하기 위해서다.

모든 것을 바치고도
왜 나중에는
이 찢어지는 아픔만을
가져야 하는가.

네가 네 스스로에 보내는
이별의
이 안타까운 눈짓만을 가져야 하는가

「분수」에서

발돋음 하듯 온힘을 다해서 위로 솟구쳤다가 갈라져 떨어지며 마침내 산산히 부서져 흩어지는 분수에서 시인은 모든 것을 바치고도 찢어지고 마는 아픔을 본다. 그리고 부서져 흩어지는 물을 두고 그것을 스스로에게 보내는 이별의 안타까운 눈짓이라고 부른다. 분수 현상을 관찰하고 그것을 의인화하여 인간사로 노래하고 있지만 어떤 우의적 전언을 시도하고 있는 것은 아니다. 분수에서 인간적 의미를 읽어내고 그것을 매우 섬세하고 음률적인 언어로 표현하고 있음을 보게 된다. 이데아의 음악을 지향한 이 시기의 김춘수는 가끔 사회 현실에 대해서도 눈길을 보낸다. 「부다페스트에서의 소녀의 죽음」은 현실 사건에서 취재한 예외적인 작품이지만 고향 청년들의 실의와 무기력을 이렇게 노래하기도 한다.

유서 깊은 아궁이에 어머니가 지피는 불은

아직도 따뜻하고 아직도 순수하지만

이 고장의 젊은이들은 마음이 시들하다

「귀향」에서

이 무렵의 김춘수는 아직도 시에서 이데아를 배제한다는 생각을 하지 않는다. 이데아의 음악은 여전히 그의 시적 이상이다. 시집 『타령조 기타』에 대해 시인 자신은 '언롱言弄'의 훈련을 도모했다고 겸손해 한다. 그러나 음률성을 통해서 비로소 드러나는 이데아 혹은 이데아와 안팎을 이루면서 설레는 음률성에의 지향을 그는 고수하고 있다. 타령조란 표제 자체가 기층적 소리 지향을 숨기지 않고 있으며 연작들은 한결같이 음률성이란 면에서 세심하게 조성되어 있다

저

머나먼 홍모인(紅毛人)의 도시

비엔나로 갈까나

프로이드 박사를 찾아 갈까나.

……

나마사박다니. 내 사랑은

먼지가 되었는가 티끌이 되었는가.

굴러가는 역사의

차바퀴를 더럽히는 지린내가 되었는가

구린내가 되었는가.

「타령조 2」에서

시인은 프로이트에 대한 지적 호기심을 희롱조로 이렇게 노래한다. 한편 역사의 차바퀴를 더럽히는 구린내밖에 되지 못하는 자기 사랑이 썩어서 과목들의 거름이나 되었으면 하는 소회를 역시 희롱조로 적고 있다. '사랑' 이란 말의 다의성을 어떻게 수용하고 택하느냐 하는 것은 독자들의 몫이다. 우리가 확인하게 되는 것은 여기 전개되어 있는 시인의 의식과 지향의 내면극이다. 그 내면극의 이모저모가 연작 속에 희롱조로 전개되는데 우리는 그 내면극이 점차로 일상 속의 하찮은 대상과 의식을 두고 회전하게 됨을 보게 된다. 경박한 유행을 따르는 여성을 두고 혹은 그로테스크한 육체 훼손의 민담을 두고 회전하기도 한다. 생경한 한자어가 과도하게 나오는 청마 흐름의 관념시에 일정한 거리감을 가졌던 김춘수는 친숙하고 유연한 일상어나 토박이말로 음률성 조성에 주력하지만 그 사이 이데아와 멀어지고 언어 희롱 쪽으로 흐르는 자신을 발견하게 되었을 것이다. 음률성의 확보가 이데아의 빈약이란 상실을 초래하는 것은 비단 김춘수 뿐 아니라 우리 20세기 시의 곳곳에서 발견된다. 한편 「꽃」 「분수」 「귀향」 등의 작품에서 볼 수 있는 이데아 음악의 이상과 성취가 지극히 곤란한 가능성임을 간파한 그는 그 긴장을 유지하기가 극히 버겁다는 사실도 간파하게 된다. 이러한 시적 난경難境에서 벗어나고 싶은 욕망과 필요, 그리고 시인으로서 당연한 새로움의 시도가 '무의미의 시'를 발명하게 하였다고 할 수 있을 것이다.

이미지의 음악

　문학 언어 특히 시의 언어에서는 단어의 뜻 못지않게 소리가 중요하다. 기의記意 못지않게 기표記表가 중요하다. 시는 기의보다 기표가 우선권을 주장하는 언어 양식이라고 말 못할 것도 없다. 그러나 뜻이라고 하는 지칭指稱적 국면을 도외시하고 언어조직이 성립되기는 어렵다. 그럼에도 언어의 지칭적 국면을 배제하거나 최소화해서 시를 사물화 하려는 시적 노력은 서구 근대시의 기본 충동의 하나가 되기도 하였다. 이데아 음악의 성취라는 곤란한 가능성의 추구를 난경으로 파악할 수밖에 없었던 시인에게 지칭적 국면의 상대적 등한시를 통한 음률성의 조성은 하나의 해방적 가능성으로 비쳤을 것이다. 뜻과 지칭과 기의로부터의 상대적 자유는 창작의 긴장과 시적 난경으로부터의 도피요 둔주遁走였다. 그리고 의미로부터의 도피는 우리를 괴롭히는 당대 역사와 사회현실로부터의 도망을 뜻하기도 하였다. 무의미의 시를 얘기하면서 김춘수가 '현기증 나는 자유'를 얘기하는 까닭이 여기에 있다. 그러면 김춘수의 무의미의 시는 얼마만큼 의미로부터 해방되고 자유로워진 것인가? 무의미는 정녕 넌센스로 끝나는 것일까?
시집 『남천南天』에 수록된 작품을 읽어 보기로 하자.

물또래야 물또래야

하늘로 가라,

하늘에는

주라기의 네 별똥 흐르고 있다.

물또래야 물또래야

금송아지 등에 업혀

하늘로 가라

「물또래」 전문

이 작품에서 말의 지칭적 성격이 배제되어 있는 것은 아니다. 뜻과
지칭성은 멀쩡하게 살아 있다. 행방이 묘연한 것은 시행 사이의 의미
의 연속성이요 시행 진술의 통상적 의미이다. 물또래는 곤충의 이름
인데 강도래가 표준말로 책정되어 있다. 되풀이된 시행을 빼고 요약
하면 "물또래야/금송아지 등에 업혀 하늘로 가라/하늘에는 주라기의
네 별똥 흐르고 있다"가 된다. 강도래의 애벌레는 시냇물 돌 틈에서
살다가 다 자라선 등불로 날아오기도 한다. 사람 사는 쪽으로 오지 말
고 금송아지 등에 업혀 하늘로 가라는 것이다. '주라기의 네 별똥' 이
나 '금송아지' 나 모두 상상 속에나 있는 가공적 이미지일 뿐이다. 이
시는 물또래나 하늘 같은 자연 현상에 주라기의 별똥이나 황금 송아지
같은 가공적 이미지기가 더해져 조성된 이미지의 음악 혹은 호음조好
音調이다. 그것은 "거북아 거북아 네 집 지어줄게 내 집 지어다구"와
같은 동심적 상상놀이요 신선한 주문呪文이기도 하다. 실용적 공리적

전언은 배제되어 있으나 의미가 없다고 할 수는 없다. 우리는 아래에서 이 세상 미물에게 보내는 연민과 축복의 메시지를 접하게 된다.

새야 파랑새야,
울어다오.
로비비아 꽃 필 때에 울어다오.
녹두낢에 꽃 필 때에 울어다오.
바람아 하늬바람아,
울어다오, 머리 풀고 다리 뻗고
3분 10초만 울어다오.
울어다오.

「들리는 소리 7」 전문

파랑새와 하늬바람에게 울어 달라는 주문呪文이자 '울어다오'가 다섯 번이나 반복되는 하소연의 음악이다. 3분 10초와 같은 시간도 무의미에 기여한다. 속도와 효율이 숭상되는 시대에 부치는 야유의 의미를 읽어내도 망발은 아닐 것이다. 속도 승부 기록에 대해 던지는 우스개일 수도 있기 때문이다. 우리는 작품을 읽으면서 긴장으로부터의 해방감을 경험한다. 김춘수가 무의미의 시를 추구할 때 흔히 쓰는 기법은 생소한 동식물이나 고유명사를 불러들이는 일이다. 그의 작품에는 비쭈기나무, 산다화, 우산오이풀, 백동나비, 미나리냉이, 물달개비, 제비초리, 으루나무, 죽두화, 네가래풀, 애기메꽃, 시로미꽃, 쥐오줌풀, 남천, 시네라리아, 고재새, 티티새, 사다새, 망개알, 함수초, 미모사 등이 등장하는데 모두 그 생소함 때문에 매력적인 이미지가 된다. 독자들은 자명한 세계에서 미지 세계로의 여행을 순간적으로 경험한다. 그러나 그의 무의미의 시가 무의미로 일관되어 있지 않다는 것은 분명하다. 그리고 무의미로 시종할 수 없는 작품이야말로 가장 매혹적인 작품으로 남아 있다는 것도 부정할 수 없다.

> 가요의 가사일까,
>
> 동백꽃 꽃부리가 벙긋하면
>
> 온다더니,
>
> 추풍령에 된세바람이 불어
>
> 강아지풀 목뼈가 부러지면
>
> 온다더니,
>
> 어느새 한 번 또 봄이 와서
>
> 색지를 오려 붙인 듯 바다는
>
> 멀리 멀리 쪽빛을 띄고 누워 있다.
>
> 왜 오지 않나,
>
> 물위를
>
> 맨발로 걸어서 온다더니,

「메시아」 전문

메시아가 온다는 풍문은 수없이 들려 왔다. 그러나 오지 않았다. 물위를 맨발로 걸어온다던 메시아가 오지 않은 것을 무의미의 조건절을 통해 경묘하고 유머러스하게 표현함으로써 도리어 풍자 섞인 낙망의 비감마저 느끼게 한다. 세계는 절망의 계기가 되어 있다. 또 그가 공언하듯이 사회현실이 시에서 완전히 소거되어 있는 것도 아니다. 가해자의 만행에 대해서 제3자가 이 갈며 우는 것은 사회 현실의 한 국면일 터이다.

남의 집을

누가

울타리를 걷어차고 구둣발로

짓밟는다.

남의 넋은

내 발의 고린내라는 말이

있다고는 하지만

걷어차이고 짓밟히는 것은

남의 뼈 남의 살인데

누가 어디서

소리 죽이고 이갈며

울고 있다.

「메아리 17」 전문

　그렇긴 하지만 순도 높은 무의미의 시도 상당수에 달해서 우리로 하여금 시의 성격에 대해 많은 것을 생각하게 한다. 일상 논리와 의미의 맥락에서 벗어난 기발하고 황당하고 참신한 이미지와 리듬은 세속의 자명성과 진부성에 도전하면서 시의 한 기능을 역설적으로 시사하기도 한다. "시 대목을 산문보다 더 잘 기억한다는 사실을 의식하게 되면서 인간은 자기의 소망을 신들에게 깊이 명심시키기 위해서는 리듬을 빌려야 한다고 생각하게 되었다며 리듬은 하나의 강요"라고 니체는 『즐거운 지식』에서 말하고 있다. 그리고 마법 노래나 주문呪文이 시의 원형이라는 생각을 부연하고 있다. 그러한 의미에서 김춘수의 무의미의 시는 시의 원형이자 원형에 대한 탐구이기도 하다. 말놀이가 시의 엄연한 한 국면이라는 것도 잘 보여주고 있다. 그러나 전체적으로 보아 무의미의 시는 어디까지나 명분이요 구실에 지나지 않는다. 그것은 이데아에 대한 독자들의 과도한 기대를 사전에 봉쇄하기 위한 하나의 알리바이에 지나지 않는다. 스스로 의미 없음을 천명함으로써 사회가 시인에게도 요구하는 사회적 역사적 책임을 벗어 던지고 그렇게 함으로써 이데아 음악 추구의 중압감으로부터도 자유로울 수 있었다. 그 홀가분한 자유 속에서 시인은 시와 언어의 가능성을 마음껏 탐구하면서 시의 소재와 음역을 한정 없이 넓혔다.

결과적으로 볼 때 '무의미의 시'는 김춘수가 장거리적 안목으로 설정한 시인으로서의 수명 연장책이자 노후 대책이었다. 이데아의 음악에서 벗어나 이미지의 음악 혹은 이미지의 리듬을 지향함으로써 그는 노후에 도리어 왕성한 시작행위를 실천할 수 있었다. 시인의 만년의 다산성은 그렇게 설명될 수 있다. 그리고 무의미의 시에서 통상적인 의미의 졸작이나 태작은 찾아지지 않는다. 그런 의미에서 "하늘에 뜬 해와 달이 그렇듯 나의 시는 어떠한 의미에 의하여도 손상되지 않는다"는 「나의 시」 속의 대목은 절묘한 자기 정의가 되어 있다. 미당이 고향 마을의 전설이나 풍문을 소재로 한 「질마재 신화」 이후 자서전이나 한국사에 대한 논평을 시로 씀으로써 만년의 풍요한 작품량을 산출할 수 있었듯이 대여는 무의미의 시를 천명하고 실천함으로써 만년의 풍요한 작품량을 확보할 수 있었다. 미당이 산문시란 뼈대로 만년의 소작을 처리한 데 반해서 대여가 간결하면서 리듬이 생생한 시행으로 만년의 소작을 처리한 것은 아주 대조적이다. 그런 의미에서는 대여가 한결 시의 형태에 충실하였고 실험적이었으며 그러한 맥락에서 노쇠할 줄 모르는 만년萬年 모더니스트이기도 하였다.

무의미의 시라는 통념과 상관없이 김춘수의 최상의 성취는 의미로

가득 차 있다. 그러한 의미에서 최상의 그의 시는 의미의 음악이라는
시의 고전적 정의에 아주 근접해 있다. 위에서 거론하거나 인용한 작
품을 말할 필요조차 없지만 「토레도 소견」 「차례」 「샤갈의 마을에 나
리는 눈」 「가을」 「이월에」 「꽃을 위한 서시」 등은 가장 섬세하고 세련
된 우리 현대시의 명편들이다. 그리고 '무의미 시'의 전범이 되는 수
많은 소품들이 있다. 이러한 소품들은 볼품없고 억지스러운 산문이
시라는 이름으로 양산되는 시대에 서정시의 참모습을 보여줌으로써
시의 위엄을 지켜주었다. "섭씨 39도에도 나의 시는/옷깃을 여민다"고
시인은 「나의 시」에 적고 있는데 우리는 거기에 동의의 박수를 보내지
않을 수 없다. 그가 실험한 수많은 무의미 시는 그의 명편을 위한 연습
곡이라 해도 과언은 아니다. 조로하거나 중도이폐中道而廢하는 사례를
많이 보아온 우리는 80평생을 시를 위해 바친 한 시인의 업적 앞에서
경건해지지 않을 수 없다. 세상을 뜨기 한 해 전에 발표된 가령 「고향
으로 가는 길」을 읽으며 우리는 여든 살 높은 나이에도 쇠하지 않은
감응 역량과 언어 구사 역량에 감탄하면서 무의미 시 실험의 생산적인
의미를 다시 새겨보게 된다. 고향으로 가는 길을 따라 이승을 뜬 시인
의 명복을 빈다.

고향으로 가는 길에는 거뭇거뭇
자갈이 갈려 있다.
먼지는 날지 않고
트럭이 투덜투덜
투덜거리면서 가고 있다.
고향으로 가는 길에는
피기 머리에 길쯤 길쯤

벼슬이 하얗게 돋아나 있다.
이마에 뿔도 없는 어린 염소가
길을 잃고 어쩌나
나더러 함께 울어 달라고 한다.
고향으로 가는 길에는
첫서리가 내리고 누구인가 한 아이
조그맣게 쪼그리고 앉아있다.
볼에 패인 얕은 보조개
너무너무 아득해서
잘 보이지가 않는다.

(2004년)

반시대적反時代的 서정시인 김영랑
―테제시와 모더니즘을 등지고

　　우리 사회의 주요 성향의 하나는 여러 분야에서 볼 수 있는 쏠림 현상이다. 가령 국정책임자의 지지도에 관한 여론 조사를 보면 동일 인물에 대한 지지도의 추이가 90%에서 10%로 요동친다. 기대할 만하다고 생각하면 너도나도 몰려서 90%까지 오르다가 내리막길이라 생각하면 단박에 10%로 추락한다. 이러한 심한 높낮이는 사회구성원이 전반적으로 안정감을 갖지 못하고 있기 때문이기도 하지만 쉽게 주위 사람들의 영향에 노출되어 있다는 뜻도 된다. 짓궂게 말하면 부화뇌동하는 성향이 많다고 할 수도 있다. 문화 현상에 대해서도 이 같은 쏠림 현상을 지적할 수 있다. 가령 해방 이후의 시인 가운데서 중요한 업적을 남긴 시인들을 꼽으려 할 때 우리는 여러 사람을 가리킬 수 있다. 그러나 가령 '김수영이 가장 매력 있는 시인이다' 란 말이 누군가에 입에서 나오고 몇 사람이 동조하면 이내 '김수영이 최고라카더라' 면서 너도나도 김수영의 팬이 되어버린다. 자기의 판단에 따라 주체적으로 선택하는 것이 아니라 타인들의 동향에 민감하게 반응하면서 동조하기 때문이며 그것은 일종의 자신결여 현상이기도 하다.

이러한 쏠림 현상은 특정인에 대한 과대평가나 과소평가 현상을 빚어내기 쉽다. 김영랑金永郎도 이러한 쏠림 현상의 피해자의 한 사람이라고 생각한다. 시인 이상이 과대평가되었다면 영랑은 분명히 과소평가되고 있는 시인이다. 그런 의미에서 그의 많지 않은 작품을 꼼꼼히 읽어보고 재음미할 필요가 있다고 생각하면서 그의 시의 특징과 문학사적 의의를 살펴보고자 한다.

시사적詩史的 위치

1930년 3월 시 전문지 『시문학 詩文學』 창간호가 나왔다. 당시로서는 상당한 호화판으로서 고급 종이를 썼고 번역시를 포함하여 시편만 실은 것이 특색이다. 정인보, 변영로, 김영랑, 정지용, 박용철, 이하윤이 동인으로 된 이 시 잡지는 1930년 5월에 2호, 1931년 10월에 3호를 내고 종간하게 된다. 2호와 3호에는 허보, 신석정 등 몇몇 새 이름이 첨가된다. 『시문학』은 일단 동인지의 형태를 띠고 있으나 1920년대에 흔했던 다른 동인지와는 달리 몇 가지 특징이 있다. 대개의 동인지가 비슷한 연배의 신인들이 중심이 되어 있음에 반해서 『시문학』 동인 구성은 극히 혼성적이다. 정인보, 변영로와 같이 연령적으로 위이고 시력에 있어서도 오래된 시인이 있는가 하면 김영랑, 박용철, 이하윤처럼 새 얼굴이 포함되어 있고 정지용처럼 시작 활동을 왕성하게 해온 이도 포함되어 있다. 동인 구성이 혼성적이란 말은 그만큼 『시문학』이 인적 구성의 동일성보다도 일정한 작품 성향을 지향했다는 뜻이 되기도 한다. 이전의 동인지도 일정한 작품 성향을 지향하지 않은 것은 아니나 젊은 습작기의 시인들의 동아리여서 그것이 작품적 성취로 이어진 것은 아니다. 그러나 『시문학』의 경우엔 시적 성취에 있어 일정한 수준을 넘어선 시편을 수록했고 높낮이가 심한 작품들을 묶어놓은 것이 아니다. 정련된 언어와 소품적 완성을 엄격하게 추구했다는 점에서 이전의 동인지에서는 그 유례를 찾기 힘들다. 1930년대에 와서 20세기의 우리 시가 그만큼 성숙해졌다는 뜻이 되기도 할 것이다.

시단 한쪽에서 한참 사회현실 지향의 테제문학이 번지고 있던 시기여서 『시문학』은 자연히 반反테제 문학 지향으로 보였고 그것은 자연스레 20세기 한국시의 중요 충동의 한 축을 이룬 민족어 지향 즉 부족방언의 순화 쪽으로 나아갔다. 시조시인 정인보는 별격이요 변영로도 열정적 시적 영위와는 먼 거리에 있었고 이하윤도 작품 활동이 왕성한 편이 아니다. 따라서 『시문학』은 시인으로서의 견고한 위치를 차지했던 정지용, 과작이면서 그 주요작품을 거기에 발표한 김영랑, 그리고 역시 주요작품을 발표하는 한편 동인지 발행에서 핵심역할을 한 박용철 등 세 시인을 통해서 그 정체성을 드러낸다고 할 수 있다. 비록 3호로서 끝나긴 했으나 시문학파란 관용구를 낳았다는 점에서 엿볼 수 있듯이 이 동인지의 시사적 비중은 큰 것이었다. 『시문학』파의 시에서 우리는 서정시가 의젓한 시적 위엄을 지니게 되는 것을 보게 된다. 민족의식이나 테제지향을 지양하고 고양된 삶의 특권적 순간의 서정적 포착을 정면으로 시도하게 됨을 보게 되는 것이다. 순정 서정시를 지향했다는 점에서 김영랑은 시문학파의 시세계를 얘기하는 데 하나의 마땅한 출발점이 되어준다.

서정의 본령

산문과 달리 시는 본시 말의 음악이다. 그런데 말은 소리와 뜻을 가지고 있다. 그러므로 말의 의미와 음악의 통일이 시 특히 서정시의 이상적인 상태라 할 수 있다. 그것을 에밀 슈타이거는 "시인은 음악적인 요소에 우선권을 부여할 태세를 갖추고 있다. 어조나 각운을 위해서 시인은 기본적으로 의미 지향인 언어의 규칙이나 관습적 어법으로부터 때때로 벗어난다"고 말하고 있다. 같은 맥락에서 "서정적인 언어에서는 전혀 하치않은 모티프도 제1급의 예술작품이 될 수 있다"고도 말한다. 이것은 연역적인 발언이 아니라 귀납적인 발언이다. 실제 서정시의 명편들을 검토한 후에 내리는 결론이다. 독일 낭만주의 시편이란 구체적 사례를 통해 얻은 귀납적인 발언이지만 그것이 독일 시의 전통에서만 정당화되는 것은 아니다. 아마도 20세기 한국시에서 가장 좋은 사례가 될 수 있는 것이 김영랑 시편일 것이다. 김소월도 유력한 후보이지만 구비적 전통에 의존하고 민요적인 가락에 기대어 있기 때문에 새로운 시도를 도모한 김영랑이 더 어울린다고 할 수 있다.

내 마음의 어딘 듯 한편에 끝없는

강물이 흐르네

돋쳐 오르는 아침 날 빛이 빤질한

은결을 도드네

가슴엔 듯 눈엔 듯 또 핏줄엔 듯

마음이 도른도른 숨어 있는 곳

내 마음의 어딘 듯 한편에 끝없는

강물이 흐르네.

『시문학』 창간호에 실린 서정 소곡인데 『영랑시집』 첫머리에 실려 있다. 심리학자 윌리엄 제임스가 만들어낸 '의식의 흐름'이란 말은 그 후 하나의 관용구가 되었지만 우리의 의식은 늘 한곳에 머무르지 않고 흐르고 흘러 새로운 대상을 찾아낸다. 시인이 위에서 말하고 있는 것은 늘 섬세하게 움직이는 감정과 마음의 흐름이요 그 행방이다. 감정과 의식이 한데 어울린 마음의 강물이야 말로 영랑 서정시의 원천이요 수맥이겠지만 사실 그것은 서정적인 것의 수맥이기도 하다. 우리는 위의 소품에서 하치않은 모티프가 1급의 예술작품이 될 수 있는 하나의 가능성을 엿볼 수 있다. 섬세한 소리와 의미의 조화로운 통일을 보면서 내면성을 지향하는 서정시의 핵심을 보게 되는 것이다. 서정시의 근대적 세련이란 점에서 영랑은 새 경지를 보여준 것이다.

이 작품이 발표된 5년 후에 53편이 수록된 『영랑시집』이 나왔는데 제목이 붙어 있지 않다. 번호가 달려 있을 뿐인데 사실 옛날 서구 쪽 시편이 그러했다. 가령 셰익스피어의 『소넷 집』은 1609년에 나왔고 154편이 실려 있다. 제목은 없고 숫자가 대신하고 있다. 존 단의 소넷도 마찬가지다. 『영랑시집』도 그러한 관행을 따르고 있고 1949년에 나온 『영랑시선』도 마찬가지다. 영랑이 표제를 달지 않은 것은 서구 쪽 관행이 모형이 되었지만 사실은 제목을 붙여 시편의 세계를 한정시키고 싶지 않았기 때문이고 그것은 서정적인 것의 핵심을 통찰한 데서 온 현상이라 생각된다. 제목을 붙이는 것은 모티프를 표면화하여 이목을 집중시키는 것이기도 한데 그것이 영랑시의 경우 전혀 적정하지 않기 때문이다.

허리띠 매는 시악시 마음실같이

꽃가지에 은은한 그늘이 지면
흰 날의 내 가슴 아지랑이 낀다
흰 날의 내 가슴 아지랑이 낀다

　이 4행시에서 음악과 의미의 조화는 깨어지고 음악이 압도하고 있
다. "흰 날의 내 가슴 아지랑이 낀다"가 무슨 뜻인가? 그것은 소리가
그대로 의미로 바뀐 음악일 뿐이다. 우리는 '무엇보다도 음악을' 하고
적은 베를레느의 교시가 소품으로 실현된 것을 보게 된다. 마음이란
말이 너무 투박해서 그는 마음실이라고 했다. 이러한 섬세함과 모호
한 아지랑이가 이 소품의 매력이자 한계이기도 하지만 중요한 것은 이
러한 소품을 통해서 우리는 서정적인 것의 한 특징을 보게 된다는 점
이다. 그가 기표와 음상音相에 대한 각별한 배려를 통해 음악성 확보
에 노력한 국면은 다음과 같은 사례에서도 엿볼 수 있다.

'오-매 단풍 들것네'
장광에 골붉은 감잎 날아와
누이는 놀란 듯이 치어다보며
'오-매 단풍 들것네'

추석이 내일모레 기둘리리
바람이 잦이어서 걱정이리
누이의 마음아 나를 보아라
"오-매 단풍 들것네"

'오-매 단풍 들것네' 란 시행은 호남 사투리를 실제로 들어보지 못

한 사람은 말속에 담긴 놀라움과 감탄의 정을 알지 못할 것이다. 언뜻 산문적인 부연인 것처럼 보이지만 사실은 하나의 선율이다. 그 선율이 되풀이를 통해 재현되고 있음을 보게 된다. 그러나 영랑의 서정적 승리는 단연 「모란이 피기까지는」이다. 이러한 절창 시편이 없었다면 많은 영랑시의 음악이 한갓 '울림 있는 무의미'로 비칠 가능성을 배제할 수 없다.

> 모란이 피기까지는
>
> 나는 아직 나의 봄을 기다리고 있을테요
>
> 모란이 뚝뚝 떨어져버린 날
>
> 나는 비로소 봄을 여흰 설음에 잠길테요
>
> 오월 어느 날 그 하루 무덥든 날
>
> 떨어져 누운 꽃잎마저 시들어버리고는
>
> 천지에 모란은 자취도 없어지고
>
> 뻗쳐오르든 내 보람 서운케 무너졌느니
>
> 모란이 지고 말면 그뿐 내 한해는 다 가고 말아
>
> 삼백예순날 하냥 섭섭해 우옵네다
>
> 모란이 피기까지는
>
> 나는 아직 기다리고 있을테요 찬란한 슬픔의 봄을

모란은 한자로는 목단牧丹으로 표기한다. 만약 이 작품에 나오는 모란을 목단으로 고쳐놓는다면 뜻은 같다 하더라도 소리는 매우 껄끄럽게 들릴 것이다. 모란은 모란이라고 해야 비로소 꽃에 어울리는 아름다움을 갖추게 된다. 이것은 물론 미음과 리을의 연계에서 오는 소리 효과이지만 우리의 발음상의 오랜 관행이 '목단' 이란 말을 투박하게 만들어 버린 탓도 있다. 그렇다 하더라도 화투를 칠 때 사람들은 '유월 목단' 이라 하지 '유월 모란' 이라 하지는 않는다. 화투에서는 기의記意가 중요하지 기표記表는 아무래도 좋은 것이다. 그러나 시에서는 기의 못지않게 기표가 중요하다. 시와 산문을 구별하는 중요한 징표의 하나는 시가 기의보다도 기표가 더 큰 몫을 하는 글의 양식이라는 것이다. 그러한 구체적 사례를 선명하게 보여주는 것이 영랑의 모란 시편이다.

모란 피기를 기다리는 것을 연래의 바람으로 가지고 있는 화자는 모란이 지고 나면 그 해의 바람이나 보람이 무너져 다시 모란 피기를 기다리며 삼백예순날을 섭섭해서 운다는 것이다. 이렇게 산문으로 부연해보면 이 시의 섬세한 아름다움은 행방이 묘연해지고 만다. 하치 않은 모티프도 제1급의 예술작품이 될 수 있다는 명제를 구현하고 있다고 할 수 있다. 역설적인 말이 될지 모르지만 제1급의 예술작품이 될 수 있는 모티프를 하치않은 것이라 말할 수는 없다. 사실 세계의 유수한 서정시를 두루 살펴보면 그 모티프는 대개 삶의 덧없음이나 사랑의 아픔과 같은 진부하기까지 한 것이다.

섬세한 마음의 결이나 움직임에 민감하면 여성적이라고 호칭되고 때로는 폄하되는 경우가 있다. 씩씩한 기상이나 호방한 언동을 두고 남성적이라 호칭하는 것과 같은 사회적 통념이기도 하다. 그러나 성숙한 어른에게도 철부지 어린이의 잔재가 남아 있듯이 이른바 여성적인 것과 남성적인 것은 남성에게도 여성에게도 고루 퍼져 있다. 다만 사회적 분업이나 역할 분담이란 오랜 관행 때문에 이런 고정관념이 생긴 것이다. 남성이 무사나 사냥꾼의 역할을 맡고 여성이 육아를 포함한 가정사를 맡게 되면서 이상적 군인상軍人像에서 남성적인 것을 추출하고 자상한 어머니상像에서 여성적인 것을 추출한 것이다. 그것은 어디까지나 투박한 추상에 지나지 않는다. 사회에서의 분업이나 역할 분담에 따라 거기 어울리는 자질과 심성과 태도를 기대하고 부추김으로써 어느덧 남성적인 것과 여성적인 것이 굳어져 사회적 통념이 생겨난 것이다. 문학에서도 억척어멈이나 여장부로 불리는 남성 못지않게 남성적인 여성들이 얼마든지 등장한다. 그리고 그 역逆도 진眞이다.

「모란이 피기까지는」의 화자는 그러나 언뜻 여성처럼 보인다고 할 수 있다. 우선 말씨가 여성의 것이다. '있을테요,' '잠길테요,' 우옵내다' 에서뿐 아니라 전체적으로 여성의 말씨를 느끼게 된다. 남성이라고 해서 이런 심정이 되지 말라는 법은 없을 것이나 이러한 사정은 여러 규격화된 사회 통념의 일환이기도 하겠지만 어쨌건 서정시와 여성적인 것의 친연성을 보여준다고 하겠다.

모란꽃 보기를 한해살이의 보람으로 여기며 살고 있다는 생활태도에 이의를 제기하고 비판하는 독자들도 있을 것이다. 삶은 그리 한가하지 않으며 사나운 생존경쟁의 장에서 이러한 태도는 필경 자기기만적인 허위거나 퇴폐적인 삶으로의 유혹이라는 비판이 있을 수 있다. 설사 그런 특권적 순간을 인정한다 하더라도 모란 진 뒤 삼백예순 날을 섭섭해 운다는 것은 특정 상황에 대한 과도한 감정적 반응이며 그러한 한에서는 감상주의에 지나지 않는다는 지적도 있을 수 있다. 그러나 우리는 영랑이 시집 첫머리에 인용하고 있는 '아름다운 것은 영원한 기쁨' 이란 명제 자체를 부정할 수는 없다. 그러한 기쁨을 찾아 누리는 것도 험악한 삶에 대처하는 하나의 방식이며 삶을 향수하는 하나의 방법이라고 할 때 우리는 우리가 먹여 살리는 것도 아닌 타인의 세상살이 방식의 선택을 비판만 할 수는 없다. 말이나 문학은 때때로 과장을 통해서 진정성을 드러낼 수 있으며 서정시에서 '운다' 고 할 때 문자 그대로 눈물을 찔끔찔끔 흘리며 소리 내어 우는 것이 아니라 서

럽거나 섭섭한 것을 그리 말하는 것이다.

작품이 심미적 태도의 소산이라고 해서 시인의 일상이 심미적 자세로 일관되어 있는 것도 아니고 그럴 수만도 없다. 사납고 황량한 생존 경쟁의 현실을 살고 있기 때문에 도리어 삶의 심미적 향수를 도모하는 일이 필요하고 그러한 순간들이 필요한 것이기도 하다. 그리고 심미적 향수를 도모하는 것과 황량한 일상을 힘들여 헤쳐 나간다는 것은 반드시 모순된 삶도 아니다. 낮에 일했으니 밤에는 실컷 쉬어야겠다는 것을 모순이며 태만이라 할 수 있겠는가. 영랑의 삶이 그의 시와는 정반대였다는 것을 문학 동인이자 친구인 정지용이 적고 있는데 아주 흥미 있다. 애송시로 「모란이 피기까지는」을 들고 있는 정지용은 유일한 시인론인 『영랑과 그의 시』에서 이렇게 적고 있다. 참고로 덧붙인다면 동경 시절의 영랑은 아나키스트의 풍모를 띠고 있었다.

동경으로부터 귀향한 영랑은 경제와 정치 기구에 대한 자연발생적 정열을 전환시키지 못하였던 모양이다. 청년회 소비조합 등에서 다소 불온한 지방의 유지이었던 것으로 생각된다. 관심의 대부분이 그러한 경취미에 속하였음에도 불구하고 그의 시에는 그의 사상과 주의의 정치성의 편영(片影)조차도 볼 수 없는 것은 차라리 그의 시적 생리의 정직한 성분에 돌릴 수밖에 없는 일이요 그 당시에 범람하던 소위 경향파시인의 탁랑(濁浪)에서 천부의 시적 생리를 유실치 않고, 고고히 견디어 온 영랑으로 인하여 조선 현대 서정시의 일맥혈로가 열리어온 것이 아닌가 생각된다.

과작이었던 영랑은 뒷날 옥에 갇힌 춘향이나 국악 현장을 소재로 한 작품을 시도하기도 한다. 모두 섬세한 시어 조직을 통해 말의 음악을 지향하고 있으나 영랑의 본령은 역시 젊은 날의 낭만적 동경과 삶의 특권적 순간을 다룬 순정 서정시에서 발견된다. 모더니즘의 시대에 모더니즘과의 로맨스를 거부한 영랑은 시의 원초적 경지를 보여주었으나 후속 세대에게 충격을 주지는 못하였다. 요컨대 그는 반反시대적인 외곬 서정시인이었다.

몇권밖에 발간되지는 못했지마는 이 「시문학」지가 우리 현대시문학사에서 갖는 비중은 참으로 큰 것이었다. 무엇보다도 먼저 좋은 예술품을 만들어야겠다는 자각과, 사회주의 시들의 조잡성에 대한 멸시의식이 작용해서, 시의 언어의 선택과 조직들은 우리 신시문학사가 있은 이후 처음으로 면밀히 고려되었다. 우선 김영랑의 시집을 한번 낭만파 시절의 시집들과 대조해서 통독해 보시길 바란다.

미당의 이 말은 김영랑에 대한 적정한 평가이지만 영랑은 해방이전 대체로 적정한 평가를 받지 못한 것으로 보인다. '소녀취미'란 혹평을 받은 적도 있고 본인 자신이 "내 시 독자가 다섯이나 될까?"하고 술회하였다고 한다. 테제주의와 모더니즘이 풍미하던 시절이어서 불가피한 현상이기도 하였다. 그러나 테제주의의 시가 별로 살아남지 못했다는 사실과 모더니즘이 시의 고립을 자초했다는 사실을 상기할 때 영랑의 길은 서정시의 정도였고 그것은 그 후의 서정시에 보이지 않는 사표 구실을 했다고 생각된다.(2008년)

두루미가 된 분노와 설움
─다시 읽는 미당의 삶과 시

여러 가지 얘기 끝에 나의 미당 평가에 대해 비판이 많더라며 과대평가가 아니냐고 말하는 학생의 방문을 받은 적이 있다. 나는 웃으면서 우리 사회에서는 평가받는 쪽은 으레 과대평가 받게 마련이고 그렇지 못하면 전혀 묵살되는 경향이 있는 게 사실이라고 말했다. 그러면서 과대평가를 받는다는 면에선 김수영이나 신동엽도 마찬가지라고 대답하였다. 그리고 평가라는 말은 덩치 큰 말이니까 달리 말해보자고 하면서 이렇게 말해주었다.

"좋아하는 문학 책을 대게 하기 위해서 유럽 쪽에서 흔히 던지는 질문이 있다. 무인도에서 몇 달 머물게 된다면 무슨 책을 갖고 가겠느냐는 것이 질문 내용이다. 내가 그런 계제가 되어 20세기 한국문학에서 한 사람 것만 택하라면 미당 전집을 가지고 가겠다. 산문은 되풀이 읽을 흥미가 없는 것이고 따라서 시를 골라야 하는데 그렇다면 작품량도 많은 미당을 고를 수밖에 없다."

또 부족방언의 마술사이며 그 증거가 지천으로 깔려 있다는 말에

대해서도 토를 달기에 미당 시집을 건네주며 아무 데나 열어 보라고
하였다. 그가 되는 대로 펴 보인 것은 시집의 790쪽과 791쪽이었다. 791
쪽에 나오는 ‘어느해던가, 꼭 송아지 목메이는 눈물만 같은 가을날 황
혼’ 을 가리키며 내 말에 동의하지 않겠느냐고 물었다. 그의 반응은 신
통치가 않았다. 나는 책을 덮으며 시를 좋아하지도 않고 말의 매혹에
도 무감하다면 시인을 얘기할 필요가 없는 것이라고 말해주었다. 그
러면서 이 세상에는 솔잎 험담을 하는 가랑잎이 너무나 많다고 덧붙였
다. 최근의 일이다.

‘홍수와 같이 밀려오는 혁명’

　미당 서정주는 해방 직전인 1940년 전후해서 오장환, 이용악과 함께
시단의 세 재사才士라는 성가를 얻고 있었다 한다. 이러한 성가는 그
들이 보여준 시적 성취에 상부하여 적실한 것이었다고 생각해서 크게
잘못은 아닐 것이다. 그들은 연령도 비슷했고 또 생활습관도 비슷하
였다. 우리말이 학교교육 현장에서는 물론 대중매체에서도 배제되어
가고 있던 시절에 시인으로서 생계의 수단을 찾기는 매우 힘든 노릇이
었을 것이다. 그들은 사실상 사회적 잉여인간으로서 떠돌이 비슷한
생활을 영위했다고 볼 수 있고 그러한 사정은 그들 시편 곳곳에서 감
지된다. 그들의 근친성은 어느 모로는 사회적으로 강요된 근친성이기
도 하였다. 특히 미당과 오장환은 『시인부락』의 동인으로서 남다른 유
대관계를 가지고 있었다고 생각된다. 오장환이 경영하던 남만서점에
서 미당의 처녀시집 『화사집』이 나왔다는 사실은 두 사람의 각별한 유
대를 보여 주고 있다. 뿐만 아니라 젊은 두 사람은 다소 낭만적이며 과

장된 '저주 받은 시인'이라는 자임을 공유하고 있었다. 그들이 발간한 동인지 『시인부락』에도 그러한 자임의 흔적이 엿보인다. 일본어에서 부락은 공동체 구실을 하는 민가들이 어우러져 있는 마을의 일부를 가리킨다. 그러나 신분적·사회적으로 극심한 차별대우를 받아온 사람들이 집단적으로 거주하고 있는 지역을 가리키기도 한다. 이러한 피차별 부락 혹은 미해방 부락은 지금도 남아 있으며 사회적 차별은 근절되지 않고 있다. 일어를 통해 문학 경험을 취득한 그들이 『장미촌』이란 선행 동인지를 의식한 듯 동인지의 이름을 '시인부락'이라고 했을 때 피차별 부락의 부락을 염두에 두었을 공산이 크다고 해도 과언이 아니다. 설사 의식적인 기도의 소산이 아니었다 하더라도 심층으로는 그러했으리라고 추정할 이유는 많다. 미당의 「자화상」「문둥이」, 오장환의 「성씨보」「매음부」 같은 작품이나 '저주받은 시인'이란 자임과 연관시켜볼 때 스스로 피차별 부락민임을 선포함으로써 어떤 반항의 쾌감을 느꼈을 것이라는 추정은 자연스러운 것이다.

8·15 해방을 맞아 세 재사들의 정치적 문학적 행보는 제가끔 달라지게 된다. 일찌감치 문학가동맹에 가맹하여 정치시인으로 활동한 『병든 서울』의 오장환은 정부 수립 이전에 월북하였다. 1948년 말 신병 치료차 모스크바로 가서 1949년 중반까지 머물렀다는 그는 6·25 직전에 『붉은 기』라는 시집을 간행했으며 전쟁 중 서울에도 내려왔으나 그 후 병사한 것으로 알려져 있다. 이용악은 해방 직후 고향에서 서울로 내려왔고 한동안 「삼팔도에서」와 같은 중간파적 입장의 시를 발표하기도 했지만 이내 문학가동맹에 합류하여 활발히 활동하였다. 정부 수립 후인 1949년 8월 경찰에 체포되어 10년 징역 언도를 받고 서대문 형무소에 수감되었다가 6·25 때 풀려나온 후 월북하였다. 휴전 직후 한때 집필 금지를 당했으나 1956년 11월부터 조선작가동맹출판사 단

행본 부주필의 직책을 맡았고 1957년 12월 『리용악 전집』을 상자하였다. 그러나 그 후의 행적은 밝혀지지 않고 있다. 이들이 북에서 보여준 작품들은 대체로 체제 송가 내지는 체제 응원가의 성격을 띠고 있어 젊은 시절에 보여주었던 개성적인 시적 매력은 소실된 것으로 생각된다.

장미처럼 붉은
가죽 표지의 시집
레닌 중앙박물관에서
본 시집
거룩하신 이의 젊은 시절에
어디엔가 머리 속에 남아 있었을
그 속의 시편

장미처럼
붉은 표지의 시집
그이의 손이 이르러
영광으로 채워진
네끄라쏘브의 시집

오장환, 「붉은 표지의 시집」 전문

조국의 번영 위해 잔을 들자고
서글서글 웃음 짓는 좌상님 따라
우리 모두 한뜻으로 향해 서는 곳
조석으로 드나드는 저 갱구는

좁아도 넓고 넓은 행복에의 문

묵묵한 탄벽에서 불길을 보아온
지혜로운 눈들이 지켜 섰거니
표표히 가는 구름 그도 곱지만
우리네 푸른 하늘 더욱 곱구나

이용악, 「좌상님은 공훈 탄부」 중에서

위에 적은 오장환 시편은 1949년에 쓰인 것으로 되어 있고 이용악 것은 1956년에 발표된 것으로 되어 있다. 우리는 그 문학적 성취를 얘기할 필요성을 느끼지 못한다. 사회적 수요에 대한 응답인 만큼 그 나름의 의미를 가지고 있다고나 할까. 다만 이러한 작품들이 뛰어난 시적 능력의 소유자가 아니더라도 능히 생산해낼 수 있는 작품이라는 점에서는 많은 사람들이 동의하리라 생각한다. 체제가 요구하는 대중성, 전형성, 이상주의, 당성을 두루 갖추고 있으며 바로 그러하기 때문에 우리는 예상 밖의 어떠한 의외로움도 신선한 충격도 발견하지 못한다. 시인을 평준화하는 사회적 풍토에 가슴 답답함을 느끼게 되는 것은 당연한 일이다.

미당을 얘기하면서 40년대의 동료 시인들을 거론하는 것은 미당의 빛나는 성취가 시인의 재능이나 뼈깎이 노력의 소산일 뿐만 아니라 그의 행운과 관련되어 있다는 것을 상기하기 위해서이다. 만약 고향이 북쪽이었다면 또 오장환모양 해방 후에 북으로 갔다면 그가 뛰어난 재능을 마음껏 발휘할 개연성은 극히 희박했을 것이다. 그만한 재능이 아니더라도 능히 양산할 수 있는 작품 생산으로 그치고 말았을 것이다. 그리고 그것을 행운이라고 말하는 것은 조그만 우연에 의해서 좌우로 갈리는 현상을 너무나 많이 목격하였기 때문이다. 예외적인 소수를 제외하고서는 친구 따라 강남 가듯이 이데올로기의 선택도 이루어지는 것이 통상적인 일이었다. 혹은 혐오하는 자와 맞서기 위해 선택이 이루어진 경우도 많았다. 그러한 의미에서 미당의 잔류와 건재는 여러모로 다행스러운 일이었다. 이렇게 말하면 미당의 의식적 선택을 과소평가하는 것이 아니냐고 반문할지도 모른다. 그러나 해방 직후의 사회상과 정치적 행동에 대해서 다소간의 경험이 있는 사람이라면 사소한 우연이 빚어내는 엄청난 차이와 결과에 대해서 무심할 수 없을 것이다. 가령 1946년에 문학가동맹에서 낸 『삼일기념시집』에는 미당의 「혁명」이란 시가 수록되어 있다. 조개 껍데기의 붉고 푸른 무늬는 바다의 소망이요 만개한 꽃이 바람의 소망이라고 실감나게 노래한 후에 마지막 3연을 다음과 같이 끝내고 있다.

> 아— 이 검붉은 징역(懲役)의 땅우에
> 홍수와 같이 몰려 오는 혁명은
> 오랜 하늘의 소망이리라.

　여기서 혁명은 하늘의 뜻이면서 불가역의 대세로 노래되어 있다. 하늘의 뜻을 거역할 수 없고 그래서는 안 된다는 함의조차 읽어낼 수 있다. 여기서의 혁명이란 무엇인가? 크게 보아 8·15 이후에 우리가 일제에서 해방된 상황을 가리킨다고 말하는 이도 있을 것이다. 그러나 해방 직후라면 몰라도 해방된 지 반 년도 훨씬 넘은 시점에서는 설득력이 없다. 해방은 확고한 기정 사실로서 굳어져 있으며 따라서 ‘몰려 오는 것’이라고 할 수는 없다. 그렇다면 혁명은 해방된 땅에서 일어나고 있는(?) 사회혁명을 가리킨다고 말할 수 있을 것이다. 문학가동맹 시부 위원회에서 이 작품을 수록한 것은 그러한 취지로 받아들였기 때문이기도 할 것이다. 이러한 추측이 전혀 근거가 없다고 할 수 없는 것은 미당을 제외하고는 수록 시인들이 모두 문학가동맹 소속이었기 때문이다. 시집 『귀촉도』에 실려 있는 「가난하고 외롭고 이즈러진 사람들」이 사는 골목을 노래한 작품은 발표 일자를 확인할 수 없지만 1945년 겨울에 쓴 것이라고 미당 자신은 『나의 문학적 자서전』에 적고 있다.

> 이 골목은 금시라도 날러 갈듯이
> 구석 구석 쓸쓸함이 물밀듯 사무쳐서,
> 바람 불면 흔들리는 오막사리뿐이다.
>
> 장돌방이 팔만이와 복동이의 사는 골목.
> 내, 늙도록 이 골목을 사랑하고
> 이 골목에서 살다 가리라.

「골목」 중에서

이 작품은 이른바 민중시의 범주에 속하는 작품이라고 할 수 있다. 가난에서 촉발되는 절망적인 심정을 노래한 시편이 미당에게 전혀 없었던 것은 아니다. 그러나 이렇게 가난이 전경화된 생활 시편은 흔하지 않고 더구나 장돌뱅이 같은 골목 안 사람들과의 유대감을 노래한 경우는 드물다. 매우 평범해 보이지만 바로 그러하기 때문에 쓰기가 쉽지 않은 유형의 작품인데 아마 범용한 민중시인들이 다루었다면 무감동한 수준 이하의 작품이 되고 말았을 것이다. 미당의 솜씨로도 평범한 작품이 되고 말았다. 「혁명」이나 「골목」이 해방 직후의 시국에 편승해서 씌어진 작품이라고 시사하려는 것은 아니다. 이러한 시편을 쓴 미당으로서는 친구 따라 강남 가던 당시의 사정으로 보아 문학가동 맹 소속 시인들과 문학적·정치적 행보를 같이할 우연에 누구 못지않 게 아슬아슬하게 노출되어 있었다는 것을 말하고 싶을 따름이다. 오 장환과 각별한 사이였던 그는 김기림이 『화사집』 이후 자기를 크게 인 정해주었고 『조선일보』 폐간호에 실을 작품도 청탁해주어 「행진곡」의 계기를 마련해주었다는 얘기를 여러 차례 기록하고 있다. 김기림은 당시 문학가동맹의 시분과 위원장이었고 따라서 그에게 동조와 동행 을 권유했을 개연성이 높았다고 할 수 있다. 그것은 문학가동맹의 실 질적인 운영자였던 임화도 마찬가지였을 것이다.

> 이 무렵의 유력한 인기평론가였던 林和는
>
> 어디에선가 내 「행진곡」이라는 시를 들어
>
> 딱한 이 나라의 제1시인은 서정주라고
>
> 추켜세워 놓기도 했고 해서
>
> 이때 이 귀향길의 서울 寄留는
>
> 내게는 참말 계면쩍은 정도의 호사한 일이었네.
>
> 「뜻 안한 인기와 밥」 중에서

미당은 『나의 문학적 자서전』에서 해방 직후 춘추사란 잡지사에 있 을 때 임화의 아내 지하련池河蓮이 일부러 찾아와서 자기 집으로 놀러 오라며 원남동에 있는 집 위치를 가르쳐주었다는 삽화를 적고 있다. 남편의 부탁을 받은 것인지 자기 의지로 온 것인지 모르겠다고 적고 있지만 당시의 정황으로 보아 단순한 내방은 아니었을 것이다. 또 같 은 책에서 "나는 오장환이만은 잃고 싶지 않았다. 그래, 나는 그를 타

일러 좌익으로 넘어 가는 걸 막아 보려고 작정도 해보았다”고 하면서
뜻을 이루지 못한 사정을 적고 있다. 그러나 그런 말은 오장환 편에서
도 가능했을 것이니 그 실상은 촌탁할 길이 없다. 어찌 되었건 분명한
것은 오장환이나 이용악과 소매 잡고 헤어진 것이 결과적으로 미당의
대성과 한국 현대시의 풍요에 기여했다는 사실이다. 그런 의미에서는
행운이었다는 말이 과히 어긋난 것은 아닐 터이다.

시是보담도 비非보담도 무엇보담도

'설마가 사람 죽인다고,
혹시 모르니
오늘은 각별히 조심해라. '
一九六O년 四月 十九日 아침
나는 아무래도 예감이 좋지 안해
내 큰자식 升海의 대학 등교길에
이렇게 간절히 당부하고 있었다.
그랬더니, 아니나다를까.
이날 景武臺로 몰려가던 학생 데모隊의 선봉은
突然한 發砲로 죽기도 했는데,
내 아들은 그 途中에서 내 당부가 생각나
通義洞 골목으로 새어 살아왔대나.
是보담도 非보담도 무엇보담도
이것 하나 정말로 다행한 일이었다.

　위의 산문시는 시로 쓴 자서전이라 할 수 있는 『안 잊히는 일들』에 수록된 작품이다. 우리가 4·19 혁명이라고 부르는 역사적인 사건이 일어난 날에 대해서 그가 공적인 감정이나 논평을 가하고 있는 것은 아니다. 예감이 좋지 못해 몸조심하라는 당부를 아들에게 했고 아들은 그 당부가 생각나 위험한 고비에 데모대에서 이탈해 무사했다는 것이다. 이 작품이 시로서 살아나는 것은 마지막 두 줄 때문일 것이다. "시是보담도 비非보담도 무엇보담도/이것 하나 정말로 다행한 일이었다." 형식면에서 시인의 솜씨가 돋보이는 대목이지만 작품의 의미도 여기에 집약되어 있다. 굳이 밝히기를 꺼리는 사사로운 일과 실감을 기탄 없이 털어놓아 독자의 의표를 찌르는 그 솔직함이 호소력을 발휘한다. (사람에 따라서는 독자의 의중을 꿰뚫어보는 시인 쪽의 계산을 상정함으로써 호소력이 불발로 그칠 수도 있을 것이다. 예감이 적중했다는 것을 나타내어 시인이 지혜를 과시했다는 반응도 있을지 모르나 이미 4월 18일에 고대 학생 데모대를 폭력단이 진압한 일이 있기 때문에 그러한 반응은 근거가 없는 것이다.) 이른바 '소시민 근성'을 공격할지 모르지만 자식의 안전한 귀가가 무엇보다도 다행이었다는 실감을 부정하기는 어렵고 그러한 실감은 독자의 나이에 정비례할 것이다. 미당의 삶 또는 그가 실토하고 있는 삶에서 일관되게 발견하는 것은 가족에 대한 그의 남다른 배려이다. 가령 『나의 문학과 자서전』에는 동대문여학교에 취직이 되어 행촌동에서 셋방살이하는 얘기가 나온다. 1941년의 일이었고 아들이 돌을 넘겨 세 식구였다.

　소설가 이봉구(李鳳九)가 이때 조그만 서점 하나를 경영하고 있었는데, 솥이며 밥그릇이며 식칼, 도마까지 첫살림의 기명들을 사다 주었고, 시인 이용악은 명란젓 한 통을 들고 와서, '나는 방이 없어 이걸 둘 데가 없으니 너나 먹어라' 하며 놓고 갔다. 이용악은 일본에서 대학을 하고 이때 '인문평론사'라는 잡지사에 편집 일을 보고 있었으니, 내가 셋방살이하는 속셈쯤만 가졌어도 방 하나쯤은 유지할 수도 있었을 텐데, 나와는 또 달리 그는 늘 있는 거라곤 술뿐 방도 굴(窟)도 없는 낭인이어서 봄부터 가을까진 공원벤치의 신세도 많이 지고, 아니면 김상원 같은 친구의 약국 가게에서 문닫기를 기다려 밤을 지새우기도 예사였다. 그러면서 그는 살려는 게 아니라 죽음이 오기를 기다리는 듯했다. ……내 아내는 이때 서울의 첫살림살이를 기억해 내곤 시방도 가끔 웃으며 말한다. ― 누가 잡아다가 팔아먹을까봐 낮에도 방문고리를 안으로 늘 잠그고 있었다고. 이런 아내라서 나는 다시 어디로 불쑥 떠날 수도 없이 이어 서울에 눌러붙어 세 식구의 목구멍에 풀칠할 밥을 벌어들이는 한 就職者가 될 수 있었던 것이다.

위의 대목에서는 불과 몇 줄로 시인 이용악의 삶을 생생하게 그려 놓고 있는데 "내가 셋방살이하는 속셈쯤만 가졌어도" 그런 노숙자 생활은 하지 않았을 것이라고 안타까워하고 있다. 그는 저주받은 시인임을 자처하고 최하층의 생활을 하면서도 가족에 대한 가장으로서의 의무만은 늘 의식하고 있었던 것으로 보인다. 여태껏 시집에 수록된 바 없는 해방 전 작품 「풀밭에 누워서」 같은 절창 산문시에도 그것은 잘 나타나 있다. 가족 생각을 하지 않는 사람은 없겠지만 어떤 계기에 우선순위가 달라지는 경우는 얼마든지 있다. 생활인 가장으로서의 책임감의 투철한 의식, 즉 '셋방살이하는 속셈'의 견지가 아마 미당과 오장환이나 이용악과의 차이점이라고 생각한다. 그리고 그에게 따라

붙는 비판도 그의 '셋방살이하는 속셈'이나 '시是보담도 비非보담도 이것 하나 다행'이라는 가족지상론과 깊이 연관되어 있다고 생각된 다.

> 一九六八年에던가에는 나는 너무나도 돈에 궁하여, 二百萬원의 賞金 하나만을 노리고 내 시집 「冬天」을 걸어, ×××文化賞을 志望해서 도 장 찍고 署名하여 志願書까지 냈었지. 이런 志願書 내는 賞에까지 참가 하기는 이것이 난생 처음이었지….
> 그러신데, 그것도 내게는 運이 안 닿아, 朴木月君에게로 넘어가 버리 고, 그렇지, 나는 결국 고 '김칫국만 또 마셔보기'의 고 김칫국맛이나 또 한번 자알 실감하게만 되었지.

「김칫국만 또 마셔보기」 중에서

「안 잊히는 일들」의 매력은 기탄 없는 자기 토로일 것이다. 보통 사 람들의 경우 드러내지 않으려는 것도 털어놓고 있는데 위에서 '그러 신데'라는 절묘한 자기 희화적戱畵的 어조가 어울려 감칠맛나는 글이 되어 있다. 이러한 매력은 「나의 문학적 자서전」에도 그대로 드러나 있는데 그 드러냄의 압권은 의처증과 자살 미수를 다룬 부분에서이 다. 가장 처절한 장면의 하나가 아들과 아내 구타의 대목일 것이다.

> 나와 내 아내와 光州 西中 2년생이었던 내 자식 升海, 셋이서 아침 밥 상을 받고 있을 때 혹 거기 상에 놓은 계란 찐 것 같은 것에 젓갈을 갖다 대려 하면 '너만 혼자 다 먹어라, 이놈아!' 하는 소리가 공중에서 잘 귀 에 울려 들릴 만큼 똑똑히 울려 온다. '누구냐?' 하고 내가 내 마음 속에 서 물으면, 내 이 물음도 역시 똑똑히 하는 속에 소리로 물리고, 거기 대

한 대답으론 '그건 네 자식의 마음이다.' 이런 식으로 전달되어 온다, 나는 이것이 내 마음 속의 自問自答이 아닐까, 촘촘히 내 마음 속을 살펴보기도 했다. 그러나, 이것은 틀림없는 自他의 마음의 문답이었다. 그래, 난 어느날 밥상머리에서 똑같은 이런 식의 문답 상태에 놓였다가 덜 나은 肋膜炎으로 아직도 뜨거운 가슴이 문득 뭉쿨하게 터져 나오는 것을 느끼며 자제력을 잃고 밥상을 걷어차고 일어서서 내 자식 升海를 두들겨 패기 시작했다. … 그러나 「無等을 보며」니 「鶴의 노래」 같은 光州 시절의 내 시작품과는 너무나 거리가 먼—희광이를 겸한 巫堂 넋두리 같은 이런 내 의식의 발작은 그 뒤에도 오래 잘 낫지 않고 계속되어서 이번에는 다시 내 아내를 두들겨 패고 있었다.

미당 산문은 시와 같아서 다른 말로 요약하면 말뜻도 훼손되고 또 읽을 맛도 나지 않는다. 장황함을 무릅쓰고 인용한 것은 그 때문이다. 일상적인 말로 옮겨놓고 보면 억압된 것을 타인에게 투사하는 자기 방위의 기제가 가족을 대상으로 해서 작동한 것이다. 6·25 이후 '정체불명의 공중의 소리'로 그를 괴롭힌 것이 이러한 피해망상이었다고 생각되는데 전문가가 아닌 처지에서 정신병리학이나 정신분석의 언어를 희롱하는 것은 적정한 일이 못 될 것이다. 다만 우리는 그의 산문을 통해 그의 피해망상증이 상당한 중증이었다는 것과 그런 망상을 통해 그런대로 위기를 극복하였다는 것을 알게 된다. 한편 그의 피해망상이나 거기서 유래한 투사 작동이 가난과 스트레스에서 똑바로 나왔다는 것은 단언해도 좋을 것이다. 프로이트가 누누이 설파하는 양면 감정론에 따르면 타인을 사랑하면 할수록 주체 속의 자기 사랑은 사랑의 대상을 미워한다. 평상적인 상황에서 이 양면성은 잠복해 있지만 병적인 상태에서는 상반되는 태도가 의식의 표면에 떠오른다. 가장으로서의 평소의 책임감이 과도한 긴장 속에서 적의나 의심으로 나타나 그것이 구타행위로 표현되었다는 추측도 황당한 것은 아닐 것이다. 그러나 미당이 적고 있는 '창피한 얘기들'이 희귀한 종류의 것은 아니다. 특히 그가 들려주는 아들 구타 같은 것은 가난의 문화에서 흔히 있는 일이 아닌가 생각된다. 한 시절 어른들에 앞서서 반찬을 마구 집어먹지 말라는 것은 밥상머리의 기율교육의 하나였다. 그 기율의 범칙을 우려하거나 예감하고 미당의 피해망상이 발동한 것이라고 할 수 있는데 이러한 가난 문화에서 많은 사람들이 벗어나게 된 것은 근래의 일이다. 그의 자서전에는 호구지책 도모에 얼마나 전전긍긍했는가가 소상히 적혀 있는데 일제 말기의 『옥루몽』 번역이나 해방 직후의 『김좌진 장군전』『이승만 박사전』 집필도 호구지책을 위한 불가피한 외도의 소산이었다, 이 박사 전기 집필을 제의받고 그는 즉시 동아대학 교수 자리를 사직하는데 전기 집필은 그에게 '부락민'의 강렬한 스노비즘을 충족시켜주는 취직이었던 셈이다. 이른바 친일시 발표도 그에게는 일종의 취직이었고 이러한 습관은 지속되어 상대적으로 빈곤 상태를 벗어난 시절에도 기회가 오면 '취직'을 마다하지 않았던 것이라고 생각된다. 그리고 불행히도 취직 자리는 늘 체제 쪽에 있게 마련이었다. 그가 오장환이나 이용악의 길을 가지 않은 것은 그쪽에 '취직' 자리가 없었기 때문이었을지도 모른다. 중요한 것은 그럼에도 불구하고 그가 시작을 계속했다는 것이고 작품이 늘 당대의 정상 수준을 유지했다는 점일 것이다. 그 점에서는 그는 누구보다도 시를 쓰지 않고는 배기지 못하며 그 필연성 위에서 삶을 건설한 릴케적인 슬픈 천명天命의 시인이었다.

산덩어리 같아야 할 분노

미당이 최상의 시편을 낳은 시기가 『귀촉도』 『서정주 시선』의 시기라고 생각한다. 더 기탄 없이 말한다면 이 시집 속에 있는 시편들을 나는 가장 좋아한다. 그리하여 『질마재 신화』와 더불어 이 세 권의 시집이 미당의 최고 경지라고 생각하고 있다. 『화사집』의 시편들은 충격적이기는 하나 너무 무잡하고 단편斷片적이다. 시집 속에서 희귀한 긍정 시편인 「부활」도 맥빠져서 공감이 가지 않는다. 「자화상」이 걸작이고 「문둥이」 「봄」을 위시한 소품이 좋다고 생각한다. 「신라초」 「동천」의 세계는 재미있기는 하나 공감하기 어려운 구석이 많다. 또 슬며시 반감이 생기는 구석도 있다. 억지스러운 구석이 없지 않은 '전통' 창제에 따른 부작용이라고 생각한다. 이것이 내 머리속에 간수되어 있는 미당 시집의 이미지이다. 너무 단정적이지만 우리가 보관하고 있는 이미지란 대개 이렇게 단편적이고 단정적인 것이다. 그렇지 않다면 우리가 기억하는 모든 것을 기억해낼 수도 활용할 수도 없을 것이다. 그런데 제3시집 『서정주 시선』의 첫머리에 실린 시편이 「무등을 보며」 「학」이다. 그리고 시인이 각별히 애착이 가거나 긍지를 느끼고 있는 시편을 첫머리에 싣는 것이 보통이라고 생각한다. 미당의 경우에도 이 두 편에 대해 각별한 긍지나 애착을 느꼈다고 생각해도 틀리지는 않을 것이다.

"가난이야 한낱 남루襤褸에 지나지 않는다"는 인구에 회자하는 시행으로 시작되는 작품에서 노래하고 있는 것은 가난의 견인주의적 수락이다. 그러나 그것은 수도원의 독신자나 암굴 속 고행자의 견인주의가 아니다. 가족을 거느린 가장의 도통한 듯한 자기 설득이다. "청산靑山이 그 무릎아래 지란芝蘭을 기르듯/우리는 우리 새끼들을 기를

수밖엔 없다"는 강제나 과보호가 배제된 자생력 중시의 자녀의 양육
을 시사하고 나서 시인은 이렇게 쓰고 있다.

> 목숨이 가다 가다 농울쳐 휘여드는
> 午後의 때가 오거든
> 內外들이여 그대들도
> 더러는 앉고
> 더러는 차라리 그 곁에 누어라
>
> 지어미는 지애비를 물끄럼히 우러러보고
> 지애비는 지어미의 이마라도 짚어라
>
> 어느 가시덤불 쑥굴헝에 뇌일지라도
> 우리는 늘 玉돌같이 호젓이 무쳤다고 생각할일이요
> 靑苔라도 자욱이 끼일일인것이다.

「無等을 보며」 중에서

　　두 겹으로 된 무등산에서 시사를 받았다는 동양적 성가족聖家族의
이 그림에서 가부장적 질서를 찾아내는 것은 어렵지 않다. 비유적인
차원에서도 남편은 우러러보는 하늘로 되어 있으며 이마를 짚이는 지
어미는 흡사 시혜의 대상처럼 되어 있다. 그러나 중요한 것은 여기 시
사되어 있는 금슬 좋은 내외의 상호 의지依支와 정의이다. 그리하여
옥돌을 자임하는 자중자애를 통해 가난의 견인주의적 수락은 가정의
치유력을 기리면서 가정을 성역화한다. 재산의 안전을 보증하는 유일
한 제도로서의 결혼이나 가족의 이상화라는 중산계급의 이념과는 근

본적으로 다르게 가정은 가난한 사람들의 유일한 재산이 된다. 미당 산문 속에 되풀이 나타나는 가족에 대한 가장으로서의 책임감이 이 작품의 하부구조가 되어 있는 셈이다.

> 천년 맺힌 시름을
> 출렁이는 물살도 없이
> 고은 강물이 흐르듯
> 鶴이 나른다
>
> 千年을 보던 눈이
> 千年을 파다거리던 날개가
> 또한번 天涯에 맞부딪노나
>
> 山덩어리 같어야 할 忿怒가
> 草木도 울려야할 시름이
> 저리도 조용히 흐르는구나
>
> 보라, 옥빛, 꼭두선이,
> 보라, 옥빛, 꼭두선이,
> 누이의 수틀을 보듯
> 세상은 보자
>
> 누이의 어깨 넘어
> 누이의 繡틀속의 꽃밭을 보듯
> 세상은 보자

울음은 海溢
아니면 크나큰 祭祀와 같이

춤이야 어느땐들 골라 못추랴
멍멍히 잦은 목을 제쭉지에 묻을바에야
춤이야 어느 술참땐들 골라 못추랴

긴 머리 자진머리 일렁이는 구름속을
저, 우름으로도 춤으로도 참음으로도 다하지못한것이
어루만지듯 어루만지듯
저승곁을 나른다

「鶴」 전문

　　많은 언급과 논쟁은 있었지만 이 작품에 대한 소상한 분석이 가해진 적은 없지 않았나 생각된다. 왜 천년이 나오나? '두루미는 천 년, 거북이는 만 년'이라는 옛말에서 나온 것일 터이다. 생물학적으로 불가능한 일이고 실제 수명은 사십 내지는 오십 년으로 알려져 있다. 그렇지만 새로서는 장수하는 것이 사실이다. 두루미도 살다 보면 분노나 설움이 많겠지만 강물 흐르듯 조용히 난다고 화자는 말한다. 꼭두서니는 풀이름인데 그 뿌리에서 붉은 물감을 만든다. 그러니까 '보라색, 옥색, 붉은 색'이 되고 그것은 누이 수틀에 수놓인 색실의 색을 가리킨다. 그러나 '보라'를 제일 앞에 배치함으로써 마치 명령문 같은 착각을 일으킴으로써 독특한 묘미를 발휘한다.

　　누이의 어깨 넘어

누이의 繡틀속의 꽃밭을 보듯
세상은 보자

누이는 편안함과 우애의 표상이다. 수틀 속의 꽃밭은 심미적 대상인데 누님의 어깨 너머로 꽃밭을 보는 것은 그 자체가 하나의 그림이된다. 편안한 마음으로 이 세상을 심미적 대상으로 생각해서 바라보자는 권고 혹은 자기 설득은 두루미의 비상을 서술한 끝에 오기 때문에 얼마쯤 당돌하게 들린다. 분노나 설움을 누르고 조용히 나는 두루미에서 하나의 인생태도를 영감받은 것이라 할 수 있다. 울음과 춤은모두 두루미의 울음이요 춤이다. '긴 머리 자진머리'는 일렁이는 구름의 장단일 것이다. 울음, 춤, 참음을 견디어낸 두루미는 저승 곁을 나는 것으로 작품이 끝난다. 왜 저승 곁인가? 그것은 앞서 나온 천애天涯에 대응하지만 동시에 두루미가 첫 줄에 나오듯 벌써 천 년을 살았기때문이다. 여기 나오는 두루미는 여생이 얼마 남지 않은 늙은 두루미이다. 이 작품도 삶의 견인주의적 수락과 운영을 권장하고 있다. 세상에 대한 심미적 태도도 실상은 견인주의적 수락을 위한 하나의 방법론일 것이다. 안빈낙도安貧樂道와 영혼의 평정이 이상의 두 작품에서 더할 나위 없이 섬세하게 또 기품 있게 노래되고 있다. 그러나 솔직히 말해서 시적 성취에는 경복하지만 이 작품에 공감하지는 못하였다. 가장 큰 이유는 작품적 성취가 높은 그만큼 생활인의 실감이 사상되어있기 때문이다. 그래서 생활인의 실감이 배어 있는 직정直情 언어로된 「풀리는 한강가에서」에 끌렸고 지금도 이 작품은 제일 좋아하는 미당 시편으로 남아 있다.

제3시집 모두에 실려 있는 이 두 작품을 쓴 지 얼마 안 되어 미당은'희광이를 겸한 무당 넋두리' 같은 의식에 빠져 가족 구타를 자행하였다고 한다. 그것을 우리는 어떻게 설명해야 할 것인가. 사실 여기서 선후관계는 중요하지 않다. 가정을 성역시하는 안빈낙도의 격조 높은 시편을 쓴 시인의 가족 구타는 언뜻 이해하기 어려운 일이다. 정신이상이라고 넘기면 그만이지만 그럴 수만은 없다. 여기서 작품과 시인 사이의 복잡한 문제를 논의할 여유는 없지만 하나의 시사를 받을 수는 있을 것이다. 미당 자신이 이 문제에 대해선 곤혹스러움을 기록하고 있다. "「무등無等을 보며」나 「학鶴」을 쓴 지 얼마 안 되어 내가 이따위 자제력없는 정신 상태에 놓였던 걸 말하면 독자들은 나보고 터무니없는 말만의 언어예인言語藝人이었다고 비웃으실 듯도 하다."

우리는 시인이 시 속에 말하는 '가난' '분노' '설움'을 견디기 힘들었으므로 도리어 자기 설득의 한 방식으로 그러한 작품을 쓰게 된 것이라고 말해야 할 것이다. 그러니까 실생활에서의 어이없는 작태와 격조 높은 시를 대비시켜 시인을 이중인격자로 간주하는 것은 손쉬운 일이기는 하나 사태의 실상과는 거리가 먼 것이라고 할 수 있다. 좋은 감정에서는 빈약한 시밖에 나오지 않는다는 말이 있다. 비린내나는 욕정과 부처도 외면할 수밖에 없는 광기의 진흙탕에서 좋은 시가 나온다는 것은 우리를 심란하고 착잡하게 한다.

山덩어리 같아야 할 忿怒가
草木도 울려야할 서름이
저리도 조용히 흐르는구나

두루미와는 달리 시인은 산덩어리 같은 분노나 산천초목도 울고 말 설움에 차 있었고 그것을 누를 수 없었기 때문에 바로 이러한 작품을 쓰게 된 것이라고 해도 틀린 말은 아닐 것이다. 그리고 자기 설득을 겸한 이러한 작품을 통해서 정상과 이상 사이를 왕래하는 정신의 위기를 극복한 것인지도 모른다. 그러한 의미에서 『나의 문학적 자서전』은 그의 작품을 이해하는 데 유례없을 정도의 빛을 던져준다. 언젠가 신뢰할 만한 전문가의 본격적인 정신분석이 이루어지기를 기대하고 싶어진다.

끝으로 주저하면서 한마디 첨가하려 한다. 정치적으로는 천진한 어린이 수준이었다는 미당 변호론이 있는데 그것은 별 설득력이 없다고 생각한다. 거짓말을 밥 먹듯 하고 목적을 위해 수단방법을 가리지 않는, 우리들의 난장 정치판의 저 수다한 저질 마키아벨리언들에 비하면 물론 그는 정치적으로 순진한 편일 것이다. 그러나 비판받는 그의 행적은 긴 앞날을 내다볼 여유가 없이 항시 '취직 자리'에 눈이 멀고 마는 무항산無恒産 무항심無恒心의 궤적이었다고 생각한다. "애비는 종이었다"란 유명한 대목도 비유적인 함의가 없는 것은 아니나 동시에 사실 진술이라고 필자는 생각한다. 그가 인촌 선생을 존경한 것은 그 집안에서 연하자가 반말을 했던 그의 부친에게 인촌이 경어를 썼다는 사실에서 촉발되었음을 미당은 기록하고 있다. 반말당하는 것이 창피해서 이사를 가자고 졸랐고 사실상 이사를 하였다. 그의 자전적 산문에 보이는 과도한 스노비즘도 그러한 맥락에서 이해해야 할 것이다. 그의 자전적인 시와 산문은 우리말로 씌어진 가장 호소력 있는 '벌거벗은 내 마음'이다, 그 점 한 가지만 가지고도 이 20세기 최상의 한국 시인 앞에서 대책없이 무장해제가 되는 자기자신을 발견하게 됨을 실토하지 않을 수 없다.(2001)

7. 유구한 역사와 반反모더니즘
– 시조의 오늘과 내일

장르의 쇠퇴 혹은 소멸

인간의 관습이나 제도가 그러하듯 예술의 장르도 역사적으로 형성된 것이고 특정한 사회 역사적 맥락 속에서 발생해서 발전하고 쇠퇴하고 혹은 소멸한다. 그것을 분명히 보여주는 사례의 하나가 고전고대의 그리스 비극일 것이다. 그리스 비극에 관해서는 많은 연구와 천착이 이루어졌고 현재에도 이루어지고 있다. 다양한 축적적인 연구에도 불구하고-아니 바로 그러기 때문에-그 어원의 연유나 기원에 관해서 비평적 합의를 얻어 정설로 굳어진 것은 없어 보인다.

필자가 접할 수 있었던 연구서 가운데서 가장 설득력 있다고 생각하며 흥미 있게 읽은 책의 하나는 프랑스의 고전학자 장 피에르 베르낭Jean-Pierre Vernant의 『고대 그리스의 신화와 비극』이다. 그리스 비극은 B.C. 6세기 말에 아테나이에서 생겨나서 번창하다가 쇠퇴했는데 그것은 백 년 안의 일이었다고 그는 말한다. 서사시와 서정시의 뒤를 이어 발전했으나 철학이 그 정점을 맞으면서 소멸했다는 것이다.

조지 슈타이너 같은 비교 문학자가 서구문학사에서 3대 승리의 시대
로 꼽은 아테나이 비극시인들의 장르가 어째서 불과 백 년 안에 소멸
하고 만 것일까? 베르낭의 연구를 최대한 요약하면 다음과 같이 된다.

  베르낭은 비극이 예술, 사회제도, 인간 심리 등 각각의 관점에서 보
아 전혀 새로운 발명품이었다고 말한다. 그는 비극의 참 재료가 도시
국가 특유의 사회사상 특히 당시 발전하고 있던 법률사상이었다는 선
행 연구를 수용하면서 비극시인들의 법률적 전문 용어의 구사는 즐겨
다루어진 비극의 주제와 법정의 권한에 속했던 소송 사건과의 밀접한
관계를 강력히 나타내고 있다고 말한다. 비극시인들은 그 모호성, 변
동성, 불완전성 등을 의도적으로 이용하면서 법률용어를 활용했다는
것이다. 그리고 사용된 용어의 불명료성, 의미 변화, 모순 등은 법률사
상 안에서의 의견 상치를 드러내고 또 종교 전통이나 도덕 사상과의
갈등을 나타내고 있다고 설명한다. 법률은 도덕사상과는 별개였으나
양자의 영역은 아직 분명히 구분이 되지 않았던 것이라고 말한다. 그
리스인들은 원칙에 기초해서 일관성 있는 체계로 구성된 절대적 법이
란 생각을 가지고 있지 않았다. 또 정의Dike나 법률nomoi이란 말도 가
변적이고 의미 변화가 심하였다. 그러한 상황에서 비극은 정의와, 가
변적이고 고정되지 않은 법과의 갈등을 그린다. 물론 비극은 법적 논
쟁이 아니다. 그러기 때문에 비극은 이러한 논쟁을 견디어 내거나 결
정적인 선택을 하지 않을 수 없거나 모든 것이 불안정하고 모호한 가
치의 세계에서 행동 방향을 찾아야 할 인간을 주제로 삼는다. 요컨대
비극은 법정이고 도시국가 및 법률제도와 동시에 생겨난 것이라는 것
이다.

  그는 또 비극이 추상적인 차원의 형식논리 상으로는 신화적 사고와
철학적 사고 즉 헤시오드와 아리스토텔레스 사이의 통로라고도 말한

다. 신화적 사고는 모든 개념이 가변적인 모호성의 논리를 갖는다. 철학적인 사고는 동일성의 논리를 갖는다. 이에 반해 비극의 논리는 반대물 사이, 상반되는 힘 사이의 긴장의 논리이며 대립의 논리이다. 그것은 소피스트의 논리이기도 하다. 어떤 문제에 대해서도 두 개의 상반되는 논의가 가능하며 모든 인간문제에는 양극단이 있다는 논리이다. 그러나 뒷날 고전 철학 운동과 함께 진실과 오류가 구분되고 이에 따라 철학이 승리를 거두면서 비극이 종말을 고하게 되었다는 것이다. 베르낭이 그리스 비극을 특정 시기의 시대적 산물임을 강조하는 것은 신화적 사고와 철학적 사고 사이의 통로라는 사실을 강조하기 위해서이다. 단적으로 말해서 신화적 사고에서 철학적 사고에 이르는 과도기에 한 시대를 누렸던 비극은 그 과도기가 끝나자 역사적 소임을 다하고 소멸했다는 것이다.

아테나이의 디오니소스신神의 제전祭典 때 그 일부로 진행되었다는 비극 상연은 엄연한 사회제도이니 만큼 아테나이의 쇠퇴와 큰 연관이 있을 것이다. 또 아테나이 비극이 신화와 영웅들을 한정적으로 다루었던 만큼 소재가 탕진되었다는 국면도 있을 것이다. 현대에 와서도 T.S. 엘리엇 같은 시인이 『대성당의 살인』 같은 작품에서 그리스 고전 비극에 대한 동경을 표명한 바 있다. 또 그리스 비극의 대사가 본시 노래로 불러졌다고 오해한 베네치아의 호사가好事家들이 그 복원을 꾀하는 과정에서 오페라가 생겨났다는 것은 서양음악사의 상식이다. 그러나 그리스 비극이 어떠한 영향력과 흔적을 남겨놓았다 하더라도 특정 역사적 시기에서 사실상 소멸하고 말았다는 사실은 부정할 수 없다. 오페라 자체도 전성기를 지나 쇠퇴기로 접어들었다고 말해도 과언이 아니다.

시조의 관습과 특성

우리의 전통 시가인 시조도 특정한 사회 역사적 맥락에서 발생해서
한 시대를 누리다가 쇠퇴한 문학 양식이다. 우리는 그러한 역사적 성
격을 시인하면서 그 어제 오늘을 검토해야 하리라고 생각한다. 한국
문학 연구의 선구자인 조윤제는 "실로 시조는 조선시가의 대표라 하
겠고 또 과거 조선민족의 상징이 될 것이다"라고 1937년에 간행된 「조
선시가사강朝鮮詩歌史綱」에 적고 있다. 시조가 생겨나기 이전의 모든
시형詩形은 시조형식을 이루려는 준비에 지나지 못하였다고까지 말하
고 있다. 질적인 면에서나 양적인 면에서나 시조가 전통 시가의 대표
라 하기에 부족함이 없다는 것은 누구나 인정할 것이다.

시조의 기원과 발생에 대해서는 아직 비평적 일치를 보지 못하고
있는 것으로 알고 있다. 그러나 고려 말에서 조선조 초기에 일단 형태
적 완성을 본 것이 아닌가 생각된다. 이조년의 걸출한 수작에서 우리
는 한시의 번역 같은 느낌을 받게 되는 것도 사실이다. 그러나 이색의
시조에서 우리는 형태적 자족성을 감지하고 그 성취도에서 형태적 완
성을 인지하게 된다. 흔히 가하는 우의적 해석에서 이색의 소작을 떼
어놓고 보면 빼어난 서정성을 새삼 확인하게 된다.

이화에 월백하고 은한이 삼경인제
일지 춘심을 자규야 알랴마는
다정도 병인양하여 잠 못 이뤄 하노라

이조년

백설이 자자진 골에 구름이 머흐레라

　　반가운 매화는 어느 곳에 피었는고

　　석양에 호올로 서서 갈곳 몰라 하노라

이색

　고려 말에서 조선조 초기에 일단 형태적 완성을 본 시조는 사실 양반 관료나 사대부의 여기餘技로서의 기능을 담당하면서 계승되어 왔다고 볼 수 있다. 고산孤山이나 송강松江 같은 상대적 전문가, 그리고 봉건적 신분관계에서 구차한 위치에 있던 황진이 등의 예외적인 경우를 제외하고서는 여기로서의 시조 특히 평시조는 몇몇 모티프에 스스로를 구속하고 있었다고 생각한다. 옛 도읍지나 진중과 같은 특수 상황에서의 감개 토로(길재, 김종서, 왕방연, 이순신의 소작), 강호 호시절과 이에 따른 궁극적 체제 찬가(황희, 남구만, 이재의 소작), 우의적 교훈과 전언(이황, 양사언, 박인로, 김천택의 소작), 풍경과 이를 통한 마음 상태의 표출(월산대군, 성훈, 임제, 선우협의 소작) 등이 그것이다. 그나마 몇몇 여류 시인의 소작이 서정시의 본령이라고 할 에로스의 동향動向을 보여주고 있는 것은 참으로 다행한 일이다. 요컨대 평시조에 관한 한 조선조 중기까지는 양반 관료 등이 중요 생산자 구실을 한 것이다. 바꾸어 말하면 사대부 내지는 양반 관료라는 신분적 특수성과 여기라는 생산적 특수성이 그 모티프를 제약하고 한정시킨 것이다. 그리고 주목할 것은 비록 양적으로는 소수라 하더라도 이들 양반 관료들의 소작이 일정한 수준의 시적 성취를 이루고 있다는 점이다. 작자 미상의 소작들 가운데 높은 성취를 이룬 것은 희소하다. 엇시조나 사설시조에서 그나마 다양한 변주의 흥취를 감득하게 되는 것이다.

　이 한정된 모티프가 현대 시조에서 고스란히 재생산되는데 그것은 모티프 혹은 토포스topos의 압력이 얼마나 강력한 것인가를 보여 준다. 예술 창작에서 관습convention은 거의 규범으로 작동하며 강화되는 성향을 보인다.

봄이또 왔다한다 오시기는 온양하나
동산에 퓌인 꽃이 언가슴을 못푸나니
님떠나 외론적이면 겨울인가 하노라

「떠나서 9」 최남선

처마에 낙수소리 인제 분명 봄이로고
복(福)비는 동령승이 마슬로 올때로다
오늘쯤 회심곡소리 들릴 것도 같아라

「봄」 이은상

담머리 넘어드는 달빛은 은은하고
한두개 소리없이 나려지는 오동꽃을
가랴다 발을 멈추고 다시 돌아 보노라

「오동꽃」 이병기

위에 적어본 20세기에 씌어진 육당, 노산, 가람의 소작들은 말투나 소재 선택 및 처리에서 조선조 사대부의 시조와 크게 구분하기가 어렵다. 표제가 붙어 있는 것이 다르다면 다른 점일 것이다. 그것을 단순히 인습에의 굴종이나 모방 행위의 연장으로 규정하는 것은 적절하지 못할 것이다. 20세기 초엽에 시조 부흥운동에 참여하여 작품으로 실천한 시조 시인들은 전통적 민족 시가를 부흥시키고 그렇게 함으로써 우리

고유의 것을 선양하자는 문화 민족주의의 사명감을 가지고 있었다. 따라서 그들에게 중요한 것은 시조의 시조다움을 강조함으로써 시조의 정체성 보존과 부흥에 기여하겠다는 제작 의지였다. 그러한 제작의지가 개개인에게 자각적으로 내면화된 것은 아니겠지만 심층적 차원에서는 하나의 구심적 지표가 되었을 공산이 크다. 따라서 초기 시조부흥운동에 참여한 시조 시인들의 소작을 서양 근대 낭만주의의 이념인 독창성이나 독자성이란 판단기준으로 평가한다는 것은 현명한 처사가 되지 못한다고 생각된다. 그들에게는 우선 시조 정체성의 보존과 계승이 중요했고 선행 시조에의 전면적 의존은 따라서 정체성 보존에 이르는 하나의 방법이었을 것이다. 또 그들은 동시대 근대시인들의 작품과의 차이성을 보여주어야 한다는 자기부과적인 숙제에도 무심할 수가 없었을 것이다. 고색창연한 시풍은 그러므로 시조의 정체성과 독자성 유지를 모색하는 시조시인의 전통 계승의 결과라고 할 수 있다. 이러한 시조부흥의 인과관계는 육당, 노산, 가람 이후의 시조시인에게서도 느슨하게나마 인지된다.

선죽교 선죽교러니 발남짓한 돌다리야
실개천 여윈 물은 버들잎에 덮였고나
오백년 이 저 세월이 예서 지고 새다니

피니 돌무늬니 물어 무엇 하자느냐
돌이 모래되면 충신을 잊겠느냐
마음에 스며든 피야 오백년만 가겠니

조운, 「선죽교」

잎진 가지새로 머언 산길이 트이고
새로 인 지붕들은 다소곤히 엎드리고
김장을 뽑은 밭이랑 검은 흙만 들났다

들안을 깔린 낙엽 아궁에 지피우고
현불에 지새우던 그날 밤을 생각느니
몹사리 그리운 시름 눈에 고여 흐린다

김상옥, 「입동」

가을도 해질 무렵 저 멀리 화장터에
오늘도 오르는 한 줄기 연기 있다
그 어늬 소중턴 몸이 속절없이 타느뇨

꿈도 설움도 하 그리 가꾸던 육신도
한번 떠나면은 저러히도 그만인가
아직은 젊은 손등을 어루만져 보도다

이호우, 「연기」

　　조운은 시조 시인 가운데서도 이호우와 함께 변주를 통한 시조 근대화에 각별히 노력한 시인이요 그런 쪽의 수작을 보여주고 있다. 그럼에도 시조시인 조운의 본령이 가장 잘 드러나고 있는 것은 소재 선택이나 처리에 있어 가장 전통적이랄 수 있는 「선죽교」 같은 작품이라 생각된다. "마음에 스며든 피야 오백년만 가겠니"와 같은 종장은 전통 시조의 어법과는 사뭇 다른 파격적인 현대의 구어口語조로 되어 있다. 그러나 이러한 어법상의 파격에도 불구하고 유서 깊은 다리에서 옛 역사를 생각하고 충신을 기리며 한을 되새기는 발상법은 옛 시조를 방불케 한다. 이렇게 시조 고유의 관습에 충실할 때 시조의 매력이 돋보인다는 느낌을 금할 수 없다.

비슷한 말은 김상옥의 경우에도 적용할 수 있다. 김상옥은 시조 정형과 관습의 구속에서 탈출해서 자유시로 자신의 시 세계를 옮겨갔다. 그러나 엄격히 따져 볼 때 김상옥의 자유시는 그 성취도에서 초기 시조의 수준에 이르지 못한다고 생각한다. 시조를 버림으로써 김상옥은 시인의 정체성마저 흠집 낸 것이 아닌가 생각된다. 적어도 그의 자유시 중 「봉선화」를 위시한 몇몇 시조에 견줄 만한 것은 찾기가 어렵다. 위의 시조 「입동」은 향토 풍경의 서경敍景과 지난날에 대한 회포가 여울려 서정적 울림을 가지고 있다. 전통 시조의 모티프가 예스러우면서도 그 나름의 절실성을 지니고 있다. 시조니 자유시니 하는 장르상의 구분을 떠나서 서정시로 일정 수준에 도달해 있다.

이호우는 「낙동강 빈 나루에 달빛이 푸릅니다」란 처녀작의 초장부터 시조란 뼈대 안에서 과감한 혁신을 도모한 시인이다. 그럼에도 그의 대표작이라 이를 만한 「살구꽃 피는 마을」에서 볼 수 있듯이 시조 전통에 귀의해서 착실한 효자 노릇을 할 때 가장 독자적인 시인으로서의 면모를 보여준다. 위에 적은 「연기」는 화장터의 연기라는 옛 시조에서 볼 수 없는 소재를 다루면서 출발하고 있다. 그러나 이어지는 예스러운 영탄은 역시 시조 관습에의 귀속을 통해서 체모를 유지하고 있다. 그의 많은 변형 시조는 일정 수준의 성취를 이루고 있지만 단락短絡적인 영탄이나 회한의 표출이라는 점에서 시조의 한계를 벗어나지 못하고 있다.

시조의 위기와 부흥

시조는 고려 말과 조선조 초에 사대부나 양반 관료의 여기餘技로 일단의 형태적 완성을 이룬 후 서서히 그 생산자를 확대해 갔다고 할 수 있다. 사대부들이 한시漢詩 제작에서 문학적 표현 욕구를 충족하려 하던 시기에 시조는 어디까지나 변두리 형식이요 여기의 대상에 지나지 않았다. 고산이나 송강 같은 시인들은 이 점에서 예외적인 존재였다고 할 수 있다. 시조의 모티프가 매우 한정되어 있다는 것도 제작 주류인 사대부들의 세계관, 행동 반경, 윤리의식, 감정의 운영이 비슷했다는 점에서 찾을 수 있다. 성리학을 위주로 한 유가의 전적 섭렵을 면학의 전부라고 생각하고 있던 그들은 가령 귀양 터에서의 소회 토로나 면학을 권고하고 교훈을 들려주려 할 때 임시적인 시조시인으로서 자신을 정의했던 것이다. 모티프상으로 시조가 그나마 다양성을 획득한 것은 황진이나 홍랑 같은 비주류 여성들의 합류를 통해서 가능했다. 조선조 후기에 이르러 가객이나 평민이 참여하여 평시조의 모티프가 유연성을 획득하고 엇시조나 사설시조가 등장하여 평민의 생활감정이 도입됨으로써 모티프도 비교적 다양해진 것이라 할 수 있다.

어디까지나 변두리 형식으로서 사대부들의 감정 운영의 한구석을 차지했던 시조는 그러나 위기에 봉착한다. 그것은 전통 양반 관료층의 신분적 위기와 겹치는 것이다. 19세기 말에서 20세기 초의 사회 상황은 주요 제작층인 사대부들의 사회적 존립 기반을 뒤흔들었다. 또 번역 시형詩形에서 유래한다고 생각되는 새로운 형태의 자유시가 변두리 형식으로서 주류인 한시漢詩에 새로운 도전을 가하기에 이른 것이다. 이제 시조는 자유시와 경쟁관계에 들어선다. 이 자유시의 제작층은 안정된 사회적 기반을 갖고 있던 과거의 사대부들과는 다른 다양한 계층의 청년들이었다. 1910년대와 20년대에 작품을 보여준 육당, 춘원, 주요한, 김안서, 김소월 등은 사대부 계층 출신이 아니다. 근대와 근대성을 어떻게 정의하건 중요한 것은 활발한 사회이동 즉 신분이동이 근대사회의 가장 중요한 특징이라는 점이다. 우리 근대문학의 기점을 어디에 둘 것인가 하는 논의에서 우리가 거론할 판단기준의 하나는 사회이동의 가능성과 실제에 대한 고려라 생각한다. 사회이동의 가능성이나 실제를 선언적 차원의 정책 표명으로 가늠하는 것이 아니라 현실의 구체 속에서 검토해야 할 것이다. 봉건적 신분관계의 고정성이 사실상 붕괴되면서 사회이동이 가능해진 시기가 근대의 기점이요 또 사회이동을 경험하고 실현한 사람들의 자기표현이 곧 근대문학이라고 해야 할 것이다. 김소월의 시가 아무리 예스러운 구비전통에의 청각적 충실성에 시종했다 하더라도 그가 근대시인인 것은 성리학의 유가 전통이 금기시했던 에로스 충동을 정면으로 노래해서 그것을 정서적으로 합법화했기 때문이다. 거기에는 우리의 근대가 반영되어 있다. 이러한 근대 자유시의 도전 앞에 시조의 주류인 평시조를 놓고 비교할 때 근대문학으로서의 요건을 상실했다고 할 수밖에 없다.

　역사적으로 역할과 기능을 소진한 시조는 그리스 고전 비극처럼 소멸할 명운에 처해 있었다. 시조를 소멸로부터 구한 것은 시조시인들의 의식적인 노력과 실천 때문이었다. 문화적 민족주의의 표현인 시조 부흥론과 주창자들의 제작 실천이 그것이다. 이때 시조의 정형성과 관습이 일정한 효과를 발휘하면서 시조형태의 존속을 가능케 하였다. 정형시定型詩인 시조는 그 나름의 음수율과 관습으로 제작자에게 제약을 가하는 것은 사실이나 이 제약은 또 최소한의 성취 여건을 제공해 준다는 이점이 있다. 음수율과 관습에 순종함으로써 제작자는 복종 속에서의 자유를 누릴 수 있는 것이다. 이에 반해 무제한의 자유를 보장해 주는 듯이 보이는 자유시는 제작자에게 의존할 만한 그 아무것도 보장해 주지 않는다. 자유시의 자유는 방황과 기댈 곳 없는 불안한 무력감을 제공해 줄 공산이 크다. 얘기가 다소 추상적으로 흐른 감이 있지만 가령 초등학교 어린이에게 음수율에 맞추어 동시를 적어 보라 하면 무엇인가를 만들어내지만 그냥 적어 보라 하면 속수무책으로 앉아 있는 사정을 상기하면 될 것이다.

가령 육당 최남선의 경우를 검토하면 좀 더 분명해질 것이다. 널리 알려져 있듯이 육당은 이른바 신시의 효시라 알려져 있는 작품을 발표한 바 있다. 소위 문학사적 호기심에서 읽게 되지만 작품으로서의 매력은 찾아지지 않는다. 그러나 그의 시조는 갑갑한대로 일정 수준의 성취를 보여주고 있음이 사실이다. 물론 초기의 육당 자유시는 스물 안팎 소년기의 작품이요 최초의 현대시조집이라는 『백팔번뇌百八煩惱』가 나온 것은 그의 나이 30대 중반의 일이다. 자유시 제작이라는 습작기를 거침으로써 시조시인 육당이 탄생했다고 볼 수도 있다. 그렇지만 자유시가 제공하는 외관상의 자유와 방황을 포기하고 시조의 정형, 관습, 예스러운 어사語辭, 한정된 모티프에 자신을 구속함으로써 그의 자유시가 보여주는 황당무계함에서 벗어날 수 있었다고 보는 것이 적정하다고 생각한다. 시조의 정형성이 특히 언어구사의 절제와 조탁을 요구했다는 국면은 매우 중요하다. 자유시와 시조와의 관계에 관해 육당에게 한 말은 김상옥, 이호우 등에게도 해당된다고 생각한다. 어쨌거나 갸륵한 문화적 민족주의에서 나온 시조부흥론과 그 실천이 시조를 사회적 자연사自然死로부터 구해주었다고 해도 과언은 아니다.

시조의 반反모더니즘

현대시조가 보여주는 중요한 특성은 무엇일까? 모든 현대시조에 내재하는 일관된 성격이 있다면 무엇일까? 그것은 시조의 사회적 역사적 기원이나 발달과 불가피하게 연루된 반反모더니즘이다. 우리 20세기 시에서 모더니즘을 어떻게 정의하든 모더니즘 시와 가장 대척적인 위치에 서 있는 것은 시조이다. 시조의 세계는 정지용, 김기림, 이상, 김광균의 시와 정반대되는 세계이다. 페미니스트 시인이나 녹색지향 시인이 자신의 대의大義를 시조로 표현한다고 가정해 보자. 그것은 희극적인 자기 희화戱畵로 귀결되고 말 것이다. 현대시조도 자연 서경, 계절의 순환, 영탄적 회고, 특정 순간의 심경 토로, 계기契機시편, 경의의 헌정, 우정의 교환 같은 전통적 모티프의 처리로 명맥을 이어왔다. 그러면 이 포스트 모더니즘의 글로벌 세계에서 반反모더니즘의 문학 형태는 과연 어떤 가능성을 가지고 있는 것일까? 염상섭의 소설과 현대시조를 좋아한다는 문학 소년이나 문학 소녀를 만나본 적이 없는 필자는 이에 대해서 어떠한 잠정적 답변도 준비하지 못하고 있다. 다만 반근대주의 시조가 소극적 차원에서 계고적인 해독제 구실을 할 수는 있다고 말하고 싶다.

산문과 운문의 구별이 뚜렷하지 않은 우리글의 성격과 관련되지만 시인들을 현혹시키는 항상적인 유혹이 있다. 그것은 요설과 산문을 향해 열려 있는 제어하기 어려운 다변多辯 충동이다. 특히 사유 지향을 자임하는 시인의 경우 다변 충동이 전경화되어 있음을 보게 된다. 이때 시조는 그 정형성과 단시短詩적 성격을 통해 어사의 절제와 선용을 설득할 수 있다고 생각한다. 앞서 인용한 적이 있는 조운의 소작을 통해서 살펴보기로 하자.

선죽교 선죽교러니 발남짓한 돌다리야
실개천 여윈 물은 버들잎에 덮였고나
오백년 이 저 세월이 예서 지고 새다니

　　명승고적에서의 회고적 심경 토로라는 단골 모티프에 의존한 소작
이지만 언어경제면에서 단연 빼어난 작품이다. 선죽교에 대한 간결한
서경에 이어 시인의 소회가 짤막하게 첨가되어 있다. "오백년 이 저
세월이 예서 지고 새다니." 말할 것도 없이 이 다리에서 고려가 망하
고 조선조가 서는 계기가 있었다는 뜻이지만 그것을 단 한 줄로 집약
한 것은 대단한 솜씨다. 고려 오백년과 조선조 오백년을 '오백년 이
저 세월' 이라 한 것이라든지 나라의 흥망을 '지고 새다'로 압축한 것
이라든지 명장의 솜씨다. 박종화가 『석굴암 대불 2』에서 "솔바람 새소
리에 또 다시 천년이 갔네"란 한 줄로 '신라의 천년 사직이 끝난 후 다
시 천년이 지났다' 는 것을 적은 것과 함께 우리 시에서 가장 함축적인
간결성의 사례라고 생각한다. 이러한 간결성은 결국 정형과 단시가
요구하는 강제에 대한 응답으로서 외적 제약이 없는 자유시 제작자가
배워야 할 국면이라고 생각한다. 한편 정형성은 언어의 창의적인 구
사를 강요하기도 한다. 다시 앞에서 인용한 대목에서 그 사례를 들어
본다.

선죽교 선죽교러니 발남짓한 돌다리야

조운

현불에 지새우던 그날 밤을 생각느니

한번 떠나면은 저러히도 그만인가

이호우

'발'이란 말할 것도 없이 '두 팔을 잔뜩 펴서 벌린 길이'인데 요즘은 어려운 말이 되었다. 선죽교라고 많이 들어온 바 있으나 막상 와서 보니 한 발 남짓한 조그만 돌다리란 뜻인데 정형이 요구하는 압축적 표현이 놀랍다. '현불'은 '켠불'이니 '불을 켜놓고 지새우던 그날밤'의 뜻이 된다. '저러히도'는 '저렇게'의 변형인데 그 예스러움과 낯설음이 아주 효과적이다. 앞에 오는 '하 그리'와 좋은 맞대응이 되어 있기도 하다. 이것은 사소한 국면이긴 하나 어사 활용이나 산문성의 극복이라는 점에서는 눈여겨볼 만한 대목이요 전통적 미덕이기도 하다.

조그만 첨언

국제 비교문학회의에 참석하기 위해 네델랜드의 라이덴에 들른 적이 있다. 라이덴대학 근처의 한 고층건물 벽에 커다란 글씨로 일본의 승려시인 바쇼芭蕉의 하이쿠가 일본 가나 세로 쓰기로 씌어 있는 것을 보았다. 페인트로 된 것인데 일변 놀랍고 일변 부럽기도 하였다.

거친 바다여 사토가섬에 누워있는 미릿내

사토가佐渡섬은 니이가타현에 속해 있고 동해 쪽에 있는 섬으로서는 일본 최대라 한다. 예로부터 중죄인의 귀양 터로 알려져 있다. 어느 해설자는 "사도카섬은 파도치는 바다 저편. 그 섬 그림자와 거친 바다를 별과 달이 비쳐 주고 있다. 은하수도 보인다"고 부연하고 있다. 극히 인상적인 이미지다. 사실 일본의 하이쿠는 일본이 경제 대국으로 부상하기 훨씬 이전부터 구미에 번역 소개되어 20세기 초두의 이미지즘 시운동에도 영향을 끼쳤다. 바쇼 하이쿠 영역본의 꼭지 글에서 바쇼는 이백, 두보와 더불어 동양의 최대시인으로 홍보되어 있기도 하다. 일본 단시의 특성이 그 고도의 암시성에 있으며 특히 17음절로 된 하이쿠에서는 독자가 그 의미를 완성하게 마련이라는 것은 서양연구자들이 흔히 지적하는 사항이다. 따라서 31음절로 된 와카和歌보다도 하이쿠가 구미 쪽에서 더 환영받는 것 같다. 위에 적어놓은 바쇼 하이쿠만 하더라도 해설자의 부연을 통해서 우리는 그 이미지의 전모를 파악할 수 있다.

프랑스의 이브 본느화Yves Bonnefoy는 하이쿠가 프랑스에서도 관심을 모으는 것은 비록 빈약한 번역이라 하더라도 하이쿠가 단시短詩의 최고의 사례를 보여주기 때문이라며 단시의 특징을 말하고 있다. 그는 그것을 "시적 경험 그 자체, 시 이외의 아무것도 아닌 것 같은 독특한 경험을 향해서 마음과 몸을 여는 능력을 증대시키는 것"이라고 규정하고 있다. 시조는 상대적으로 단시이기는 하나 평균 45음절로 되어 있고 초장, 중장, 종장을 통해서 모호성과 암시성을 원천적으로 배제하고 있다. 독자의 참여를 통해서 의미가 완성되는 모호성과 암시성의 결여가 시조의 특성이라고 할 수도 있다. 시조와 하이쿠의 대립은 유가의 합리주의와 선불교 직관주의의 대립일지도 모른다.

구미의 연구자들은 한 왕조가 5백 년이 넘게 계속되었다는 점에 놀라움을 표시하면서 조선조를 거론한다. 발생 시기를 고려 말로 잡더라도 시조란 시가 양식이 5백 년 넘게 지속되고 있다는 것 역시 어떻게 보면 놀라운 일이다. 생각건대 그것은 시조의 영광이기보다는 부끄러움일지도 모른다. 엄정한 의미에서 전문적인 제작자를 갖지 못한 채 여기餘技로서 시종해 왔고 한시나 자유시와 같은 주류 시가에 대해서 변두리 형식으로 시종해 왔기 때문이다. 시인들과 비교해서 생산량이 적은 것이 아님에도 불구하고 시조 시인이 아마추어 시인이라는 헛 인상을 주는 것도 그 때문일 것이다.

문화 민족주의의 열의에 의해서 부흥 유지된 것은 사실이나 현대 시조가 나라 안팎에서 얼마마한 동호인을 모으고 있는지 의문이다. 말 그대로 저들의 국민시가인 일본의 하이쿠 동호인 혹은 실작자가 2, 300만 명에 이른다는 것과 다시 한 번 좋은 대조가 된다. 그러나 시조의 앞날이 막혀 있다고 보는 것은 편벽된 시각일 것이다. 여담이지만 어린 시절 공중목욕탕에 가서 흔히 볼 수 있던 것은 온탕 속에 들어앉은 노인이 눈을 감은 채 시조를 느리게 창하는 정경이었다. 한없이 느리게 해서 언제 끝날지 모를 지경이었다. 노래를 하면 면역기능이 현저하게 활성화되어 건강에 아주 좋다는 영국 어느 대학의 실험 결과가 근자에 보도된 바 있다. 음악을 듣는 것만으로는 그런 결과를 기대할 수 없다는 것도 보도되었다. 그게 사실이라면 따뜻한 목욕탕에서 시조를 창한 옛 노인들은 최상의 건강증진법을 무자각적으로 실천한 셈이다. 건강에 대한 관심이 엄청나게 고조되어 있는 사회에서 시조는 건강증진에 유효한 창의 보급을 통해서 동호인구의 확대를 도모할 수도 있을 것이다.

그러나 시조가 지속적으로 발전할 수 있느냐의 여부는 전문적인 그릇 큰 시조시인들을 앞으로 배출할 수 있느냐에 달려 있을 것이다. 앞서 얘기했듯이 반反모더니즘은 시조 고유의 특성이다. 그러한 특성에서 벗어나 관습을 폐기하려는 경향은 필경 자유시로의 변모나 전환으로 끝날 공산이 크다. 그렇다면 반모더니즘을 어중간하게 지양하기보다는 시조 고유의 반모더니즘에 투철해 보는 것도 시조 정체성과 전문성을 살리는 하나의 방법이 될 수 있을 것이다. 그러한 맥락에서 의식을 제어하고 일상적 자아를 소거하는 선과 같은 전통적 세계에 몰입해 보는 것도 시조의 고유 영역을 넓히는 처사가 될 수 있을 것이다. 가령 다음과 같은 대목은 시조를 통해 비로소 생색나게 자기주장을 하고 있음을 보게 된다.

비낀 볕 소등위에 피리 부는 저 아해야
너의 소 일 없거든 나의 근심 실어주렴
싣기야 어렵지 않지만 부릴 곳이 없노라.

한용운, 「실제(失題)」

지난 달 초이튿날 한 수좌가 와서
달마가 서쪽에서 온 뜻을 묻길래
내설악 백담 계곡에는 반석이 많다고 했다.

조오현, 「무설설(無設設) 5」

하지만 컬럼버스의 달걀처럼 실천을 통한 구현만이 곤란한 가능성을 실현한다. 문화 민족주의의 열의와 새로운 감수성을 구비한 젊은 재능들의 능동적 참여가 의표를 찌르는 오래됨의 새로움을 보여주기를 기대한다. (2006년)

8. 평가와 지적 유행

잊혀지는 이름들

알랭이란 이름을 처음 알게 된 것은 학생 시절의 일이다. 아마 휴전 직후쯤의 일이 아니었나 생각된다. 학생들에게 권하고 싶은 책이란 제목 아래 몇몇 교수의 짤막한 도서 추천사가 대학신문에 나 있었다. 영문학과의 이양하 선생이 알랭의 『행복론』을 거명하고 찾아 읽기를 권하고 있었다. 다른 몇 분이 추천한 것도 있었지만 전혀 기억나지 않고 또 이 선생이 무슨 말을 했는지도 기억에 없다. 다만 이양하와 알랭이란 고유명사와 『행복론』만이 또렷하게 기억에 남아 있을 뿐이다. 추천자의 권위와 책제목의 매력 때문에 언제고 꼭 읽어야겠다고 다짐하였다. 그러나 우선 책 구하기가 어려웠고 좀처럼 기회가 없었다. 그 책을 구해 읽은 것은 학교를 나와서 한참 만의 일이다.

그러나 이 책에 대해서 지금껏 기억하고 있는 것은 많지 않다. 다만 책 첫 번째 항목 내용은 어렴풋이 기억하고 있다. 젊은 시절 알렉산더 대왕이 명마名馬를 선사 받았는데 너무나 사나워서 아무도 제어하지를 못했다. 말을 골똘히 관찰한 알렉산더는 그 말이 제 그림자가 무서워 날뛴다는 것을 알아내었다. 그래서 말의 코빼기를 태양을 향하게 한 채 얼르고 나서 성큼 말 등에 올라타 그 말을 제어하게 되었다는 일화를 소개하고 나서 정념情念의 참다운 원인을 알아내야 비로소 그 정념을 관리할 수 있다는 지혜를 전해주고 있다. 모두 일상의 비근한 예를 통해서 자근자근하게 우리의 삶을 지혜롭게 영위하는 법을 말해주고 있는 책이다. 『행복에 관한 어록』이란 제목으로 1925년에 간행되었을 당시 60편의 어록propos이 수록되어 있었으나 1928년 93편을 수록한 새판이 나와서 많은 독자를 모은 것으로 알려져 있다. 어쨌건 그는 많은 분야를 다룬 어록을 통해 프랑스에서 많은 독자를 얻었다. 풍부한 교양과 유연한 합리주의 정신으로 삶과 예술에 관해 통찰을 보여준 그는 1951년 작고하던 해 문학국민대상이란 영예를 받았다.

알랭은 서구 문물 수입에 아주 정력적이었던 이웃 일본에서 1930년대부터 널리 알려져 비교적 많이 읽힌 철학자요 에세이스트다. 그런데 요즘 우리나라에서 알랭을 아는 사람이나 읽은 사람은 별로 없다. 젊은 세대 사이에서는 특히 그러하다. 비단 알랭 뿐만 아니라 앙드레 지드, 폴 발레리 등도 젊은 세대들에겐 대체로 낯선 인물로 남아 있다. 전후에 널리 알려지고 읽힌 사르트르나 카뮈에게 완전히 가려졌기 때문일 것이다. 그러면 사르트르나 카뮈의 수용은 어떻게 해서 왕성하게 이루어진 것일까? 말할 것도 없이 실존주의란 새 사상의 수용 과정에서 자연스레 이루어진 것이다. 실존주의가 단순히 새로운 사상이라는 피상적인 이유 때문이 아니라 전후에 팽배한 불안과 고뇌에 대한 철학적 단초가 들어 있기 때문일 것이다. 이윽고 사르트르나 카뮈는 한편으로 루카치나 골드만 등의 마르크스주의자에 의해, 다른 한편으로는 푸코나 데리다 등의 탈구조주의 이론가들에 의해서 가려져 잊혀지게 된다.

　이렇게 보면 세대마다 그 세대가 수용하고 숭상하는 사상가나 문인이 있다는 것을 알게 된다. 동시대인들에게는 공통의 갈증이나 관심사가 있게 마련이고 그래서 일종의 지적 유행 비슷한 현상이 생겨나는 것이다. 이전 세대가 열성적으로 수용한 문인이나 사상가가 있음에도 불구하고 새 세대가 그들을 버리는 것은 자신들의 주요 관심사나 고민거리와 잘 맞지 않기 때문일 것이다. 따라서 새 세대가 등장하면서 특정 사상가나 문인이 정기적으로 버림받게 되는 것이라고 말할 수 있다. 사람이란 당대의 대세에 매우 민감한 존재이다. 사람들이 모인 장소에서 헛기침이나 하품은 굉장히 빠르게 전파되고 전염된다. 지적 유행이나 사고의 성향에서도 이러한 다수 추종현상은 빈번히 발견된다. 새로운 것을 선택하고 헌 것을 버리는 것은 단순히 전자제품 브랜드에 한하지 않는다.

　오늘날 아무도 거들떠보지 않는 듯이 보이는 지난 시대의 양식가良識家 알랭은 "소설, 회화, 아니 어떠한 종류의 작품을 대할 때에도 개개 인간은 좋은 심판자가 아니다. 그렇지만 모여 있으면 인간은 좋은 심판자의 집단이 된다"고 그의 『문학에 관한 어록』에서 말하고 있다. 그렇게 되는 것은 인간이 각자의 판단에 따라 밖으로 표현하는 놀랄 만한 선의 때문이라고 그는 부연 설명한다. 얼마쯤 모호한 얘기다. 그러나 어쨌든 알랭은 보이지 않는 손의 작용으로 좋은 작품은 길이 수용되게 마련이라는 일종의 예정조화설을 믿고 있는 것 같다. 그래서 플라톤의 작품이 모조리 입수 가능한 '플라톤의 기적' 현상에 탄복하고 있는 것이다.

평가의 부침

알랭이 탄복하고 있는 '플라톤의 기적'을 예술 부문에 적용하면 이른바 예술가치의 지속성의 문제가 된다. 특정한 역사적 상황의 산물인 예술작품이 어떻게 해서 시간적 공간적으로 상거相距해 있어 전혀 다른 사회적 조건 아래 살고 있는 사람들에게도 계속적인 감동을 줄 수 있는가? 이 문제는 예술사회학이 마주치고 제기한 가장 곤란한 문제의 하나이다. 이에 대한 가장 피상적이고 통속적인 해명 시도는 영원한 인간성을 내세우는 관념론적인 접근이다. 시간적 공간적 거리에도 불구하고 인간성이란 것은 영원히 불변하는 것이며 따라서 인간본성에 착실하게 기초해 있는 예술은 어느 시대 어느 장소에서나 호소력을 발휘하게 마련이라는 것이다. 그러나 모든 것을 '역사화' 하는 경향이 있는 오늘날 영원불변하는 인간본성을 신봉하는 사람들은 많지 않을 것이다. 역사 개념을 폭넓게 잡아서 인간사회가 공유하고 있는 억압과 피억압의 사회관계에서 가치 지속성의 원천을 보려는 관점도 있다. 그렇지만 이것은 너무나 추상적인 일반론이 되어 구체적 세목을 갖추지 못한다.

문학과 예술의 상대적 자족성을 주장하는 마르크스주의 유파 가운데는 예술작품의 수용을 끊임없는 재생산 과정으로 포착해서 설명하는 관점도 있다. 가령 고대 그리스 비극은 현대 독자들이 접하는 것과는 전혀 다르게 당대 관중들에게 수용되었다는 것이다. 그러니까 19세기의 독자가 읽는 『춘향전』과 20세기의 독자들이 읽는 『춘향전』은 사실상 동일한 텍스트가 아니라는 것이다. 작품은 움직이는 과정이지 정지한 대상이 아니며 20세기의 독자는 과거의 텍스트를 새로 구성해서 새롭게 써서 읽는다는 것이다. 그러니까 예술가치의 지속성이란 개념자체가 잘못 구상된 것이며 잘못 제기된 문제라는 것이다. 그래서 끊임없는 재생산 가능성의 계기가 풍요한 작품이 결국은 고전이니 명작이니 하는 이름으로 광범위하게 혹은 지속적으로 수용되는 셈이다.

이것은 당대 작품의 경우에도 해당되는 사안일 것이다. 동일한 텍스트를 세대마다 다르게 구성하고 새로 써서 읽어낸다. 그것은 세대마다 역사를 새롭게 쓰는 것과 다르지 않다. 국민국가의 역사나 세계사 뿐만 아니라 개인사의 경우에도 주체의 나이와 처지에 따라 의미와 중요성은 달라지게 마련이다. 고전의 경우에도 사정은 마찬가지다. 호메로스의 서사시는 서구의 문학 전통에서 그 중요성과 빼어남은 이론의 여지가 없는 것이었고 그에 대한 도전은 상상할 수 없는 것이었다. 베르기우스는 언제나 호메로스의 그늘에 가려 이를테면 부차적이고 파생적인 삶을 누리고 있었다. 그러나 20세기의 두 차례 세계전쟁과 그에 따른 망명과 유랑을 체험한 세대들에게 베르기우스는 새로운 의미와 중요성을 띠고 새로 태어난다. 호메로스의 그늘에서 벗어나 이제 당당한 고유성을 주장하게 되는 것이다. 우리 쪽의 경우에도 가령 정지용의 「향수」나 백석의 향토 시편은 난개발과 산업화로 자연 훼손과 전원 파괴가 현저한 오늘날 발표 당시엔 갖지 못한 새 의미를 띠게 되는 것이 사실이다. 한때 역사와 현실로부터의 도피라는 일리 있는 비판을 감수해야 했던 『청록집』의 자연 시편들도 생태계의 위기가 거론되는 오늘 새로운 참조 체계 속에 귀속하게 된다. 자연 숭상과 자연에의 귀의가 이제는 새로운 부가가치로 떠오른 것이다. 그러한 한에서는 작품도 움직이는 과정 속에 있다는 말은 옳은 소리다.

변화하는 사회 역사적 조건이 작품을 새로운 참조 체계 속에 귀속시키듯이 변화하는 지적 취향과 유행이 작품을 새로 만들어 낸다. 우리 문학에서는 이른바 모더니즘의 문학이 그 비근한 예가 될 것이다. 새로움을 중요한 가치판단의 척도로 표방하면서 등장한 모더니즘은 그 구체가 무엇이든 선행 문학을 낡은 것으로 공격하면서 자기 정체성을 증명하려고 하였다. 김기림의 모더니즘이 '진부한 내용과 고루한 형식'이라며 가장 호되게 비판한 것은 이른바 '센티멘탈 로맨티시즘'이었고 그 주된 표적은 사실상 김소월이었다. 또 '내용의 관념성과 말의 가치에 대한 소홀'이란 이름 아래 불신한 것은 카프파의 시 경향이었다. 김소월 등의 조선주의나 임화 등의 프롤레타리아 시편들은 당대의 주요 시적 경향이었다. 이를 비판한 모더니즘은 새로운 시적 경향을 나타내면서 새로운 시적 유행을 낳았다. 경향과 유행이 바뀌면서 그때그때의 대표적 시인들의 평가도 달라지게 마련이다. 1920년대부터 독자적인 시적 성취를 보여준 정지용이 응분의 평가를 받기 시작한 것은 1930년대 후반부터이다. 1930년대 중반에 그때까지의 작품을 망라한 처녀 시집을 발간한 것이 직접적인 계기가 되었지만 그 배경에는 카프 문학의 쇠퇴와 독자들의 식상이라는 유행의 변화가 자리잡고 있었다.

시적 경향이나 유행의 변화는 당연히 평가에서의 변화와 부침을 야기하게 마련이다. 가령 1920년대 말에서 1930년대 초반에 높은 평가를 받았던 임화의 시적 위상은 1930년대 이후 하강했다가 해방 직후의 정치적 계절에 이번엔 '문화권력'의 실세라는 사정도 가세해서 크게 상승한다. 모더니즘의 등장과 함께 시인으로서의 위상이 크게 상승했던 김기림은 해방 직후의 정치적 노도질풍기에 좌파적 현실주의 색채를 겸비함으로써 위상의 하강 없이 새로운 균형을 얻게 된다. 이렇게 생각할 때 우리는 평가에서의 위상 상승과 하강, 그리고 당대의 사회 상황 그리고 문학적 유행 사이에서 가시적인 함수관계를 발견할 수 있게 된다.

과대평가와 과소평가

특정 시인이 과대평가 되고 있다든가 혹은 과소평가 되고 있다는 얘기를 흔히 듣게 된다. 그러나 엄격히 따지고 보면 매우 모호한 얘기다. 가령 과대평가 되고 있다고 할 때 그 기준은 무엇인가? 어떤 통계적 자료를 근거로 해서 이런 말을 하는 것인가? 또 이때 평가의 주체가 되는 사람들은 도대체 누구인가? 일반 독자인가 아니면 문과 학생들인가? 또는 감식력 있는 고급 독자들인가? 아니면 전문적 시인들인가? 혹은 장르 불문하고 일반 문인들인가? 평가 수행자에 대한 검토 없이 막연하게 과대평가와 과소평가를 말하는 경우가 많다는 것이 나의 관찰이다. 물론 앙케트를 통해서 20세기 한국 시인 가운데 가장 높이 평가하는 시인 열 사람을 서열화한 경우도 있다. 이런 경우 응답자가 분명하기 때문에 시인에 의한 시인 평가란 결과가 나온 것이다. 그런 결과에 대해서도 특정 시인이 과대 혹은 과소평가를 받았다고 지적할 수 있을 것이다.

특정 시인이 과대평가를 받고 있다고 말할 때 그 근거는 매우 주관적이고 자의적인 것이다. 다시 나의 관찰에 의하면 가령 교과서나 사화집에 자주 수록되거나 이차 문서에서 자주 거론되고 비평 대상이 되거나 추종자가 많아 문학 수업에 관한 읽을거리에 자주 이름이 등장하거나 하면 대개 과대평가되고 있다고 생각하기 쉽다. 과대 혹은 과소평가란 생각은 적정하고 온당한 응분의 평가란 생각이 전제되어 있기 때문에 가능한 파생적 개념이다. 사람들은 대체로 자신의 평가가 적

정한 것이라 생각하면서 이에 상치되는 평가를 과대 혹은 과소평가라
고 간주하는 경향이 있다. 그런데 과연 적정하고 온당한 평가에 대한
비평적 합의가 가능할 것인가? 그렇지 못할 것이다. 따라서 문학관이
나 현실관에 따라서 저마다 다른 평가가 공존하는 것은 자연스러운 현
상이며 누구나 이를 인정해야 하리라 생각한다. 다만 구체적인 사례
를 통해서 우리는 평가의 적정성에 대한 의문을 제기해 볼 수는 있을
것이다. 아래에서 우리는 구체적 사례를 통해 과대평가 내지 과소평
가라는 문제가 제기되는 계기를 검토해 볼 것이다.

가령 만해 한용운도 일부에서는 과대평가의 사례로 거론하는 일이
있는 것 같다. 필생의 업이라는 관점에서 본다면 그는 결코 전문적인
시인은 아니다. 그리고 40대 중반이 되는 1926년 유일 시집인 『님의 침
묵』을 선보인 후 다시는 시집을 보여주지 않았다. 그 후에 보여준 몇
편 안 되는 시편은 대체로 빈약한 소품이요 또 주제 상으로나 글체 상
으로나 『님의 침묵』과의 연속성이 두드러져 보이지 않는다. 며칠 밤
사이에 시집 한 권을 써냈다는 말이 전설처럼 돌고 있지만 그것은 과
장된 얘기일 것이다. 그렇지만 그가 생애의 극히 짤막한 특정 시기에
시를 쓰고 나서 그 뒤에 시작에 소홀했다는 것은 너무나 분명하다. 그
런 의미에서 그는 어디까지나 아마추어 시인이다. 그는 이른바 문단
이라는 동업자 집단에 관여하거나 출입하지 않았다. 훌륭한 시인의
조건은 많은 수작을 써냈다는 것 말고도 수준 미달의 졸작을 보여주지
않았다는 점에서 찾을 수 있다. 만해가 20세기 한국시에서 가장 깊이
있는 시편들을 보여준 것은 사실이나 허술하고 빈약한 시편 또한 수다
하다. 또 쓸 만한 작품들 가운데도 민망한 대목이 빈번하게 발견된다.

우주는 죽음인가요

인생은 눈물인가요
인생이 눈물이면
죽음은 사랑인가요

「가지 마셔요」 중에서

  그럼에도 불구하고 시인들이 자기 나름의 시학과 시인으로서의 자의식을 가지고 출발하기 이전의 시기에 그는 불가사의한 위엄을 갖춘 시편을 보여주었다. 그 점 그는 김소월과 더불어 20세기 초기의 별격別格의 시인으로 소중히 읽히면서 기억되고 있다.

  한 권의 시집을 보여준 비전문의 아마추어 시인이라는 한계에도 불구하고(혹은 그 때문에 더욱) 그에 대한 찬사와 숭상은 면면히 이어지고 있다. 해방 이전에도 시인 만해에 대한 개별적 산발적 경의 표명이 아주 없었던 것은 아니다. 그러나 해방 이전 시평을 활발하게 보여준 김기림이나 박용철이나 임화의 글에서 만해에 대한 언급은 찾아지지 않는다. 비록 그들의 시론이나 시평이 어디까지나 문학 시평時評 흐름의 글이었다 하더라도 그것이 만해에 대한 전면적 묵살을 정당화해 주지는 못한다. 그러나 해방되면서부터 시인 만해의 성가는 상승곡선을 타게 된다. 해방이 계기가 되어 일시 귀국한 『초당』의 재미 작가 강용흘姜鏞訖은 만해가 타고르와 비겨 손색이 없는 세계적인 시인이며 한국문학의 대표적 문인이라는 찬사를 아끼지 않았다. (사실 그는 『님의 침묵』의 최초의 영어 번역자이기도 하다.) 이러한 강용흘의 찬사를 뒤이어 그의 숭상은 널리 퍼지게 되었다. 일제 말기에 불가피하게 보기 민망한 행적을 보여준 대부분의 문인과 달리 그는 독립선언서에 서명한 독립운동가요 또 일관되게 일제 치하에서 비타협의 길을 걸어간 희유한 지사였다. 그것은 승려라는 특수 신분에서 오는 가외의 행운이기는 했으나 그의 명성에 크게 기여한 것이 사실이다. 그에 대한 숭상은 물론 우파 문인 사이에서 퍼졌으나 온건 좌파 사이에서도 예외는 아니었다. 가령 해방 직후 문학가동맹 쪽에 가담하여 활동한 김기림은 한 시편에서 이렇게 적고 있는데 그가 만해를 우리 시의 가장 큰 별로 노래하고 있음을 보게 된다. 강용흘의 만해 평가의 계보를 잇고 있는 셈이다.

> 나기 전부터도 시의 맥으로 이긴 어리석은 종족
> 피 아닌 계보가 보석처럼 빛나서 더욱 영롱타
> 도연명과 한용운과 노신과 타골
> 단테와 보드레르와 고리키와 오닐
>
> 「시와 문화에 부치는 노래」 중에서

　정부 수립 이후 좌파 시인들 특히 월북한 시인들에 대한 언급이 사실상 금지됨으로써 20세기 우리 시의 정전正典도 크게 축소되지 않을 수 없었다. 정지용, 김기림, 백석, 이용악, 오장환, 임화 등의 작품은 사화집에서도 배제되었고 시문학사에서도 언급되는 법이 없었다. 그러한 객관적인 상황도 작용하여 그들의 공백을 메우면서 해방 전파에서는 김소월, 한용운, 이상화, 이육사, 이상 등이 크게 부각되는 측면이 없지 않았다. 반드시 그래서는 아니지만 1970년대에 『님의 침묵』 전편 해설을 낸 송욱은 만해를 극찬해 마지않았다. "이 나라의 신문학은 한문과 작별하여 모국어로서 표현한 것이 그 특징이다. 그러나 신문학은 한문과 아울러 사상과도 그만 작별하고 말았다. 신문학사 전체를 통해서 오직 하나의 예외는 시집 『님의 침묵』이 있을 뿐이다!"하고 송욱은 책 서문에 적어놓고 있다. 『님의 침묵』을 깨달음의 경험을 내

용으로 하는 증도가證道歌라 보고 해설한 송욱은 만해를 그릇 큰 사상
시인으로 파악하여 칭송을 아끼지 않은 것이다. 서정주를 위시해서
많은 사람들이 가지고 있는 만해상萬海像을 공유하고 있는 셈인데 미
당은 『한국의 현대시』에서 이렇게 적고 있다.

　만해는 개화후의 우리 신시대 시인들이 대부분 다 그런 것처럼 시를
　심미적 가치나 유행 사상에 의해서 운영하지는 않았다. 그의 시문학 의
　식은 좀더 넓은 것으로서, 재래 동양인의 문학 의식 그것과 일치하는 것
　이었다. 즉 문학을 철학이나 종교적 탐구와 병행시키는 그런 문학 의식
　말이다.

　이렇게 만해는 20세기 우리 문학에서 가장 그릇 큰 사상시인 혹은
철학적 시인으로 높은 평가를 받고 있는 셈이다. 사실 만해의 「알 수
없어요」 「비밀」 「예술가」 등 일련의 작품은 증도가이건 아니건 깊이
있는 서정시로서 독자들에게 간곡하게 호소한다. 따라서 작품량이 많
지 않았던 해방 이전의 시인 가운데 놓고 볼 때 이런 최상의 작품만으
로도 정상급의 시인으로 평가받아 마땅하다. 그렇긴 하지만 시집 전
체를 놓고 볼 때 과연 시편 전부를 최상의 시편으로 볼 수 있는가 하는
것은 별개의 문제가 된다. 시집이 증도가라 하더라고 그것이 선禪 자
체의 가치에 의해서 판단되어야 하는가, 혹은 만해가 보여주는 선에
대한 통찰이나 깨달음의 정도에 따라서 평가되어야 하는가 하는 문제
도 단순하지 않다. 기타 선의 근대적 변용과 그 가독성에서 가치를 찾
아야 할 것인가, 혹은 선의 독자적 이해에서 찾아야 할 것인가 하는 문
제도 만만치 않은 문제이다. 따라서 증도가로서의 가치보다도 사상시
로서의 시적 위엄이라는 관점에서 『님의 침묵』에 접근해 가는 문학 독

자들에게는 만해가 선사禪師로서는 모르지만 시인으로서는 과대평가를 받는다는 느낌을 받을 수도 있을 것이다.

그러면 만해는 과연 과대평가 되고 있는 것일까? 이런 질문에 대한 답변은 실증적 통계적 자료를 놓고 다른 시인들과의 비교 속에서 어느 정도 적정성 있는 해답을 내릴 수 있을 것이다. 그러나 그것은 사실상 불가능한 일이다. 우리는 주관적 인상적 수준에서 판단할 수밖에 없다. 증도가 아닌 서정시로 접근할 때 우리는 송욱의 만해 평가가 과대평가로 기울어져 있다고 생각할 수 있다. 그러나 몇몇 걸작 시편을 남긴 만해가 다른 시인에 비해서 과대평가되고 있다는 느낌은 전혀 받지 않는다. 다만 높낮이에 난조를 보이면서 경이로운 깊이를 성취한 비전문 시인이라는 단서는 필요하다고 생각한다.

만해의 경우에 볼 수 있듯이 시인에 대한 평가는 시 자체만이 아니라 시인의 인간적 면모와 깊이 연관되어 있다고 생각된다. 가령 이육사와 윤동주는 각종 사화집이나 교과서에 가장 많이 수록되고 또 심심치 않게 비평 담론에 등장한다. 생각건대 「광야」나 「서시」를 모르는 고교 졸업생은 많지 않을 것이다. 뿐만 아니라 일반 독자의 뇌리에 시인의 전형으로 각인된 면도 없지 않다. 일본에서 일본인들의 손으로 된 일역 판 개인 시집이 나온 드문 사례이기도 하다. 엄격히 따지고 보면 이육사도 작품량이 많지 않고 성취도의 높낮이도 썩 고르지 못한 편이다. 윤동주는 이육사와 비교하면 성공적인 작품량도 많은 편이고 시적 개성도 한결 단단한 편이다. 또 그의 불행한 요절과 순결한 영혼의 구도적 자세가 시인됨의 이상형으로 수용되고 있는 것도 사실이다. 이육사나 윤동주나 비타협적 생활 태도와 일제의 희생자라는 사실이 자연스러운 후광을 작품에 부여하면서 시인들을 전설적인 인물로 만들어 주고 있다. 그리고 이 사실이 때로는 과대평가되고 있다는 속단을 갖게 하는 측면도 없지 않다고 생각한다. 그러나 대체로 작품량이 많지 않았던 해방 이전의 시인 가운데 놓고 볼 때 상당수의 명편을 보여준 시인 윤동주가 과대 평가되고 있다고 말하는 것은 온당한 처사라 생각되지 않는다. 다만 시인 평가에서 개인사와 인간적 면모가 크게 작용하고 있다는 것은 지적할 수 있을 것이다.

컬트 현상

세대마다 자기 세대에 대해 상징성을 지닌 시인을 가지고 있음을 관찰할 수 있다. 그러한 시인이 요절을 비롯한 개인사적 불행을 당하게 되면 일종의 컬트cult 현상이 생겨나게 된다. 최근의 예를 들면 가령 기형도가 대표적인 사례일 것이다. 직설적이고 파격적인 작품이 같은 세대에게 자기발견의 충격을 안겨주고 있는 시기에 들려온 갑작스러운 최후는 그에 대한 추모의 정을 더욱 간곡하게 하였고 그것은 비록 대규모의 것은 아니나 컬트 현상으로 귀결되었다고 생각한다. 필자는 산문가 이상에 대해서는 찬사를 아끼고 싶지 않지만 시인 이상에 대해서는 유보감을 가지고 있다. 몇몇 읽을 만한 작품이 있는 것은 사실이나 수다한 시작품이 사실 잡문이라고 생각되기 때문이다. 그렇게 생각하는 필자에게는 시인 이상이 과대 평가되고 있는 것으로 보인다. 그 이유는 여러 가지가 있지만 그의 산문에 대한 경의의 시로의 자동적 이월移越, 수수께끼 같은 작품이 촉발하는 이차문서의 지속적 남발, 그림이나 건축에서 보여준 다채로운 재능에 대한 경탄, 짧고 불행했던 삶과 이국 땅에서의 전설적인 죽음이 복합적으로 작용하여 이룩한 일종의 컬트 현상이라 생각한다. 최근에 와서는 탄압이나 강제에

의한 부자유 체험이나 사회 운동 이력이 시인 평가에서 한몫을 차지한다고 할 수 있을 것이다.

한편 과대평가된다고 생각되는 계기들을 뒤집어보면 '과소평가'의 속사정이 드러난다. 대체로 작품 경향이 당대의 풍조나 유행과 동떨어져 있는 데다가 상대적으로 은둔적인 생활을 영위하여 '튀는' 바 없는 시인들은 세인의 주목도 비평적 조명도 좀처럼 받지 못하는 것이 아닌가 생각된다. 셰익스피어의 『로미오와 줄리엣』에는 "장미는 장미라는 이름이 아니어도 향기로울 것이다"란 대사가 나온다. 이것은 우리가 동의할 수 있는 엄연한 경험적 사실이다. 그런데 최근에 영국 옥스퍼드대학의 에드먼드 롤스 교수 팀은 사물의 이름이 불러일으키는 연상 작용이 실제로 냄새를 느끼는 데에 영향을 미친다는 연구 결과를 발표하였다. 장미를 호박꽃이라고 부르면 덜 향기롭게 느껴지지만 고약한 냄새를 풍기는 사물에 그럴듯한 이름을 붙이면 냄새도 나아진다는 것이다. 후각이란 맥락에서 나온 얘기지만 선입견이나 주입된 풍문의 영향력 일반을 얘기할 때도 적용되는 것이라 생각한다. 세평이나 입에서 입으로 전해지는 풍문은 막강한 영향력을 발휘하게 마련이요 이에서 초연하기란 어려운 일이다.

예술사에서 거론하는 유명한 삽화가 있다. 1837년 베토벤이 삼중주와 픽시Pixis란 이의 삼중주가 함께 연주된 일이 있었다. 그런데 연주회 프로그램에 작곡가가 뒤바뀌어 있었다. 관중들은 픽시의 작곡이라고 되어 있는 베토벤 삼중주에 무반응이었으나 베토벤 것이라고 오해하였던 픽시 작품의 연주가 끝난 뒤에는 열렬한 박수를 보내었다. 이때 청중은 음악에 소양이 없다고 할 수 없는 교양인들이었다. 선입견이나 세평의 힘이 얼마나 막강한 것인가를 보여주고 있다. 성인도 시속을 따른다는 말은 예술 향수에도 일부분 적용되는 말이라 하지 않을 수 없다. 작자의 이름을 가린 시행을 보여주고 논평을 가해보라고 한 리차즈 흐름의 실험이 만약 우리 사이에서 시행된다면 그 결과는 어떻게 될까? 그 결과는 이른바 전문 독자들 사이에서도 참담하거나 포복절도할 성질의 것이 될지도 모른다. 시에 대한 믿을 만한 주체적 판단은 문학 애호가나 지망자가 갖추어야 할 덕목의 하나이겠지만 그 길은 멀어 보인다. 물론 취향과 판단은 별개의 범주이다. 자기 취향이나 이념 성향과 조화되지 않는 작품의 경우에도 성취도를 인정하는 비평적 관용의 기풍이 우리 사이에서는 희박한 것으로 보인다. 불경이나 성경을 반드시 불자나 기독교 신자만이 읽는 것은 아닐 터인데 말이다. 결론적으로 말해서 평가에 있어 작품과 인간을 분리하는 것은 쉬운 일이 아니다. 그러니까 시인 평가는 문자 그대로 작품 더하기 인물 평가 되기가 첩경이다. 일단 평가받으면 과대 평가되기 쉽고 그 반대 경우도 참인 것 같다. (2005년)

9. 친일 시에 대한 소견

글머리에

친일 문학에 대한 논의는 친일문제 전반에 대한 고려 없이 이루어질 수 없는 범汎친일문제의 일환이다. 일본은 19세기 말에서 20세기 중반까지 우리에게 식민지주의 실천의 적대적인 타자로 등장한다. 동시에 서구 근대 문물을 신속하게 수용하여 동양의 강자로 떠올라 근대화 추구의 한 모형으로 체감되기도 하였다. 이러한 양면성은 우리의 대일본 태도에 있어서도 불가피하게 양면성을 부여하였고 이러한 양면성은 가령 이광수, 최남선 등에게서 볼 수 있는 초기의 반일과 후기의 친일이란 모순된 표층 구조의 심층을 이루고 있다. 뿐만 아니라 일제의 한국 지배는 사실상 반세기에 이르는 장구한 세월 동안 계속되었다. 그리고 일제 말기의 10년 간은 국민총동원체제라는 고도로 조직된 20세기 특유의 광신적 전체주의 체제가 식민지에서나 본토에서나 극히 효율적으로 작동한 시기였다. 이러한 특수 사정은 일제 시대의 제반 현상을 저항과 협조, 반일과 친일이란 획일적 이분법으로 접근하는 것을 피상적이고 비현실적이게 한다. 이른바 일제강점기를 역사와 풍문과 T.V. 연속극을 통해서 간접 경험한 세대들에게 이러한 사실은 체감되기가 매우 어려울 것이다. 한편 일제 시대를 경험과 기억으로 실감하고 있는 70대 이상의 세대들은 사실상 생활 현장에서 은퇴한 노폐老廢한 육체의 소유자로서 소리 없는 소수파가 되어 있다. 그나마 냉철하고 치밀한 학구적 태도로 문제에 접근해 가는 소장 연구자들의 업적이 생산되고 있는 것은 냉철한 역사 이해와 사회의 건강을 위해 다행스러운 일이라 생각한다.

필자는 친일 문제에 대해 몇 차례 소견을 개진한 바 있다. 짤막한 단문도 있었고 표준적 비평문 수준의 꽤 긴 글도 있었다. 그러나 그것이 간혹 요약되어 지면에 소개될 때 아무래도 취지가 단순화되어 오해의 소지가 커지는 것을 경험하였다. 우리 사회에는 지금 그 어느 때보다도 민족주의 감정이 팽배해 있고 그것을 조장하는 정치적 기획도 곳곳에서 목도된다. 친일문학을 비롯해서 친일문제는 민족주의와 직결되는 민감한 사안이어서 이 문제에 대한 몇 가지 입장을 분명하게 밝혀둠으로써 오해의 소지를 좁히고자 한다. 필자가 이왕에 토로한 것은 아래와 같은 몇 가지 소견을 부연하거나 실례를 들어 설명 개진한 것이다.

1. 친일파를 양산한 것은 조선조의 몰락이다. 그러므로 조선조 몰락의 원인을 철저히 규명하고 원인 제공자를 가려내는 일도 중요하다. 인과관계의 규명 없이 사회현상을 설명할 수 없다. 역사를 기억하고 과거를 잊지 말라는 것은 동일한 과오를 반복하지 않기 위해서이지 죄인이나 반역자를 기억하자는 것은 아니다. 역사상의 죄인을 기억하는 것도 동일한 과오를 반복해선 안 된다는 역사적 교훈의 맥락 속에서 비로소 의미가 있다.

2. 친일파에도 원조가 있고 아류가 있다. 또 경중의 차이가 있다. 가령 한말의 오적이나 합방 전후해서 거액의 하사금과 작위를 받은 '조선 귀족'이나 합병 공로 다툼을 벌인 일진회 회원 등은 이를테면 원조 친일파다. 그리고 중추원 참의, 총독부의 고위 관리 등이 그 뒤를 잇고 있다. 그런데 정작 원조 친일파에 대한 언급보다도 일제 말 전시 국민 총동원체제에 동원된 인사들을 주로 거론하고 규탄하는 것은 형평에 어긋날 뿐 아니라 정치적 동기에서 나온 것이라는 혐의가 짙다.

3. 일제 말의 전시 체제는 역사상 유례 없는 총동원체제로 일본제국주의가 광기와 광란의 경지로 접어든 시기였다. 사회는 완전히 병영화兵營化되었고 주민통제와 사상통제는 극에 달하였다. 이 시기의 마지못한 친일 언행을 문제삼는다면 남아날 국내 잔류자는 거의 없을 것이다. 친일 추궁에서도 경중과 균형의 감각이 요청된다.

4. 문인들의 친일 행위는 몇몇 예외적인 경우가 아니면 일제 말기의 전시체제의 산물이었다. 여기에도 경중이 있고 높낮이가 있다. 어제까지의 민족지도자의 친일 언행과 겨우 20대 문학청년의 그것을 같은 수준에서 논하는 것은 형평상 어긋난다. 문인들은 그 작업의 특성으로 보아 그 책임이 더 막중하다는 주장이 있다. 그러나 일제 시대에 민족어로 글을 쓴 문인들은 이미 전통사회의 양반 선비가 아니다. 그들의 대부분은 식민지의 뿌리뽑힌 준準 룸펜 프롤레타리아트였다. 원조 친일파와 같은 수준에서 민족의 중죄인 취급을 하는 것은 가혹하다.

5. 일제시대에 지역마다 악명을 날린 친일파들이 있었다. "꿈도 국어(일본어)로 꾸자"고 설교하고 일어를 모르는 학부형이 찾아오면 그 자녀를 불러 통역을 시키는 등 과잉충성을 한 교육자들이 있었다. 강제 징용과 공출 업무에서 악질이란 이름을 얻은 충성파들도 있었다. 초기의 헌병 보조원을 비롯해서 이들은 하급자 가운데 많았다.

6. 사람을 심판한다는 것은 쉬운 일이 아니며 역지사지易地思之의 정신이 필요하다. 그러지 않고 당대 상황에 대한 이해 없이 중죄인으로 일괄 처리하는 것은 사려 깊은 행위가 되지 못한다. 그러나 이러한 소견이 건국 직후의 '반민족 행위자 처벌법'의 사문화가 잘 되었다고 생각하거나 친일 행위자의 대사면을 주장하는 것은 아니다. 역사를 기억하자는 명제를 본래의 취지에 걸맞게 수용하자는 것일 뿐이다.

친일 시인에 대한 대처

아직껏 친일문학에 관한 표준적 저서로 남아 있는 임종국의 『친일문학론』에는 28명의 문인이 집중적으로 거론되고 있다. 일제 말기의 희귀한 출판물을 섭렵해서 작성한 이 책에는 참으로 민망한 글들이 적절하게 인용되어 있어 이른바 친일문학의 실상을 엿볼 수 있게 한다. 그밖에 부록으로 달려 있는 「관계작품연표」를 보면 거의 모든 당대 문인의 이름과 작품이 보이며 열거된 인명은 110명에 이른다. 그리하여 저자는 "끝까지 지조를 지키며 단 한편의 친일문장도 남기지 않은 영광된 작가들도 적지 않았다"며 그 명단을 열거하고 있다. 옥사한 윤동주, '폐허'파의 변영로, 오상순, 황석우, 조선어학회 관련 이병기, 이희승, 젊은 시인으로 조지훈, 박목월, 박두진, 박남수, 이한직, 제일 먼저 절필했다는 홍노작을 비롯해서 김영랑, 이육사, 한흑구 등이 영광된 이름인데 총계 15명이다. 『친일문학론』이 간과한 '영광된 이름'도 적지 않을 것이다. 그렇다 하더라도 집중적으로 거론한 28명, 「관계작품연표」에 등재된 110명, 기타 본문에서 거론한 신인 20명을 더하면 160명이 되는데 거기에 비하면 '영광된 이름'의 주인공들은 너무나 소수파란 생각을 금할 수 없다. 그리고 그 영광된 이름 가운데서도 문필 활동에서 떠나 있었던 이들이 있었고 윤동주, 이한직은 재일 학생 신분이었고 그 밖엔 거의 지방 거주자들이었다. 여러 가지 정황으로 보아 이육사 같은 이가 명실상부한 영광된 이름의 대표라 할 수 있다.

'영광된 이름'에 끼지 못하는 대다수파 문인들에 대해 어떻게 대처할 것인가 하는 것은 지금 와서 큰 문제가 된다고 생각하지 않는다. 역사라고 하는 것은 과거의 사회 현상을 있었던 그대로 기록하는 것이다. 역사가의 관점에 따라서 단순 사실이 역사적 사실로 선택되는 과정에 차이가 빚어지는 것은 사실이지만 그렇다고 분명히 있었던 사실을 없었던 일로 한다거나 있지도 않은 사실을 있었던 것처럼 할 수는 없다. 정치적 동기에서 나오는 역사 왜곡에서 완전히 자유로운 시대나 사회는 없었을 것이다. 그러나 역사 왜곡이 언젠가는 폭로되고 수정되는 것 또한 세상일이다. 진실에 대한 불굴의 의지와 충동도 거짓에 대한 미망迷妄과 함께 인간본성의 일부이다. 설혹 타자의 부정과 거짓을 묵과하지 못하는 공격성에서 진실에 대한 의지와 지향이 유래한다 하더라도 그 때문에 그것이 폄하될 수는 없다. 따라서 친일문학이란 역사적 사실도 문학사가 이를 은폐해서 안 된다는 것은 자명하다. 유의할 것이 있다면 당대 문인의 거의 대부분이 완전히 자유로울 수 없었던 친일적 언행에 대해서 단죄 일변도가 아니라 당대 정황에 대한 면밀한 검토가 있어야 한다는 점이다. 획일적 규탄이 아니라 개개 문인에 대해 변별적 접근이 필요하다.

친일 언동의 오점이 있는 시인 작가의 작품을 수용하느냐 않느냐 하는 문제는 개개 문인과 작품에 따라 판단되어야 한다고 생각한다. 일찍이 사르트르는 『문학이란 무엇인가』에서 그 누구도 반유태인주의를 찬양하는 훌륭한 소설을 쓰는 것이 가능하다고 생각하지 못할 것이라고 적은 바 있다. 그러면서 자기와 의견을 달리하는 사람들이 있다면 그러한 소설을 대보라고 각주에 도전적으로 적어놓기도 하였다. 마찬가지로 일제 하의 일본 제국주의를 찬양하는 훌륭한 소설은 있을 수가 없다는 필연성은 인문정신과 윤리감각이 보증해줄 것이다. 친일 작품의 대부분은 전쟁 말기 소위 내선일체內鮮一體를 강조하거나 일본의 전쟁을 미화하면서 군인이나 군속軍屬으로 참여하기를 권고하는 등속의 명시적 선전물이다. 문학을 어떻게 정의하든 '문학'이란 말 속에는 일정 부분 평가의 함의가 들어 있게 마련이다. 볼품 없고 염치없는 저급 선전물을 문학이라는 이름으로 지칭하는 것 자체가 비문학적 행동이며 따라서 친일문학 대신 친일문서로 호칭하는 것이 보다 적절할 것이다. 친일문서를 양산한 문인의 작품을 어떻게 처리해야 할 것인가 하는 문제를 고려할 때 이광수의 경우는 시사하는 바가 많다.

이광수의 뚜렷한 문학사적 위치는 누구도 부정하지 못할 것이다. 그럼에도 그의 민망한 친일 언동 때문에 한동안 금기시 되었다. 그의 글이 가령 교과서에 실리는 일은 없었다. 이것은 단순히 친일 행위 때문만은 아니고 그 나름의 특수사정이 개재되어 있기 때문이었을 것이다. 그는 시, 단편, 장편, 수필 등 모든 분야에서 많은 분량의 작품을 남겨 놓았다. 그러나 그의 시는 당대 시인들과 경쟁이 되지 않는 수준이었고 단편에서도 「무명」 한 편을 제외한다면 이렇다할 작품이 보이지 않는다. 최초의 근대 장편소설이라는 『무정』, 식민지 상황의 반영이란 점에서 빼놓을 수 없는 『흙』은 문학사적 가치를 가지고 있음이 분명하지만 작품 성취도에서 가령 염상섭의 『만세전』 『삼대』에 미치지 못하는 것도 사실이다. 그는 다작가로서 당대 독자들에게 크게 호소하였고 그릇도 큰 문인이었으나 그저 대범함이 특장이 되어 있을 뿐이라는 혐의가 짙다. 그러한 대범함 때문에 모범적인 작품이나 문장은 희귀한 편이었고 그러한 사정에 더하여 그의 민망한 전력이 작용하여 교과서에서 배제된 것이라 생각된다. 그러나 문과대학에서 그의 작품을 교과과정에서 배제하거나 하는 일은 없었다고 생각한다. 이광수의 경우는 친일 문서를 남긴 시인의 경우에도 참고사항이 될 것이다. 『친일문학론』이 본문에서 집중적으로 거론한 시인들은 김동환, 김소운, 김안서, 김용제, 김종한, 노천명, 모윤숙, 주요한 등 8명이다. 김동환과 노천명을 제외하면 교과서에 올릴 만한 작품이 별로 없는 처지여서 별 문제가 되지 않는다. 그러나 이들을 문학사나 문과 대학의 교과과정에서 배제하는 것은 역사왜곡일 것이니 적정한 일이라고는 생각되지 않는다. 문제는 「관계작품연표」에 등재되어 있는 경범죄 위반자들일 것이다. 이 경우에도 작품의 성취도가 척도가 되어야 할 것이다. 우리 근대문학의 유산은 그리 풍성한 편이 되지 못한다. 작품을 읽는 것은 작자를 위해서가 아니라 독자 자신을 위해서이다. 좋은 작품을 읽지 않고 시원치 않은 작품만을 골라 읽는다면 그것은 독자의 손해요 못난이 짓이다. 질문 자체가 우열한 질문이라고 생각한다. 상습 절도범이요 살인 혐의자라고 해서 "작년의 눈은 어디 갔는가"라고 노래한 프랑소아 비용을 수용에서 배제하는 것이 온당한 일일까? 무솔리니에게 봉사하며 조국을 배반한 예외적 반역자 에즈라 파운드를 미국의 사화집이 배제하지 않는 이유는 어디 있을까? 향수자의 입장에서 볼 때 좋은 작품은 결국 작자를 용서하게 마련이다. 그리고 작자의 불량한 비행을 괄호 처리하는 것이 상례요 관행이다. 흠집 없는 영혼에서 나온 문학만을 허용하고 수용한다면 세계의 문학은 대책 없이 황폐화되고 말 것이다.

친일 시편과 친일 혐의 시편

『친일문학론』의 독자를 가장 안타깝게 하는 것은 부록으로 실린 「관계작품연표」이다. 당대의 거의 모든 문인 이름이 망라되어 있다는 점에서 그러하고 또 불과 한두 편의 시나 수필을 발표한 탓에 불명예 명부에 등재된 경우도 있어서 그러하다. 일반 독자들이 오해하고 있는 것과는 달리 카프 계열을 위시하여 사회주의적 색채를 지녔던 문인들도 총망라되다시피 하였다. 필자에게 가장 애석하게 생각되는 것은 시인 정지용의 경우다. 해방 직후 사납게 활동했던 험구 비평가 김동석조차도 "일본 제국주의의 탄압 밑에서 가장 순수한 행동인이 누구였나 하는 것은 좀 더 두고 보기로 하고 정지용씨의 시는 가장 순수한 정신이었다"고 적었던 그가 시 한편 때문에 「관계작품연표」에 올라 있기 때문이다. 태평양 전쟁이 일어난 후 그는 시 2편을 발표했는데 1942년 1월 『춘추』에 발표한 「창」과 1942년 2월 『국민문학』에 발표한 「이토異土」가 그것이다. 비록 전시하의 작품이기는 하나 전자는 『백록담』 시편 흐름의 서정시다. 문제는 후자인 「이토」인데. 발표지가 『국민문학』이어서 의심의 눈초리가 쏠리게 마련이다. 2행 1연으로 되어 있는 14행짜리 이 시는 그러나 모호하기 짝이 없어 그 의미를 종잡을 수가 없다. 그러한 전제 아래 시 전문을 인용하고 이 시의 의미 규정을 시도해 보기로 한다. 그래서 각 연의 간결한 해석을 적어 본다.

1. 낳아자란 곳 어디거나
   묻힐데를 밀어나가쟈

2. 꿈에서처럼 그립다 하랴

　　따로짖힌 고양이 미신이리

　　3. 제비도 설산을 넘고
　　　적도직하에 병선이 이랑을 갈제

　　4. 피였다 꽃처럼 지고보면
　　　물에도 무덤은 선다.

　　5. 탄환 찔리고 화약 싸아한
　　　충성과 피로 곻아진 흙에

　　6. 싸흠은 이겨야만 법이요
　　　시를 뿌림은 오랜 믿음이라

　　7. 기러기 한형제 높이줄을 맞추고
　　　햇살에 일곱식구 호미날을 세우쟈

　1연: 출생지와 성장지가 어디이건 나중 육신이 묻힐 곳으로 밀고 나가자.

　2연: 둘째 줄은 극히 모호한 대목이다. 고양은 고향이라고 추정되며 고향을 다른 터전과 구별해서 그리워하거나 숭상하는 것은 미신일 것이란 뜻으로 추정된다. 그것은 1연과 대조가 되며 동시에 1연의 의미를 보강한다.

　3연: 제비도 눈 덮인 설산을 넘고 병선 즉 군함이 적도赤道 바로 아래에서 물 이랑을 갈며 나아갈 때.

4연: 병사가 죽으면 물 속에 무덤이 선다. (물에서 죽은 자에게도 무덤은 있다)

5연: 탄환이 박히고 화약 냄새가 싸아하며 충성심과 피로 깨끗해진 흙에

6연: 싸움은 이겨야 정의가 되고 어떤 상황에서나 씨를 뿌리는 것이 인간의 유서 깊은 믿음이다

7연: 기러기 형제가 나란히 줄지어 나르듯 우리 일곱 식구는 호미날을 세우고 씨를 뿌리자.

왜 하필 일곱 식구냐는 질문이 있을지도 모른다. 그것은 이상 「오감도」의 열세 아이가 왜 열세 아이냐고 묻는 것과 같은 우문일 뿐이다. 정지용이나 이상은 '내 마음이야' 라고 대답했을 것이다.

이렇게 본다면 비록 피로 물든 이역異域 땅에서라도 우리 일곱 식구는 호미 날을 세워 씨를 뿌리자는 뜻이 된다. 억지로 해석하면 그렇게 되겠다는 것이지 그 누구도 자신 있게 작품의 의미를 규정하지는 못할 것이다. 군함 얘기가 나오고 충성심으로 흘린 피가 나오는 것으로 보아 전쟁을 다룬 것이며 또 나라 밖의 전쟁을 다룬 것이라는 추정은 가능하다. 그러나 어디에도 일본군을 찬양하거나 전쟁을 미화하는 대목은 보이지 않는다. 또 정지용의 솜씨로 보아 이렇게 앞뒤에 일관성이 없고 비약이 심하고 모호한 대목을 포개어 놓은 것은 고도의 전략에서 나온 것이 아닌가 생각된다. 즉 전쟁을 암시하는 대목을 집어넣어 시국에 편승하는 시임을 가장하고 끝에 가서 호미날을 세우자고 엉뚱한 소리를 함으로써 독자나 검열당국을 닭 쫓던 개로 만들어 놓은 것이 아닌가? 해석하기에 따라서는 군인들이 전쟁을 하건 죽건 우리는 씨나 뿌리자고 하는 반전시反戰詩라고 못할 것도 없다. 따라서 일제말기 국민총동원 시기에 정지용 정도의 중진 시인이 협력의 시늉을 전혀 안

할 수는 없어서 의사擬似 전쟁시 한편을 두루뭉술 날조해서 납품했다는 것이 필자의 판단이다. 정지용이 특히 반일反日적이었다는 것이 아니라 시사성時事性 있는 시를 쓴다는 것 자체가 비위에 맞지 않아 모호성을 연출한 것이다.

비단 이 경우뿐 아니라 정지용에게는 비슷한 사례가 또 있다. 해방 직후 그는 주변 친구들과 함께 문학가동맹에 가담하였고 그 쪽 문인들이 씀직한 산문을 발표하기도 하였다. 대한민국 수립 후 그는 보도연맹에 가입하고 육이오 직전에 「곡마단」「사사조 5수」「의자」 등의 시편을 발표하였다. 그 중 「곡마단」은 딸과 함께 곡마단 구경을 하는 장면을 적은 것인데 그나마 정지용의 옛 솜씨가 드러나는 작품이다. "방한모 밑 외투 안에서/위태 천만 나의 마흔 아홉해가 돈다"는 끝자락에서 우리는 해방 이후 자기의 도정을 위태로운 곡예로 여기는 시인의 자조적인 심정을 엿볼 수 있다. 그러나 「사사조 5수」나 「의자」는 도무지 무슨 소리인지 알 수 없는 요령부득의 노망老妄시편이다. 해방직후와 정부 수립 이후의 자기 행적에 대한 자괴감, 그리고 시류에 편승할 수밖에 없다는 자의식이 겸연쩍고 수통스러워 무슨 소리인지 분간이 안 가는 모호한 시편을 써 보인 것이라 생각된다. 그 결과 정지용의 시인됨에 누가 되는 타작을 남기게 된 것이다. 이러한 제반 사정을 고려할 때 「이토」를 친일 작품이라고 규정하는 것은 적정치 않은 일로 판단된다. 「국민문학」 같은 잡지에 원고를 주었다는 것이 빌미가 되었지만 당대 상황에서 그것을 마다하기는 극히 어려웠을 것이다. 확실한 증거가 없음에도 심증만으로 유죄로 판결하는 것은 인권 침해이다.

우수한 시인으로서 「관계작품연표」에 명단이 올라 애석하다는 느낌을 주는 또 한 사람은 이용악이다. 1942년에 발표한 「길」「눈 나리는 거리에서」「불」 등 세 편의 작품이 혐의를 받고 있는 셈이다. 이 가운

데서 「눈 나리는 거리에서」는 태평양 전쟁을 찬양하는 친일 문서임을
부정하기가 어렵고 시인 자신도 뒷날 시집에 수록하지 않았다.

> 단 한번 정의의 나래를 펴기에
> 우리는 얼마나 많은 세월을 참아왔습니까
>
> 이제 오랜 치욕과 사슬은 끊어지고
> 잠들었던 우리의 바다가 등을 일으켜
> 동양의 창문에 참다운 새벽이 동트는 것이요
> 승리요
> 적을 향해 다만 앞을 행해
> 아세아의 아들들이 뭉쳐서 나아가는 곳
> 승리의 길이 있을 뿐이요

　「눈 나리는 거리에서」의 이 대목은 화자가 일본의 전쟁 명분을 그대
로 수용하고 있음을 보여주고 있다. 영미 제국주의의 '오랜 치욕과 사
슬'을 아시아에서 몰아내고 아시아인의 아시아를 건설한다는 일제의
전쟁 선전에 화자는 대책 없이 동조하고 있다. 일본이 날조한 전쟁 이
데올로기는 태평양전쟁 초기의 일본군 승리라는 사정도 가세하여 많
은 일본 지식인과 정보에 어두웠던 식민지의 지식인들을 헤매게 하였
다. 유감스럽게도 「눈 나리는 거리에서」는 그 명시적 증거물이 되어
주고 있다. 그러나 「불」이란 작품은 전쟁 찬미와 전혀 관계없는 내면
시편임을 누구나 간파할 수 있을 것이다. 명단에 오른 또 한편인 「길」
에 대해서 필자는 오래 전에 친일 시편으로 취급하는 것의 부당성을
지적한 일이 있다. 그래서 요점만 다시 간략하게 적어 보기로 하겠다.

안해가 우리의 첫애길 보듬고

먼 길 돌아오면

내사 고운 꿈 따라 횃불 밝힐까

이 조그마한 방에 푸르른 난초랑 옮겨놓고

나라에 지극히 복된 기별이 있어 찬란한 밤마다

숱한 별 우러러 어찌야 즐거운 백성이 아니리

꽃잎 헤칠수록 깊어만 지는 거울

호올로 차지하기엔 너무나 큰 거울을

언제나 똑바루 앞으로만 대하는 것은

나의 웃음속에

우리 애기의 길이 틔어 있기에

「길」은 첫아기와 아내의 귀가를 기다리고 있는 화자의 심정을 노래하고 있는 시편이다. 전후 맥락으로 보아 아내는 아마도 첫아기를 낳으려고 친정에 가 있거나 어디 딴 곳에 가 있다. 머지않아 맞게 되는 첫아기를 기다리며 이제부터는 아기에게도 모범이 될 만한 어진 삶을 살아야겠다고 다짐하는 사사로운 시편이다. 그리고 첫아기를 갖게 되는 아버지답게 화자는 세계긍정의 심정이 되어 있다. 이 시편에서 문제가 되는 것은 다음 두 줄이다.

나라에 지극히 복된 기별이 있어 찬란한 밤마다

숱한 별 우러러 어찌야 즐거운 백성이 아니리

화자에게 개인적으로 복된 첫아기의 기다림이 있는 터에 나라에도 복된 기별이 있어 더욱 세계 긍정의 화해적 심정이 된다는 것으로 읽을 수 있다. 그리고 '나라의 복된 기별'은 풍년 소식으로부터 새 자원의 발견이나 세계 무대에서의 경기 승리 등 여러 가지를 상상할 수가 있다. 그러나 이 작품의 발표 연대인 1942년 3월이나 『국민문학』이란 발표 지면은 이때의 복된 기별이 싱가포르 함락이라는 일본의 '복된 기별'이라는 해석을 낳게 한 것이다. 부대상황에 대한 상세한 정보가 도리어 이 사사로운 복된 기별에 대한 기대로 촉발된 시에 흠집을 가하게 하는 셈이다. 설사 그런 시대 추수가 사실이라 할지라도 그것은 군국주의적 총동원 체제 아래서 우리말로 된 사사로움의 표현이 불가피하게 치러야 했던 문학적 통행세였다고 생각된다. 그리고 이런 시편은 없는 것보다 있는 편이 우리문학의 자산에 기여할 것이다. 어느 대목에서도 명시적인 시세 추수를 보이지 않는다는 점에서 굳이 친일 시편이라고 간주할 필요가 없을 것이다. 부정적 악의적으로 해석하기로 작심하고 덤비면 세상에 남아나는 것이 많지 않다. 가령 이용악의 「죽음」 같은 작품도 부정적으로 비판적으로 보면 문제성이 있는 작품이다.

> 별과 별들 사이를
> 해와 달 사이 찬란한 허공을 오래도록 헤매다가
> 끝끝내
> 한번은 만나야 할 황홀한 꿈이 아니겠습니까
>
> 가장 높은 덕이요 똑바른 사랑이요

오히려 당신은 영원한 생명

나라에 큰 난이 있어 사나히들은 당신을 향할지라도
두려울 법 없고
충성한 백성만을 위하야 당신은
항상 새 누리를 꾸미는 것이었습니다

아무도 이르지 못한 바닷가 같은 데서
아무도 살지 않은 풀 우거진 벌판 같은 데서
말하자면
헤아릴 수 없는 옛적 같은 데서
빛을 거느린 당신

이것은 시인 이용악의 죽음관을 보여주면서 일정 수준의 시적 성취에 이른 내면 시편이다. 그러나 이 작품도 1942년 3월 유일한 한글신문이었던 총독부 기관지 『매일신보』에 발표된 작품이다. 그러므로 청년들에게 죽음을 두려워말고 전쟁에 임하여 나가 싸우라는 전언을 가지고 있는 시국 추수 시편이라고 타박할 수 있을 것이다. 그러나 그것은 과도한 읽어 넣기이며 문학적 중상中傷에 지나지 않는다. 우리는 이 시편에서 낭만주의의 죽음 찬미의 흔적을 인지하고 시집 『오랑캐꽃』 속의 다른 시편과 연관해서 이용악의 또 다른 일면을 검토하는 것이 유익할 것이다.

이상, 정지용과 이용악의 친일 혐의 시편에 대해서 한 말은 명시적으로 친일 성향을 보여 주지 않는 모든 친일 혐의 시편에 대해서도 적용되며 또 적용하는 것이 옳다고 생각한다. 그렇다면 가령 요즘 일부에서 매도하는 유치환의 몇몇 작품에 대해서도 우리는 과도한 읽어넣기를 철회해서 우리 문학의 자산으로 수용하는 것이 온당하다고 생각한다. 그러나 이러한 발언이 의문의 여지없는 명시적인 친일 시편을 배제하는 것임은 재언할 필요가 없다.

일어로 쓴 시에 대하여

우리 시인 가운데는 청년기에 일어시日語詩를 시도한 이들이 있다. 가령 정지용은 일본 유학중 상당수의 일어시를 써서 일본의 유수 시인이 주재한 시 전문지 『근대풍경』에 발표하고 있다. 또 같은 작품을 한일 양국어로 발표하기도 하였다. 이때 어느 쪽을 먼저 썼는가 하는 것은 현재로선 확인하기가 어렵다. 우리말로 된 「카페 프란스」가 발표된 것은 1926년 6월임에 반해서 일어판 「카페 프란스」가 발표된 것은 1926년 12월이다. 이렇게 보면 우리 말 시편을 완성한 후 나중에 일어로 번역한 것이 아닌가 하는 느낌이 들지만 일어판 「카페 프란스」는 길이도 짧고 한결 단조하다. 우선 일어로 본을 뜨고 나서 즉 밑그림을 그리고 나서 우리말로 정치하게 다시 쓴 것이 아닌가 하는 느낌이 들기도 한다. 그런가 하면 「눈」 「한낮」 「귀」 「귀로歸路」 「다리 위」 「향수의 청마차」 등은 일어시만 있고 한국어판은 없다.

누구나 선행 시편을 딛고 서서 시를 쓴다. 남의 시를 읽어 본 적이 없는데 시를 써냈다는 인간괴물은 이 세상에 없다. 그렇다면 정지용에게 시작의 계기가 되어주고 영감을 불어넣은 선행시편은 어떤 것일까? 여러 가지 상황으로 보아 일본의 근대시 혹은 일어로 번역된 서구시일 가능성이 크다. 일어시를 읽고 시를 써보고 싶은 충동을 느낀 시인 지망자가 일어로 습작을 시도하는 것은 자연스러운 일이다. 더구나 정지용은 당시 일본에서 고등교육을 받고 있었고 우리말과 일어가 통사법이 흡사하며 한자어란 공통항도 있어 일어로 시 쓰기는 가령 미국 유학생이 영어로 시를 쓰는 것과는 비교가 안 되게 수월하고 자연스러웠을 것이다. 그러나 귀국한 후 그는 일어시를 시도하지 않았고 아주 당연하게도 우리말 시인으로 시적 정체성을 확립하였다. 그의 일어시 습작은 그로 하여금 '시가 언어로 만들어진다' 는 사실의 의미를 존재의 깊이에서 절감케 하였다고 생각한다. 그것은 한국시는 한국말로 만들어진다는 평범하나 비범한 결과를 빚어낼 언어 자의식이다.

이상李箱도 일어시를 시도한 바 있다. 그의 경우에도 시적 체험이 일본시나 일어로 번역된 서구시를 통해서 시작되었으리라 추정되기 때문에 이해가 가는 일이다. 그는 일본 유학생은 아니었으나 다재다능多才多能한 인물이었기 때문에 일어로 경쟁해 보겠다는 야심을 품었을 성싶다. 정지용과는 달리 이상의 일어시는 원고 형태로 남아 있거나 국내 출판물에 발표된 것이다. 양자간의 차이는 또 있다. 정지용의 시는 일어로 번역하기가 그리 수월하지 않다. 김소운 같은 그 방면의 뛰어난 전문가도 정지용 시편 「유리창」의 번역이 얼마나 어려웠나 하는 점을 토로하고 있다. 또 일어시의 국역도 수월하지만은 않다. 이에 반해 한자어를 많이 쓴 이상의 시는 일어로 번역하기가 아주 수월하며 일어시의 국역도 아주 수월하다. 통사법의 유사성 때문에 그냥 축자적으로 글자만 바꾸어 놓으면 된다. 다시 말해 번역을 통해서 잃어버리는 것이 거의 없다. 이 사실은 정지용과 이상의 시적 성취와 그 특징을 검토하는 데 시사하는 바가 많다. 산문의 경우와는 달리 번역을 통해서 잃어버리는 것이야말로 바로 시이기 때문이다.

그밖에도 일어시를 시도해서 발표한 이들이 있을 것이다. 그러나 친일적인 소재 처리를 보여준 것이라면 모르지만 일어시를 썼다는 것 자체가 흠이 될 수는 없다. 일제 시대에 일어로 우리 민요와 전래 동요와 근대시를 번역한 김소운의 문화적 공적은 높이 평가해야 할 것이다. 경제적으로 풍요해진 오늘 우리는 많은 비용을 들여 우리 문학의 외국어 번역 사업을 벌이고 있으며 또 지원하고 있다. 그러나 빈 털털이로 우리 문학을 일어로 번역하여 이와나미岩波 문고로 『조선민요선』 『조선동요선』 『조선시집』을 낸 김소운이 거둔 문학적 성취와 독자 획득에 비견할 만한 성공사례가 과연 있는 것인지 묻고 싶다. 그가 전쟁 말기에 친일시편이나 친일문서를 작성한 것은 전혀 별개의 문제이다. 김소운의 우리 문학 번역은 강용흘의 영문소설이나 이미륵의 독문소설과 마찬가지로 식민지시대 우리 문인들의 해외 업적이라 생각한다. (2006년)